Ela Becker

Mine till the day you die

Ela Becker

Mine till the day you die

Dark Romance

Bibliografische Information der Deutschen Nationalbibliothek:
Die Deutsche Nationalbibliothek verzeichnet diese
Publikation in der Deutschen Nationalbibliografie;
detaillierte bibliografische Daten sind im Internet
über http://dnb.dnb.de abrufbar.

Lektorat: Lektorat Federliebe
Korrektorat: Lektorat Federliebe
Cover: Kreationswunder by Katie Weber

Herstellung und Verlag: BoD – Books on Demand, Norderstedt

ISBN: 978-3-7597-5189-8

Inhaltsverzeichnis

Die Geschichte enthält Inhalte, die potentiell Triggern könnten. Die Triggerwarnung befindet sich hinter der Danksagung, da sie die Inhalte der Geschichte spoilern.
Ähnlichkeiten mit Personen oder Orten sind rein zufällig und nicht beabsichtigt

PROLOG

Anderthalb Jahre vorher

»David!« Melissa schreckte schreiend aus ihrem Albtraum hoch. Atemlos suchte sie nach David, der eigentlich neben ihr liegen sollte. David, der ihr sonst in allen Lebenslagen Halt gab, immer für sie da war, sie jederzeit vor sämtlichen Katastrophen bewahrt hatte. Der, den sie in einem Monat heiraten wollte.

Es dauerte einige Minuten, bis ihr bewusstwurde, dass David nicht da war. Er war weder im Badezimmer noch in der Küche oder an einem anderen Ort im Haus.

Sie tastete nach ihrem Handy, das sie abends immer auf ihrem Nachttisch ablegte und schaute aufs Display. Es war noch mitten in der Nacht. Wie sollte sie jetzt wieder einschlafen?

Mel betrachtete das Hintergrundbild, das sie im letzten Urlaub von David gemacht hatte. Sie waren an einer abgelegenen Bucht in Spanien gewesen. Auf dem Bild war er gerade vom Schwimmen auf sie zugekommen. Die Sonnenstrahlen spiegelten sich in den Wassertropfen, die an seinem Körper herunterliefen. Sie hatte den Anblick derart genossen, dass sie einfach ein Foto machen musste. Jetzt erinnerte Melissa das Bild an alles, was sie verloren hatte. Sie seufzte.

»Warum musste das ausgerechnet uns passieren? Jetzt bist du nicht mehr da. Kannst mich nicht mehr wecken, bringst mir kein Frühstück ans Bett. Was soll ich nur ohne deinen Morgenmuffel-Spezialkaffee machen?« Sie ließ das Handy auf die Bettdecke sinken und hing wehmütig ihren Gedanken nach. David hatte ihr den Kaffee immer dann gemacht, wenn sie morgens besonders schlecht aus dem Bett kam. Er wusste eben genau, wie er ihre Laune verbessern konnte. »Du warst mein Halt, mein Beschützer, meine Schulter zum Anlehnen. Das Haus fühlt sich so leer, so einsam und verlassen an.«

Eine Träne nach der anderen tropfte auf Mels Kissen. Während sie darüber nachdachte, wie David immer genau wusste, wie er sie zum Lachen brachte, tauchte ein Bild von ihm mit einem schelmischen Grinsen vor ihrem inneren Auge auf, bei dem seine Augen immer anfingen zu funkeln. Ein leichtes Lächeln stahl sich auf Mels Lippen. Er hatte gerne einen dieser dämlichen Sprüche auf Lager, bei denen sie nie wusste, ob sie lachen oder noch wütender werden sollte. Aber bei dem Gedanken an das, was vor einer Woche passiert war, verging ihr das Lächeln jedoch schnell und Mel kam gar nicht mehr damit hinterher, sich die Tränen aus dem Gesicht zu wischen.

Einer der wichtigsten Menschen ihres Lebens war gestorben. Tot. Und sie allein war schuld daran. Sie hatte ihn umgebracht. Ausgerechnet die Person, die sie am meisten auf dieser Welt liebte.

Melissa entfuhr ein spitzer Schrei. Die Tränen wurden von einem haltlosen Schluchzen begleitet. Die Vorwürfe, die sie sich machte, zerfraßen sie von innen heraus. Sie fühlte sich, als wenn ihr Körper wie ein Glas, das auf den Boden aufschlug, in tausende kleine Teile zerbarst. Wie sollte sie sich das jemals wieder verzeihen können? Wie sollte sie mit dieser Gewissheit weiterleben?

»Mel! Pscht, ist ja gut. Ich bin da. Du bist nicht allein. « Chris bemühte sich, sie zu trösten. Er war ihrer und Davids bester Freund und der einzige Mensch, den sie im Moment überhaupt an sich heranließ.

»Ich weiß, Mel. Er fehlt uns allen.« Chris schlang seine Arme von hinten fest um ihren Körper, um ihr Halt zu geben. Er versuchte, sie mit allen Mitteln nach diesem entsetzlichen Traum zu trösten.

»Ich … Ich hatte wieder einen Albtraum. Und dann habe ich ihn gesucht. Aber er ist nicht mehr da und wird nie wieder da sein. Und das alles meinetwegen.«

»Es ist doch vollkommen normal, dass du David suchst. Du schläfst gerade die erste Nacht nach dem Unfall wieder zu Hause. Hör auf, dir die Schuld an dem zu geben, was passiert ist. Erzählst du mir von deinem Albtraum?« Chris war neben der Polizei die einzige Person, der Melissa sich wegen jener Nacht anvertraut hatte. Denn er war der einzige Mensch, den sie, seit sie im Krankenhaus aufgewacht war, in ihrer Nähe ertrug. Er war es, der ihr den nötigen Halt gegeben hatte, die Aussage bei der Polizei zu überstehen. Die Polizisten, die Mel befragten, waren mit der Aussicht auf weitere Zuhörer überhaupt nicht glücklich. Aber ohne Chris an ihrer Seite hätte Mel keinen Ton über ihre Lippen gebracht. Zu tief saß der Schock in ihren Knochen. Sie war die einzige Person, die Angaben zu den schrecklichen Geschehnissen machen konnte.

»Nein, das schaffe ich nicht. Wenn ich das aussprechen müsste, würde das alles wieder hochkommen.« Ihre Stimme zitterte und mit ihren Händen nestelte sie an der Bettdecke.

»Du musst nicht, wenn du nicht möchtest. Und falls doch, bin ich immer für dich da! Ich hoffe, das weißt du.« Chris versuchte, seine Stimme so zärtlich wie möglich klingen zu lassen und die Wut, die in solchen Situationen in ihm hochkam, zu ignorieren.

Melissa Atemzüge wurden langsam regelmäßiger. Chris legte sie vorsichtig wieder zurück auf die Matratze und zog ihr die Decke bis zum Kinn hoch, damit sie nicht fror. Er blieb eine ganze Weile auf der Bettkante sitzen, um sicherzustellen, dass die Albträume zumindest in dieser Nacht nicht erneut Mels Schlaf störten.

Langsam stand Chris auf und legte sich in das Bett im Gästezimmer. Er brauchte dringend eine Portion Schlaf. Nur einen Augenblick hatte er darüber nachgedacht, sich neben sie zu legen. Aber er hätte es nicht ertragen, auf Davids Bettseite zu liegen. Da gehörte er nicht hin. Selbst, wenn er Melissa nur Trost spenden wollte. Angespannt fuhr er sich mit beiden Händen über sein Gesicht. Der Verlust seines besten Freundes saß auch bei ihm sehr tief. Er stand genau wie Mel noch immer unter Schock und machte sich Vorwürfe. Denn, was Mel nicht wusste, war, dass sie weniger für die besagte Nacht konnte als David und er. Denn ja, er hätte Davids Tod verhindern können. Chris presste sein Gesicht in ein Kissen, um seinen Schrei zu unterdrücken, während er an seinen Haaren riss. Mel durfte das auf gar keinen Fall herausfinden. Er würde alles dafür geben, dass sein Geheimnis nicht ans Licht kam.

Gut, dass sie ihm so sehr vertraute, auch wenn das seine Schuldgefühle nur noch mehr verstärkte. Er ließ seine Haare los und legte die Hände auf seinen Hinterkopf. Er mochte Mel. Genau, wie er seinen besten Freund gemocht hatte. Wenn nicht noch ein bisschen mehr. Aber auch das durfte sie nie erfahren. Die beiden waren seine Familie, die er aus einer Dummheit heraus aufs Spiel gesetzt hatte.

EINS

»So, endlich fertig! Ich hoffe, dass der Entwurf dem Kunden gefällt.«

Mel saß an ihrem penibel aufgeräumten Schreibtisch. Sie griff nach ihrem Glas Wasser, das direkt neben ihrem Laptop auf der hellbraunen Tischplatte stand. Sie hasste Unordnung, deshalb war ihr Schreibtisch so gut wie leer, wenn man davon absah, dass sowohl der Monitor als auch ihr Laptop einen großen Teil des Platzes einnahmen. Auf ihren Kaffee und ihr Handy konnte sie allerdings nicht verzichten. Das heiße Getränk brauchte sie, um den Tag zu überstehen - ihr Blut bestand schließlich beinahe aus diesem Elixier - und mit dem Handy musste sie jederzeit erreichbar sein.

Erschöpft lehnte sie sich in ihrem gepolsterten Bürostuhl zurück. Die erste Phase ihres Projektes war nun beendet. Sie hatte den Entwurf einer Werbekampagne für ein neues Handymodell gerade an ihren Chef gesendet. Nun musste sie auf seine Rückmeldung und später auf die des Kunden warten.

Durch das Fenster direkt hinter Mels Arbeitsplatz fielen warme Sonnenstrahlen auf ihr Gesicht und kitzelten sie in der Nase. Sie hatte von ihrem Büro aus den perfekten Blick auf ihren geliebten Garten. Gedankenverloren und wehmütig sah Mel auch jetzt aus dem Fenster. Sobald die ersten Blumen den Frühling ankündigten, zog es sie nach draußen. Ihr Garten war rundherum mit Bäumen und Sträuchern eingezäunt. Ihre Privatsphäre konnte so von niemandem gestört werden.

Die Holzterrasse neben dem Haus passte mit ihrem warmen Holzton perfekt zu dem modernen Vorstadthaus, das sie zusammen mit David gebaut hatte. Mel konnte schon gar nicht mehr zählen, wie viele Grillpartys sie hier veranstaltet hatten. Sie hatten ihre Freunde und Familien immer gerne um sich herum gehabt und jede Menge schöne Erinnerungen geschaffen.

Wehmütig dachte Mel an diese Zeit zurück. Lange war es her. Seit Davids Tod hatte sie kaum noch Kontakt zu ihren damaligen Freunden. Betrübt wandte sie ihren Blick von der Terrasse ab zu ihrem weißen Rosenpavillon im unteren Teil des Gartens. Er war ihr ganzer Stolz. Von hier aus sah sie der Natur beim Erwachen zu. Es war ein Holz-Pavillon, der rundherum mit Bänken versehen war. Sie musste beim Gedanken daran, wie sie David damals fast zum Verzweifeln gebracht hatte, schmunzeln.

Sie hatten unzählige Modelle betrachtet und keines war gut genug gewesen. Bis sie mit einem befreundeten Schreiner einen Pavillon selbst entworfen und gebaut hatten. In liebevoller Kleinarbeit hatte Mel diesen mit passenden Kissen und Lichterketten dekoriert. Um die Holzbänke und die Balken hatte sie lauter rosa Rosen gepflanzt, die einen angenehmen und intensiven Duft verströmten, den sie stundenlang genoss. Im Juni, wenn ihre geliebten Rosen in voller Blüte standen, hielt sie nichts mehr im Haus. Den Platz genoss sie meist tief versunken in einem spannenden Buch. Oft vergaß sie dabei die Zeit und hörte erst auf, wenn entweder das Buch zu Ende war oder ihr Magen so laut knurrte, dass sie ihn nicht mehr ignorieren konnte. Zusammen mit ihrem Haus, das sie nach Davids Tod nur an wenigen Stellen verändert hatte, bildete der Garten ihre persönliche kleine Wohlfühloase, die sie hegte und pflegte.

Nach einem anstrengenden Tag am Schreibtisch tauchte Mel ihre Arme gerne bis zu den Ellenbogen in Blumenerde und tobte sich in ihrem Garten aus. Und trotzdem vermisste sie die Freiheit, einfach aus der Haustür zu treten und andere Eindrücke in sich aufzusaugen.

»Davon werde ich wohl noch ein wenig länger träumen müssen.« Mel seufzte wehmütig.

Sie war schon eine Ewigkeit nicht mehr am See im Nachbarort gewesen. Das Wetter war ideal für einen Ausflug dorthin.

Sie sah in den strahlend blauen Himmel rauf. »Ich habe unsere Ausflüge an den See immer so sehr genossen, David.« Mel schloss die Augen. »Weißt du noch, wie du jedes Mal ganz neugierig versucht hattest, einen Blick in den Picknickkorb zu erhaschen? Ich wusste immer genau, was du gerne isst. Deine leuchtenden Augen, wenn du die vielen kleinen Köstlichkeiten gesehen hattest, waren der Dank für meine Mühe.« Sie legte den Kopf schräg.

»Geht es dir da oben gut? Erinnerst du dich auch daran, wie wir es geliebt hatten, am See entlang zu schlendern? Erinnerst du dich an unseren Platz dort?« In Gedanken wanderte Mel zu ihrem Platz. Sie hatten die mitgebrachte Picknickdecke vor einem umgefallen Baum, dessen Äste bis ins Wasser reichten, ausgebreitet. Zusammen hatten sie die Enten beobachtet, die ganz nah bis zu ihnen heranschwammen, in der Hoffnung, etwas von den Köstlichkeiten abzubekommen. Weitere Bäume um sie herum schützten sie vor der Sonne und boten ein wenig Ruhe vor anderen Spaziergängern.

»Erinnerst du dich noch an die wunderschönen Sonnenuntergänge, die wir an dieser Stelle beobachtet hatten? An den einen, als der Himmel in sämtlichen Rottönen leuchtete und sich die letzten Sonnenstrahlen im Wasser spiegelten? Ich hatte vor lauter Bewunderung gar nicht mitbekommen, dass du vor mir auf die Knie gegangen warst. Für mich war sofort klar, dass ich deinen Antrag annehmen musste.«

Mit einem Schluchzen löste Mel sich von ihren Gedanken und Selbstgesprächen und richtete ihren Blick in den Raum hinter sich. Sie verließ ihre kleine Oase inzwischen nur noch dann, wenn ein Besuch beim Arzt anstand, zu dem Chris sie regelmäßig schleifte.

Weder für ihre Einkäufe noch zum Arbeiten musste sie das Haus verlassen. Sie bestellte ihre Lebensmittel online und ließ sie sich vor ihre Haustür liefern. Ihr Chef hatte sich darauf eingelassen, dass Mel ausschließlich von zu Hause aus arbeitete. Die Präsentationen der entsprechenden Kampagnen übernahm er für sie.

An Teammeetings nahm sie über Online-Konferenz-Programme teil. Dass das keine Dauerlösung darstellte, war Mel vollkommen bewusst. In ihrer aktuellen Situation war sie mit der Lösung aber mehr als glücklich.

All diese Maßnahmen waren nur deshalb notwendig, weil sie sich seit dem Ereignis vor anderthalb Jahren nicht mehr ohne Begleitung vor die Haustür traute. Sie bekam regelrecht Panikattacken, wenn es an der Tür klingelte. Dem Postboten und den Lieferdiensten hatte sie Abstellgenehmigungen erteilt, damit sie so wenig Kontakt wie möglich hatte.

Bevor Mel sich weiter in ihren Gedanken verlieren konnte, klingelte ihr Handy. Der Name ihres Chefs erleuchtete hell auf dem Display. Sicher hatte er vor, mit ihr den gerade gesendeten Entwurf durchzugehen, bevor er diesen dem Kunden präsentierte.

»Puh. Geschafft!« Gegen Mittag, als sie das Telefonat endlich beendet hatte, fiel Mel in ein tiefes Loch. Die schlaflosen Nächte forderten immer früher am Tag ihren Tribut. Müde rieb sie sich ihre pochenden Schläfen und begab sich in die Küche. »Jetzt brauche ich unbedingt eine Kopfschmerztablette und einen starken Kaffee, bevor die Schmerzen noch schlimmer werden.«

Sie holte die Packung aus der Schublade.

»So ein Mist!« Mel warf die leere Verpackung auf den Küchenboden und wandte sich hektisch der Schublade zu. Aber auch das Herumwühlen half nichts. Es waren keine Tabletten mehr da. Sie musste beim letzten Mal vergessen haben, neue zu bestellen.

Wenn sie jetzt keine Tablette einnahm, würde sie später an einem ausgewachsenen Migräneanfall leiden.

»Da bleibt wohl nur Chris«, sagte sie zu sich selbst.

Mit einem Seufzer griff sie nach ihrem Handy.

> *Hallo, mein Retter in der Not. ;-)*
> *Ich habe mal wieder vergessen, Kopfschmerztabletten zu besorgen. Es kündigt sich eine Migräne an. Darf ich dich noch mal bitten, mir welche zu besorgen? Wenn ich sie bestelle, dauert es zu lange :(*

Wie immer kam seine Antwort nur wenige Sekunden später.

> *Klar. Ich bin gleich bei dir.*

Zum Glück konnte sich Chris seine Zeit frei einteilen und ihr kurzfristig aushelfen.

Dennoch blieb bei Mel immer ein fader Beigeschmack, wenn sie wieder einmal auf Chris' Hilfe zurückgriff. Sie erinnerte sich jedes Mal erneut daran, wie abhängig sie von anderen war. Ausgerechnet sie, die doch immer ihre Freiheit und Unabhängigkeit genossen hatte.

Mit ihrem Kaffee in der Hand ging Mel zurück an den Schreibtisch, um an den letzten Details der aktuellen Kampagne zu feilen. Schließlich wartete im Anschluss das nächste herausfordernde Projekt auf sie. Trotz der häufigen Müdigkeit und der vielen Kopfschmerzen machte ihr die Arbeit Spaß.

Mel trank gerade den letzten - inzwischen kalten - Schluck Kaffee, als vorsichtig an ihre Tür geklopft wurde.

»Hey! Du siehst wirklich bescheiden aus, wenn ich das mal so sagen darf.« Chris besaß schon vor dem Unfall einen Schlüssel zu ihrem Haus, was sich besonders jetzt als äußerst praktisch erwies. »Gut, dass ich nicht klingeln soll.« Chris kratzte sich verlegen am Hinterkopf.

»Da du der einzige mit Schlüssel bist und auch nur ange- kündigt vorbeikommst, erübrigt sich das Klingeln sowieso.« Mel brachte ein mühsames Lächeln zustande.

Ihre Eltern besuchten sie nur nach vorheriger Absprache und riefen sie an, wenn sie vor der Tür standen. Mehr Besuch bekam sie nicht und alle anderen Personen ließ sie vor ver- schlossener Tür stehen.

Mit einem Lächeln kam der große rothaarige Mann auf Mel zu. Seine Haare wirkten heute dunkler als sonst und auch seine Sommersprossen stachen deutlicher auf seinem blassen Gesicht hervor. Er legte seine starken Arme um ihre Schultern und drückte sie fest an sich. Fürsorglich reichte Chris ihr die Tabletten und eine Wasserflasche, die er aus der Küche mit- gebracht hatte.

»Ich dachte mir schon, dass du die Tabletten dringend brauchst.«

Mel machte sich eine geistige Notiz, dass sie sich am bes- ten direkt welche auf Vorrat besorgte. So müsste sie beim nächsten Mal nicht auf Chris zurückgreifen.

»Danke. Die letzte Nacht habe ich wieder mehr wach als schlafend verbracht. Natürlich kündigt sich eine Migräne an.«

»Das habe ich mir schon gedacht, du siehst echt fertig aus. Soll ich heute Nacht hier schlafen? Oder kann ich dir sonst etwas Gutes tun?«

»Das ist lieb, aber ich komme schon zurecht. Wenn nicht immer diese Albträume wären. An denen kannst du ja leider auch nichts ändern.« Sie lächelte erschöpft.

»Ach Mel. Ich wünschte, ich könnte mehr für dich tun. Aber ich bin inzwischen echt ratlos. Hilft es dir, wenn du mal wieder ein wenig aus deinem Schneckenhaus rauskommst? Ich denke, dass es Zeit wird, das Leben zu genießen. David hätte nicht gewollt, dass du dich so einigelst.« Chris machte eine kurze Pause, um seine Worte zu unterstreichen. »Versteh mich bitte nicht falsch! Das mit David ist jetzt fast anderthalb Jahre her. Seitdem hast du nicht mehr einen Schritt allein vor die Tür gesetzt. Dein ganzer Lebensmittelpunkt findet hier in diesem Haus statt. Glaubst du, das hätte er gewollt?«

»Chris. Ich weiß, dass es so nicht ewig weitergehen kann und sich etwas ändern muss. Aber ich bin einfach noch nicht so weit.« Mel sank auf ihrem Schreibtischstuhl zusammen.

»Was hält dich ab? Kommt dein Mut, vor die Tür zu gehen, einfach über Nacht zurück? Willst du weiterhin nur herumsitzen und grübeln?« Chris wedelte mit seiner Hand umher und deutete auf die Couch.

»Chris, was soll das denn jetzt? Du weißt, wie schlecht es mir damit geht. Meinst du ernsthaft, es bringt was, wenn du mich jetzt unter Druck setzt? Mir Vorwürfe machst?« Mit einem Ruck richtete sich Mel auf. Ihr Herzschlag beschleunigte sich und ihre Miene wurde düster.

»Mel, ich möchte nicht mit dir streiten! Es war auch nicht meine Absicht, Druck auszuüben. Aber du musst doch auch langsam begreifen, dass es so nicht mehr weiter geht.«

»Und was soll ich deiner Meinung nach machen? So einfach mir nichts dir nichts vor die Tür gehen, oder wie?« Wütend über Chris' herzlosen Vortrag sprang sie vom Stuhl auf.

»So war das nicht gemeint! Ich versuche, dir zu helfen. Nur bin ich langsam auch mit meinem Latein am Ende.« Chris hob fragend seine Hände. »Hast du schon mal über einen

Selbstverteidigungskurs nachgedacht?« Er nahm seine Hände wieder runter und ging einen Schritt auf Mel zu.

»Nein, habe ich nicht. Was soll mir das bringen? Ich verachte Gewalt und nach der Sache damals werde ich mich ganz sicher nicht von irgendwelchen fremden Menschen anfassen lassen. Außerdem, wie soll ich hinkommen?« Mel verschränkte ihre Arme vor der Brust.

»Ich lass dir mal eine Karte von einem Freund hier. Er unterrichtet Selbstverteidigung und wäre für den Anfang bereit, dir hier Einzelstunden zu geben. Alex ist wirklich in Ordnung. Ihm kannst du vertrauen und wenn du möchtest, kann ich bei den Stunden dabei sein.« Chris streckte Mel eine Visitenkarte hin, die sie nicht einmal beachtete. Stattdessen schaute sie mit geschürzten Lippen aus dem Fenster.

»Du hast nicht ernsthaft ohne mein Wissen mit fremden Leuten über mich geredet, oder?« Mel blickte ihren Freund mit weit geöffneten Augen an.

»Ich habe nur das erzählt, was er unbedingt wissen muss, falls du dich darauf einlässt.« Er ging einen Schritt auf Mel zu und streckte ihr die Karte immer noch entgegen.

»Chris! Was soll das? Du hast mir versprochen, niemandem davon zu erzählen. Niemandem!« Aufgebracht drehte Mel sich von Chris weg und tigerte durch den Raum.

»Mel … Jetzt beruhige dich doch bitte!« Er versuchte, ihren Arm zu fassen, Mel zog diesen schnell genug weg. Sein Griff ging ins Leere.

»Ich möchte mich aber nicht beruhigen. Ich möchte weder die Hilfe deines Bekannten noch von irgendwem sonst. Du hast mir ein Versprechen gegeben!« In sicherer Entfernung zu Chris blieb Mel stehen und sah ihn eindringlich an. »Geh jetzt, bitte.«

Mit einem Seufzen ließ Chris die Visitenkarte auf Mels Schreibtisch fallen, drehte sich um und ging zur Tür. Im Türrahmen drehte er sich ein letztes Mal zu ihr um. »Dann werde ich jetzt wohl gehen. Aber bitte denk in Ruhe darüber nach. Melde dich, wenn etwas ist.«

Er wandte sich erneut von ihr ab, um das Haus zu verlassen. Erst als sie die Haustür ins Schloss fallen hörte, ließ Mel sich zurück in ihren Schreibtischstuhl sinken. Sie legte ihre Arme auf die Schreibtischplatte und vergrub den Kopf in ihnen. Ein lautes Schluchzen entwich ihren Lippen. Die ersten Tränen liefen über die Wangen, sie hatte das Gefühl zu zerbrechen. In ihrem Inneren schmerzte jede Pore ihres Körpers. Sie fuhr sich mit ihren Händen über das Gesicht, bevor sie diese in ihren Schoß legte. Mel konnte es nicht fassen, dass Chris sie so hinterging. Sie fühlte sich Verraten und im Stich gelassen. Wütend trommelte sie mit ihren Fäusten auf der Tischkante, als sich ein Schrei aus ihrem Inneren löste.

Konnte Mel Chris weiter um Hilfe bitten? Sie hatte jedes Mal ein schlechtes Gewissen dabei. Wen sollte sie in Zukunft sonst fragen? Wenn sie ihre Eltern fragte, dann musste sie ihnen erzählen, wie es ihr wirklich ging. Das würde sie nicht übers Herz bringen. Sie machten sich sowieso zu viele Sorgen um sie. Und jemand anderes ist ihr nach dem Vorfall nicht geblieben.

Da würde Mel lieber in den sauren Apfel beißen und sich weiterhin Chris' Vorwürfe anhören.

ZWEI

Hoffentlich schlief Mel gleich nicht ein. Nach einer weiteren Nacht geprägt voller Albträume saß sie mit ihrem inzwischen dritten Kaffee am Schreibtisch. Der Besprechung ihrer Abteilung, an der sie über eine Liveschaltung teilnahm, konnte sie nur schwer folgen.

Webcampain, wie die Firma, für die Mel arbeitete, hieß, sollte die Außenpräsenz von Möbel Drew verbessern.

Der Möbelhersteller fiel im letzten Jahr vermehrt mit schlechten Schlagzeilen auf. Dadurch hatten sie hohe Umsatzeinbußen und einen großen Imageschaden erlitten.

Eine Werbekampange für eine neue Möbellinie und ein neuer Internetauftritt sollten das Image jetzt wieder aufbessern.

Es handelte sich um ein sehr umfangreiches, aber auch lukratives Projekt, von dem ihr Chef Mark sich viel versprach.

Mel trank einen großen Schluck Kaffee und richtete sich weiter auf, um dem Geschehen auf ihrem Bildschirm zu folgen. Das Brainstorming lief schon seit einer Stunde. Bisher hatte ihr Chef noch nicht entschieden, wer das Konzept am Ende als Projektleiter ausarbeiten würde.

Mel schrieb ihrer Kollegin Lindsay, mit der sie sich gelegentlich austauschte, um zumindest etwas auf dem Laufenden zu bleiben.

Hat Mark schon Andeutungen gemacht, wer das Projekt bekommt?

Mel hatte ihren aktuellen Auftrag fast abgeschlossen und war zudem die erfahrenste Mitarbeiterin. Sie sollte wohl langsam ein bisschen besser zuhören.

Bisher noch nicht. Aber ich bin mir sicher, dass du das Projekt zugeteilt bekommst. Schließlich hast du ein Händchen für schwierige Kunden.

An sich klang es spannend und nach einem Auftrag ganz nach Mels Geschmack. Sie liebte umfangreiche und schwierige Projekte.

Meinst du?

Sie war sich alles andere als sicher.

In der letzten Zeit hatte sich immer mehr herausgestellt, dass ihre Abwesenheit für ihre Arbeit eher hinderlich war. Besonders bei den Präsentationen der Ideen und in Abstimmungsgesprächen mit den Auftraggebern fehlte Mel. Saß sie gemeinsam mit einem Kunden in einem Raum, so nahm sie die kleinsten Regungen wahr und konnte feststellen, ob er eine Idee interessant fand oder von etwas nicht überzeugt war. Oft gab das den ausschlaggebenden Punkt, an einer Sache ein bisschen mehr zu feilen.

Sie war zwar immer über Onlineschaltungen bei diesen Terminen dabei, nahm aber über den Bildschirm nicht alles wahr, was ihr sonst nicht entging.

In letzter Zeit kamen immer mehr Nachfragen der Kundinnen und Kunden, warum ich nicht persönlich da war. Einige haben deshalb auch schon um eine andere Projektleiterin oder einen anderen Projektleiter gebeten. Ich habe in letzter Zeit eher die unbeliebten Aufträge abbekommen.

So konnte es nicht mehr lange weitergehen. Selbst Mels Kolleginnen und Kollegen wurden immer neugieriger und unzufriedener mit der Situation.

Innerlich wartete sie nur darauf, dass ihr Chef sie zurück ins Büro orderte. Sie wusste jedoch nicht, wie sie das bewerkstelligen sollte. So blieb ihr im Moment nichts übrig, als besonders gute Werbekonzepte zu entwerfen und ihre Füße still zu halten. Anderenfalls sah sie ihren Arbeitsplatz in Gefahr.

Mark kann in diesem Projekt nicht auf dich verzichten. Da bin ich mir sicher.

Lindsay versuchte eindeutig, sie aufzubauen.

Als Mels Chef die Besprechung nach einer weiteren Stunde endlich beendete, verließen die Kolleginnen und Kollegen eilig den Konferenzraum. Mel wollte sich gerade verabschieden, als Mark direkt in die Kamera sah. »Melissa kannst du bitte noch einen Moment warten? Ich habe noch etwas mit dir zu besprechen.«

Mel nickte und wartete gespannt ab, bis auch der letzte Kollege den Besprechungssaal verlassen und die Tür hinter sich geschlossen hatte.

Beim Blick in das Gesicht ihres Chefs wuchs ihre Anspannung rapide an. Mel wurde flau im Magen und musste sich zusammenreißen. Sie spürte bereits, wie sich ihr Mageninhalt einen Weg nach oben suchte. War jetzt der Zeitpunkt gekommen?

»Mel, du bist meine beste und erfahrenste Mitarbeiterin, weshalb ich dich dringend für dieses Projekt brauche. Dafür ist aber deine Anwesenheit in der Firma notwendig.« Auch wenn Mark dabei weiterhin ruhig und gelassen vor dem Laptop saß, hörte Mel an seinem ernsten und strengen Tonfall, dass ihm dieses Gespräch ebenfalls zusetzte.

»Mark, das schaffe ich nicht. Du kennst den Grund.« Angespannt spielte sie mit ihrem Kugelschreiber, mit dem sie sich eben noch Ideen zu dem Projekt notiert hatte.

»Ich habe dir diese Lösung als vorübergehende Option eingeräumt, weil ich dich nicht verlieren wollte. Ich kann es mir nicht leisten, eine so gute Mitarbeiterin wie dich gehen zu lassen. Dieser Zustand dauert jetzt aber schon anderthalb Jahre an. Inzwischen wird es zunehmend schwerer, dein volles Potential auszuschöpfen. Deine Abwesenheit muss ich ständig erklären und rechtfertigen.« Mark richtete sich während seiner Erklärung auf, sein Tonfall wurde schärfer.

Mel konnte darauf nichts erwidern. Sie gab ihrem Chef recht. Es war nur noch eine Frage der Zeit gewesen, bis es zu diesem Gespräch kam. Sie selbst hatte vorhin noch darüber nachgedacht.

»Es gibt in dieser Firma zu viele gute Talente. Ich kann dich langsam nicht mehr in Schutz nehmen.«

»Ich weiß! Nur habe ich immer noch keinen Ausweg aus dieser Situation gefunden. Du bist neben Chris der Einzige, der mein Problem kennt und über den Grund Bescheid weiß.« Erneut überfiel Mel ein schlechtes Gewissen. Sie hatte ihren Eltern immer noch nichts erzählt. Sie hatten ein offenes und vertrauensvolles Verhältnis, doch ihr fehlte der Mut, ihnen das Ganze jetzt zu erzählen, wo der Vorfall schon so lange her war.

Mels Eltern fragten sie regelmäßig, warum sie nicht mehr zu ihnen gekommen sei, aber sie hatte bisher immer eine Ausrede gefunden. So belief sich der wenige Kontakt auf Telefonate oder Besuche von ihren Eltern bei ihr. Schon länger hatte Mel das Gefühl, dass sie etwas vermuteten. Solange sie sie damit nicht konfrontierten, ignorierte sie ihre Gefühle diesbezüglich.

»Mel, es ist ja nicht so, dass ich kein Verständnis für dich habe. Ich bin mir deiner Situation vollkommen bewusst. Aber mir sind die Hände gebunden.« Mark massierte sich die Schläfen.

»Ja, ich brauche dich und möchte ungern auf dich verzichten. Aber ich brauche dich zu einhundert Prozent. Mir bleibt nichts anderes übrig, als dir ein Ultimatum zu stellen.« Er sah sie eindringlich an. Mels Magen zog sich bei diesen Worten nur noch weiter zusammen.

»Wir fangen gerade erst mit dem Projekt an, das mindestens ein dreiviertel Jahr, wenn nicht sogar länger dauern wird«, sagte er leiser. »Die ersten Abstimmungen haben gerade begonnen. Die können wir wie bisher über die Bühne bringen.«

Mel sank immer weiter in sich zusammen.

»Aber spätestens in einem halben Jahr bist du bei den Konferenzen wieder körperlich anwesend. Ansonsten muss ich dich entlassen und das fände ich sehr schade. Ich schätze dich als Mensch und nicht nur als Mitarbeiterin. Das weißt du. Aber so kann es nicht mehr weitergehen.«

Mel musste hart schlucken. Ihr war zwar bewusst, dass ihre Situation problematisch war. Sie hatte auf kurz oder lang bereits mit Konsequenzen gerechnet, aber insgeheim immer gehofft, einer solchen Situation entkommen zu können.

»Da kann ich jetzt nicht wirklich etwas zu sagen. Dein Entschluss scheint festzustehen.« Mels Stimme war belegt. Krampfhaft versuchte sie, sich ihre Tränen und Enttäuschung nicht anmerken zu lassen. Ein schwerer Stein drückte auf ihr Herz, das Atmen fiel ihr schwer. Wieder fühlte sie sich von einem Freund verraten. Doch dieser Verrat saß nicht so tief wie der von Chris, schließlich hatte sie insgeheim mit einem solchen Ultimatum gerechnet.

»Mel, bitte nimm dir den restlichen Tag Zeit, besprich dich mit Chris. Ihr werdet sicherlich gemeinsam einen Ausweg finden.«

Damit verabschiedete sich ihr Chef. Mel blieb mit ihren Gedanken allein vor dem Laptop zurück. Fassungslos über das Gespräch und ihre scheinbar aussichtslose Situation brach sie in Tränen aus. Sie sank in sich zusammen und eine Leere machte sich in ihrem Inneren breit. Wie sollte es jetzt nur weitergehen? Wenn sie wirklich ihren Job verlor, dann könnte Mel sich auch von ihrer Oase verabschieden.

»So. Genug damit! So schwer kann das doch nicht sein!« Nach zwei Stunden, in denen sie weinend am Schreibtisch gesessen hatte, fasste Mel einen Entschluss. »So leicht gebe ich meinen Arbeitsplatz nicht auf. Ich will jetzt endlich mein Leben zurück«, sprach sie ihren Entschluss laut aus.

Zielstrebig ging sie in ihr Badezimmer und spritzte sich kaltes Wasser ins Gesicht. Ihre geschwollenen und rot unterlaufenen Augen versuchte sie, so gut es ging mit Make-up zu verdecken.

Im Flur zog Mel sich Schuhe und Jacke an, schnappte sich ihre Handtasche und die Schlüssel. Entschlossen fasste sie nach dem Griff der Haustür.

Zögernd atmete sie tief durch und bestärkte sich in ihrem Entschluss, jetzt einfach aus der Tür zu treten und zu Chris zu gehen. Die zwei Straßen, die er entfernt wohnte, würde sie schon bewältigen.

Sie riss die Haustür auf und hob ihren Fuß, um den ersten Schritt über die Türschwelle zu setzen.

»Du schaffst das, Mel! Du musst den Fuß einfach nur auf der anderen Seite absetzen.«

Doch noch bevor sie den Fuß auf dem Boden absetzen konnte, hielt sie stockend inne.

»Uff.« Mels Magen verkrampfte sich und ihr wurde übel. Ihr Herz fing an, wild zu pochen. Ihr Hals schnürte sich zu, sie hatte das Gefühl, als bliebe ihr die Luft weg. Mels Blick, der gerade noch auf die Straße gerichtet war, wurde starr und ihr Sichtfeld verkleinerte sich immer weiter. Sie nahm alles um sich herum nur noch wie durch einen Tunnel wahr. Panisch griff sie nach der Türzarge und klammerte sich fest. Langsam ließ sie sich daran heruntersinken, ohne die Zarge loszulassen.

Verzweifelt versuchte Mel, ihre Atmung und ihren Herzschlag zu beruhigen. Aber ihre Bemühungen waren umsonst.

Weit entfernt bekam sie mit, wie jemand sie an ihren Schultern berührte und auf sie einredete. Sie verstand kein Wort von dem, was die Person zu ihr sagte. Am Rande ihres Bewusstseins meinte Mel, Chris' Stimme zu erkennen, bevor alles um sie herum in Dunkelheit versank.

»Was …? Wo bin ich?« Noch nicht ganz wach und ein wenig verwirrt tastete Mel um sich. Sie machte die Couch unter sich aus. »Wie komme ich hier hin? Ich wollte doch zu Chris.« Sie murmelte leise vor sich hin. Über ihr war ihre weiche Kuscheldecke ausgebreitet. Die war zwar schon alt und verwaschen, erinnerte sie aber an frühere Zeiten. Als David noch lebte, saß sie regelmäßig unter dieser Decke an ihn angekuschelt auf der Couch, während sie gemeinsam einen Film ansahen. Auf gar keinen Fall würde sie sich von ihr trennen. Das wäre undenkbar.

Als sie aufschaute, saß Chris im Sessel gegenüber. Mel blinzelte irritiert. »Was machst du denn hier?«

Gleichzeitig fragte er: »Was hattest du vor?«

Irritiert sah Mel Chris an und überlegte fieberhaft, was passiert war. Alles, woran sie sich erinnern konnte, war der Gedanke, endlich wieder leben zu wollen. Sie hatte versucht, das Haus zu verlassen. Das war ihr wohl nicht gelungen. Aber wie kam Chris hier her?

»Ich brauche erst ein Glas Wasser, bevor ich mich deinem Verhör stelle.«

Mit einem entschuldigenden Blick reichte Chris ihr das gewünschte Getränk.

»Sorry. Ich habe mir Sorgen gemacht. Mark hat mich nach eurem Meeting angerufen, da er so eine Aktion von dir schon befürchtet hatte. Als ich dich dann in deiner Haustür habe liegen sehen, hatte ich einen Schrecken bekommen.« Chris kniete sich neben sie auf den Boden. »Ich weiß, ich war derjenige, der dir gestern vorgeworfen hatte, dass du an deiner Situation nichts ändern würdest. Aber meinst du, Zwang ist der richtige Weg?« Fragend sah er sie an und nahm ihre Hand in seine. »Du hast jetzt anderthalb Jahre das Haus nicht verlassen. Dafür gibt es doch einen Grund. Meinst du, der löst sich in Luft auf und du musst einfach nur vor die Tür gehen und alles ist wieder wie früher?«

»Ich weiß, das war eine doofe Idee. Wenn ich aber meinen Job behalten will, muss ich etwas ändern. Nur fehlen mir die Ideen, wie. Mark hat dir ja sicherlich von dem Ultimatum erzählt, das er mir gestellt hat. Ich liebe meine Arbeit. Sie ist das Einzige, das noch genauso ist wie früher. Ich möchte nicht auch noch das Haus verlieren.« Mel entzog ihm ihre Hand, damit sie die Arme vor der Brust verschränken konnte. Sie hatte das Gefühl zu zerbrechen, wenn sie ihren Oberkörper nicht umklammerte.

Chris legte eine Hand auf ihre Schulter und strich ihr beruhigend über den Rücken.

»Ihm ist auch bewusst, dass du Zeit brauchst, um deine Ängste abzubauen.« Er neigte seinen Kopf leicht zur Seite. »Ich hatte dir letzte Woche Alex' Karte dagelassen. Hast du da wenigstens mal drüber nachgedacht? Das wäre eine Möglichkeit, erst dein Selbstvertrauen und dann dich selbst zu stärken. Danach können wir den Rest immer noch angehen.

»Ähm … Ehrlich gesagt, noch nicht, nein.« Mels Stimme wollte ihr noch nicht ganz gehorchen, mühsam richtete sie sich auf der Couch auf. »Ich habe das bisher verdrängt. Wie stellst du dir das denn überhaupt vor?« Zweifelnd sah sie Chris an und knete ihre Hände.

»Natürlich würde ich das nie von dir verlangen.« Er löste ihre Hände und nahm sie beruhigend in seine.

»Du weißt doch, ich trainiere schon lange Krav Maga. Alex ist seither mein Trainer. Mit meiner Firma sponsere ich seine Projekte. Er selbst arbeitet an einer Karriere als MMA-Fighter.« Mit sanfter Stimme versuchte Chris, Mel von seiner Idee zu überzeugen. »Solange, bis du so weit bist, zu Einzelstunden in seinen Club zu kommen. Ich wäre zumindest am Anfang bei den Trainingseinheiten dabei, damit du dich sicherer fühlst.« Er drückte ihre Hände bestimmend.

»Chris, ich weiß nicht so recht. Ich und Kampfsport? Ich verachte doch jegliche Gewalt und seitdem das mit David passiert ist, erst recht. Und jetzt soll ausgerechnet ich einen Kampfsport erlernen?« Mel wusste nicht, was sie von dieser Idee halten sollte. »Außerdem: Was soll das bringen? Meinst du, nur weil ich dann theoretisch weiß, wie ich mich wehren könnte, verliere ich meine Angst?« Sie entzog ihm erneut ihre Hände und war zu aufgebracht, als dass sie sie ruhig halten konnte. Wild fuchtelte sie mit ihnen herum. Auch Chris' sanfte Berührungen halfen nicht weiter.

»Geschweige denn, dass ich mich in einer solchen Situation wirklich verteidigen könnte. Ich kann nicht mal einer Fliege was antun. Dann soll ich lernen, wie ich Menschen verletzen kann?« Mel blickte ihren Freund skeptisch an.

»Angst beginnt im Kopf, Mut auch. Wenn dein Kopf also erst mal begreift, wie du dich wehren kannst, glaube ich fest daran, dass du deinen Mut wiederfindest.« Langsam begann Mels Mauer zu bröckeln.

»Außerdem ist Kampfsport weit mehr als Gewalt. Es bedeutet Kontrolle, Selbstvertrauen, Stärke … Ich könnte noch viel mehr aufzählen. Du willst doch die Kontrolle über dein Leben zurück, oder? Was hast du zu verlieren?« Chris klang dabei selbst von seinen Worten überzeugt und fast wie ein Coach für Selbstvertrauen. Mel war von seiner Ansprache fasziniert. Da konnte sie schlecht ablehnen.

»Womit habe ich einen besten Freund wie dich nur verdient? Du hast mal wieder recht. Wenn du meinst, der Schritt könnte mir ernsthaft helfen, dann lass es uns versuchen.« Mel traute ihrer Entscheidung noch nicht ganz, hatte aber durch Chris' Rede neuen Mut gefasst.

»Sehr schön. Ich vereinbare mit Alex einen Termin und dann fangen wir an, dein Leben wieder in die richtige Bahn zu lenken!« Damit klopfte Chris Mel auf die Schulter und stand mit einem Stöhnen vom Boden auf.

»Kann ich dich jetzt wieder allein lassen, ohne dass du irgendwelche Dummheiten anstellst? Ich muss noch ein bisschen was klären. Ich melde mich bei dir, sobald ich was von Alex gehört habe.« Er sah sie mit geneigtem Kopf an.

»Geh ruhig. Mir geht es dank dir schon bedeutend besser. Es ist mir ja vollkommen klar, dass ihr nur das Beste für mich wollt. Und jetzt ab mit dir. Ich nehme dich schon viel zu sehr in Beschlag.« Mel stand auf und scheuchte Chris mit ihren Händen weg.

Nachdem er gegangen war, ging sie zurück ins Büro, um sich die Visitenkarte und den Laptop zu holen. Neugierig überlegte sie, ob sie diesen Alex googeln sollte, entschloss sich aber dagegen.

»Ich lasse es einfach auf mich zukommen. So schlimm wird es schon nicht werden. Nachher mache ich doch noch einen Rückzieher.«

D R E I

Ein paar Tage später war es so weit. Chris hatte sein Versprechen gehalten und mit Alex einen Termin zum Training in Mels Garten vereinbart. Sie war echt gespannt auf diesen Typen. Viel hatte sie von Chris nicht über ihn erfahren. Gerade bereute sie, dass sie nichts Näheres über ihn wusste.

Pünktlichkeit schien auf jeden Fall nicht seine größte Stärke zu sein. Seit einer Ewigkeit warteten sie auf Alex. Mel blickte demonstrativ auf die Uhr, doch Chris zuckte bloß mit den Schultern. »Er ist halt ein vielbeschäftigter Mann.«

Was zum Henker hatte sie sich dabei gedacht, einen fremden Mann zu sich einzuladen? Okay, genaugenommen hatte Chris das Treffen organisiert. Und da sie nicht ihr Haus verließ, musste das Training gezwungenermaßen bei ihr zu Hause stattfinden. Mel schob sich einen Keks in den Mund, obwohl sie eigentlich gar keinen Hunger hatte.

Die Idee mit dem Selbstverteidigungskurs war gut, aber warum konnte Chris ihr die Griffe nicht zeigen? Warum musste dafür extra ein Trainer kommen? Chris wusste ganz genau, wie schlecht ihr allein schon beim Gedanken daran, einen fremden Mann in ihre Komfortzone Haus zu lassen, wurde. Nur gut, dass ihr Freund sie nicht vollkommen allein ließ.

Völlig in Gedanken versunken, bemerkte Mel nicht, wie Chris schon eine ganze Weile auf sie einredete.

»Mel, jetzt reiß dich doch mal zusammen. Alex ist wirklich ein guter Trainer. Ich bin die ganze Zeit über hier.«

Bevor sie antworten konnte, dass sie weniger angespannt gewesen wäre, wenn Chris ihr wenigstens ein Foto von diesem Alex gezeigt hätte, klingelte es.

»Bleib du sitzen, ich mache schon auf.« Chris war bereits auf halbem Weg zur Haustür.

Wenig später trat er, gefolgt von einem grimmig dreinblickenden Kerl, auf die Terrasse. Er war ein ganzes Stück größer als Chris. Seine Bauch- und Brustmuskeln zeichneten sich deutlich unter seinem enganliegenden Shirt ab. Mel wurde heiß. Ihr Blick wanderte zu seinem Gesicht. Sie wollte ihm nicht zu offensichtlich zeigen, wie ihr seine Muskeln gefielen. Ihr entfuhr ein Keuchen, als sie den Cut an seiner rechten Augenbraue und seine Nase sah. Sie sah eindeutig so aus, als wäre sie frisch gebrochen, so geschwollen war sie, und sein linkes Auge leuchtete in den verschiedensten Blautönen.

Nur mit viel Mühe schaffte Mel es, einen Kommentar zu unterdrücken, bevor sie den Kerl weiter betrachtete.

Trotz all seiner Blessuren kam sie nicht umhin, festzustellen, dass er ein sehr markantes Gesicht hatte. Und erst seine Augen … Sie waren stahlgrau und musterten sie eingehend. Unter seinem Blick wurden Mels Wangen heiß, glühten immer stärker, je länger er sie ansah.

Wie sie wohl auf ihn wirkte? Sie war schon zu Schulzeiten mit David zusammengekommen, weshalb sie sich seitdem nie wieder Gedanken darüber gemacht hatte, wie sie bei anderen Männern ankam. Für sie gab es immer nur David.

»Da ist ja der Sorgenfall.« Alex' Kommentar hörte sich abfällig und wenig begeistert an.

»Hattest du nicht gesagt, dass das mit dem Training kein Problem sei? Du meintest, Alex mache das gerne.« Mel drehte sich zu Chris. »Hast du ihn bestochen, damit er dem Sorgenfall Privatstunden gibt?« Sie betonte das Wort Sorgenfall besonders abfällig. Ihr war klar, dass es kein wohlgemeinter Gefallen war. Chris wich ihrem Blick aus, was ihre Vermutung nur noch weiter bestärkte.

»Du hast ihm doch nicht etwa gedroht, oder?« Vielleicht hatte Chris etwas gegen Alex in der Hand. Besonders vertrauenserweckend sah der Typ nicht aus. Eher so, als wäre er gerade eben erst aus einem Boxring gestiegen, und das nicht als Sieger. Chris zuckte auf ihre Frage hin nur mit der Schulter.

Mel stand auf. Sie musste dringend mit Chris unter vier Augen reden.

»Chris? Hast du einen kurzen Moment für mich?«

Eindringlich sah sie ihn an und trat entschlossen auf ihn zu.

»Klar!«

Mit schnellen Schritten ging Melissa ins Haus. Chris folgte ihr. In der Küche angekommen, drehte sie sich wütend zu ihm um.

»Ist das dein verdammter Ernst? Der Typ sieht aus, als wäre er gerade so aus einer Kneipenschlägerei gekommen!«

»Jetzt beruhige dich doch erst einmal. Alex sieht vielleicht etwas derangiert aus, aber er ist der beste Trainer, den du dir wünschen kannst. Außerdem ist er harmlos. Ich würde nie jemanden reinlassen, dem ich nicht zu 100 Prozent vertraue und von dem ich annehmen könnte, er wäre gewalttätig.« Endlich sah Chris Mel in die Augen. In diesen konnte sie Entschlossenheit entdecken. Auch seine aufrechte und selbstsichere Haltung zeigte ihr die Überzeugung, die hinter seinen Worten steckte. Sie blieb dennoch skeptisch.

»Der Typ soll harmlos und nicht gewalttätig sein? Hast du ihn dir mal angesehen?!« Mel tigerte aufgebracht durch die Küche.

»Wenn ihr dann fertig seid, über mich zu diskutieren, würde ich gerne mit dem Training anfangen. Ich habe nicht ewig Zeit. Und nein, ich komme nicht aus einer einfachen Kneipenschlägerei. Das ist weit unter meinem Niveau.«

Mel, die nicht mitbekommen hatte, dass Alex ihnen gefolgt war, blieb abrupt stehen und sah ihn mit fassungslosem Blick an. Alex lehnte mit verschränkten Armen im Türrahmen und sah sie herausfordernd an.

»Was? Brauchst du Beweise? Ein Führungszeugnis oder so?«

Chris, der das Blickduell schweigend verfolgt hatte, brach in heiteres Gelächter aus.

»Ich wüsste nicht, was es da zu lachen gibt.« Mel wandte sich Chris zu und erdolchte ihn förmlich mit ihrem Blick.

Da Alex mitten in der Küchentür stehengeblieben war, hatte sie keinerlei Möglichkeit, die Flucht zu ergreifen. Verzweifelt versuchte sie, einen Ausweg aus dieser Situation zu finden. Wie sollte sie jemals Vertrauen zu diesem Kerl aufbauen? Und die Notwendigkeit, ihm zu vertrauen und ihn nah an sich heranzulassen, war selbst ihr, die kaum eine Ahnung von Selbstverteidigung hatte, bewusst.

»Was ist jetzt? Wird das heute noch was? Ansonsten mache ich jetzt die Biege.« Mit diesen Worten machte Alex auf dem Absatz kehrt und ging wieder in den Garten.

»Auf was habe ich mich da nur eingelassen?« Mel murmelte vor sich hin und folgte ihm mit gesenktem Kopf. Ihr brach der Schweiß aus, ihr Magen zog sich zusammen. Am liebsten hätte sie ihr Mittagessen wieder ausgespuckt. Alles in ihr schrie nach Flucht. Aber der Gedanke daran, ihre letzte Chance für den Erhalt ihres Jobs zu verschwenden, ließ sie weitergehen.

Chris, den Mel dicht hinter sich spürte, hielt sie ebenfalls davon ab, ihrem Fluchtinstinkt zu folgen.

»Du schaffst das, Mel. Ich werde fürs Erste dein Trainingspartner sein. Du wirst kaum Körperkontakt zu Alex haben. Außerdem fangen wir mit Grundlagen an, bevor es ans

Eingemachte geht.« Aufmunternd klopfte Chris ihr auf die Schulter und schob sie dann vor sich her in den Garten. Da konnte sie ihre Füße noch so sehr in den Boden stemmen. Er hatte bei ihrer kleinen Statur kaum Mühe damit, sie vorwärtszuschieben. Mel zitterte am ganzen Körper und benötigte alle Kraft, um nicht auf der Stelle zusammenzubrechen. Denn diese Blöße wollte sie sich auf gar keinen Fall geben.

»Das will ich auch hoffen.« Zumindest hatte Mel ihre Stimme wiedergefunden. Sie blieb in einiger Entfernung zu Alex stehen und entwand sich Chris' Griff. Den scharfen Blick, den er Alex aufgrund seines Kommentars, die Biege zu machen, zuwarf, bemerkte sie nicht. Chris war hinter ihr stehengeblieben. Alex, der den Blick samt Bedeutung sehr wohl mitbekommen hatte, drehte sich zu seiner Trainingstasche um. Eilig packte er sein mitgebrachtes Equipment in Form von Boxhandschuhen und Pratzen aus.

»Was steht ihr beiden denn da so rum? Los, warmlaufen! Und jedes Mal, wenn ich 'Hep' rufe, geht ihr runter, macht 20 Sit-ups, Liegestütze und Kniebeugen. Und bitte sauber ausgeführt. Mel, wenn du zu schwach bist, kannst du bei den Liegestützen auf die Knie gehen und die Füße in der Luft kreuzen.«

‚Alex klingt fast wie ein Drill-Instruktor', dachte Mel. Sie beeilte sich, um hinter Chris, der schon ein paar Meter weiter im Garten joggte, herzulaufen.

»Denk nicht so viel über die Situation nach, Mel. Lass sie einfach auf dich zukommen«, schlug er ihr vor, als sie zu ihm aufgeschlossen hatte. Sie wurde das Gefühl nicht los, dass er extra langsam lief, damit sie mit ihm mitkam.

Mel hatte in den letzten Jahren deutlich an Kondition eingebüßt. Früher war sie mehrfach die Woche mit David durch den Park gejoggt. Jetzt hatte sie das Gefühl, als wäre sie zu einem Couchpotato mutiert.

Fieberhaft überlegte sie, was sie antworten sollte, doch gerade, als sie zum Reden ansetzte, rief Alex: »Hep!« Sowohl

Mel als auch Chris legten sich augenblicklich auf den Rasen, um die geforderten Übungen auszuführen.

»Mel, Füße auf dem Boden lassen und aus dem Bauch heraus hochkommen!« Alex wagte es tatsächlich, ihre Sit-ups zu kritisieren. ,So ein arroganter Arsch', dachte sie.

»Mel! Tiefer runter! Hast du in deinem Leben denn noch nie Sport gemacht?«

»Das darf doch wohl nicht wahr sein! Was nimmt sich dieser Idiot raus? Das soll ein guter Trainer sein? So langsam zweifele ich an deinem Urteilsvermögen«, nuschelte Mel Chris zu.

Zu allem Überfluss stellte Alex nun auch noch seinen Fuß auf ihren Rücken. Mel erschrak und ließ sich komplett auf den Boden fallen. Alex nahm seinen Fuß wieder von ihr herunter. Mel musste sich stark zusammenreißen, ihn nicht anzuschreien. Sie fand sein Verhalten unverschämt und hätte ihm das gerne an den Kopf geworfen. Sie wollte aber nicht noch mehr wie eine kleine Furie herüberkommen. Ihr Verhalten von zuvor war ihr peinlich genug.

Unverändert ging es noch ein paar Runden weiter und mit jeder Runde schoss Mel mehr giftige Blicke in Alex' Richtung. Wenn Blicke töten könnten, wäre er erledigt. Ständig kritisierte er irgendetwas an ihr. Er sollte sich nicht wie ihr Personaltrainer aufführen, sondern ihr zeigen, wie sie sich in Gefahrensituationen wehren konnte. Mel konnte sich nicht erklären, warum sie so viele Sit-ups oder Liegestütze machen musste. Die Kniebeugen störten sie eher weniger. Hier schien sie ihm auch keinen Anlass zum Meckern zu geben. Beim Laufen merkte sie, dass sie viel zu schnell außer Atem kam. Ihre Lunge brannte und sie japste nach Luft. Ihr wurde bewusst, wie sehr sie die Bewegung vermisst hatte.

»Okay, das sollte reichen. Lasst uns mit den Basics anfangen: die richtige Haltung und die ersten Schlagtechniken.« Mel sah dabei zu, wie sich Chris zwei kleine Schaumstoffkis-

sen mit angebrachten Klettverschlüssen und ein paar Boxhandschuhe nahm und sich gegenüber von ihr hinstellte.

»Strecke mir mal deine Hände hin, dann kann ich dir helfen, die Boxhandschuhe richtig anzuziehen. Das ist am Anfang immer ein bisschen kniffelig«, sagte Chris.

Mel beobachtete ihn ganz genau dabei, wie er ihr die
Handschuhe über die Hände streifte. Währenddessen hatte
sich auch Alex an den klobigen Dingern bedient. Er klemmte
sie sich zwischen die Oberschenkel und wandte sich Chris zu,
um ihm dabei zu helfen, die Schaumstoffkissen an seinen
Armen zu befestigen. Mel betrachtete dabei das Muskelspiel
seiner Oberarme. Die Muskeln zeichneten sich deutlich unter
seiner Haut ab, sahen aus wie eine perfekte Hügellandschaft,
die bei jeder kleinen Bewegung leicht zuckten. Sie waren nicht
überdimensional, was ihnen ein natürliches Aussehen verlieh.
Aber sie merkte deutlich, dass Alex viel und regelmäßig Sport
machte.

Mel war selbst überrascht davon, wie toll sie seine Muskeln fand. Seine Arme strahlten Kraft aus und vermittelten
Sicherheit. Ein Gefühl, nach dem sie sich so sehr sehnte. Sie
seufzte, denn leider machte gutes Aussehen noch lange keinen
guten Charakter. Mel schluckte schwer, als sie an David denken musste. Es war so lange her, dass er ihr dieses Gefühl
geben konnte. Sehnsucht machte sich in ihrem Inneren breit.
Kopfschüttelnd verdrängte sie die Gedanken an David.

»Pass auf! Du fängst sonst gleich noch an zu sabbern«, sagte Alex und verdrehte die Augen.

Peinlich berührt darüber, beim Starren erwischt worden
zu sein, wandte Mel den Blick ab. Derweil zog sich Alex eher
unbeeindruckt seine Boxhandschuhe an.

»Du wirst zunächst lernen, deine Hemmungen zu überwinden, einen Menschen zu boxen und zu treten. Rücksicht
oder Zurückhaltung ist hier fehl am Platz. Chris wird das
aushalten.« Als wollte Alex seine Aussage demonstrieren,

schlug er mit sehr viel Kraft auf eine von Chris'
Schaumstoffpratzen, die sich deutlich unter dem Hieb bog.

»Einige Stellen werden durch entsprechende Ausrüstung
geschützt.« Er machte eine vage Geste in Richtung seiner
Leisten. Unwillkürlich blieb Mels Blick kurz dort hängen.

»Das heißt, selbst, wenn wir ohne Pratzen - das sind die
Kissen an Chris' Armen - trainieren, möchte ich kein Zögern
sehen. Ansonsten wirst du das Gelernte niemals in einer Gefahrensituation anwenden können.« Alex wandte sich zu Mel
und sah sie eindringlich an. »Das bedeutet im Klartext: Wenn
ich sage, du sollst dein Knie in seine Eier rammen, dann ziehst
du das durch. Und zwar so fest, wie du kannst. Ein potentiel-
ler Angreifer fragt dich auch nicht um Erlaubnis.« Mel zuckte
angesichts der Schärfe in seiner Stimme zusammen.

»Ich soll was? Ich kann doch nicht …« Mel versuchte zu
widersprechen, kam aber nicht weit. Sie würde Chris nie im
Leben zwischen die Beine treten. Vielleicht sollte Alex als ihr
Sparringpartner herhalten. Wenn er weiter solche Kommenta-
re abließ, hätte sie mit Sicherheit kein Problem damit, seine
Kronjuwelen zu verletzen.

»Doch, du kannst und du wirst.«

Unbehaglich spielte Mel mit ihren langen blonden Haaren,
die sie zu einem Zopf gebunden hatte. »Das ist nun mal die
Stelle, an der du deinen Angreifer am schnellsten außer Ge-
fecht setzt. Wirst du von einer Frau angegriffen, versuchst du,
ein wenig höher in den Magen zu zielen. Das Prinzip ist das
Gleiche. Chris trägt einen Protektor, ihn wirst du im Training
nicht verletzen.« Nun wanderte Mels Blick zwischen Chris'
Beine. Tatsächlich konnte sie eine Wölbung erkennen, die an
dieser Stelle eher ungewöhnlich aussah. Das musste der Protektor sein.

»Es wird ihm höchstens ein wenig unangenehm sein. Und
jetzt sieh ganz genau zu.« Alex wandte sich von ihr ab.

Worauf hatte sich Mel nur eingelassen? Sie selbst konnte keiner Fliege etwas antun, geschweige denn einen anderen Menschen willentlich verletzen. Selbst, wenn derjenige keine guten Absichten hegte, bevorzugte sie immer eine gewaltfreie Lösung. Glaubte Alex ernsthaft, sie wäre dazu in der Lage, sich gegen einen Mann zu wehren, der womöglich seine Statur hatte? Selbst Chris war ihr körperlich ein ganzes Stück überlegen und er war im Vergleich zu Alex sehr schmächtig.

Alex positionierte sich in Kampfstellung. Ihm gegenüber stand Chris, der keinerlei Anzeichen von Sorge zeigte und die Pratzen auf Kopfhöhe hielt. Wäre Mel an seiner Stelle gewesen, hätte sie Sorgen gehabt, dass Alex' Fäuste samt Pratzen in ihrem Gesicht gelandet wären. Nie im Leben hätte sie die Kraft aufgebracht, dem standzuhalten. Chris hingegen schien es keine Mühe zu kosten, seine Haltung beizubehalten. Egal, wie stark Alex' Fäuste auf die Pratzen trafen, er bewegte sich keinen Zentimeter. Fasziniert beobachtete Mel die Männer.

»Anders als beim Boxen haben wir das Gewicht auf beiden Beinen gleichmäßig verteilt. Dadurch bleibst du mit jedem Bein frei beweglich.« Um ihr das zu verdeutlichen, führte Alex mit jedem Bein abwechselnd einen angedeuteten Tritt aus. »Dazu stellst du dich hüftbreit hin und lässt die Knie leicht gebeugt.« Er stellte sich wie beschrieben vor Chris. »Neben einem sicheren Stand zeigst du deinem Angreifer, dass du keine Angst vor ihm hast. Du vermittelst ihm, dass du nicht weichen, sondern kämpfen wirst. Viele lassen sich schon allein dadurch abschrecken.« Er sah zu Mel, als würde er sich vergewissern, ob sie ihm folgen konnte. Sie bestätigte dies mit einem Nicken, woraufhin Alex fortfuhr. »Deine Hände hast du vor dem Körper erhoben, mit den Handflächen zum Angreifer.« Er hob seine Hände auf Brusthöhe. »Du zeigst ihm so deine Grenze auf. So kannst du einen Angriff schneller abwehren. Sind deine Hände unten, brauchst du viel zu lange,

um zu reagieren, sollte derjenige zuschlagen. Verstanden?«
Erneut sah Alex sie an.

»Ja.« Mel wusste immer noch nicht, was sie von der ganzen Sache halten sollte. Lieber wäre es ihr, solchen Situationen aus dem Weg zu gehen. Gewalt behagte ihr in keiner Form. Warum sollte sie einem Angreifer also signalisieren, sie wäre bereit zu kämpfen? In Wirklichkeit wollte sie nur flüchten. Das hatte sie sich anders vorgestellt.

Mel versuchte, Alex' Haltung zu imitieren. Scheinbar war sie jetzt an der Reihe. Er hatte aufgehört, auf die Pratzen einzudreschen, und sich hinter sie gestellt. Als er sie an den Hüften packte, um ihre Position zu korrigieren, schreckte sie auf.

Damit hatte Mel nicht gerechnet. Sofort fühlte sie sich bedrängt. Sie war wieder in dieser dunklen Gasse und spürte die Hände eines Fremden auf ihr. Bevor Mel weiter darüber nachdenken konnte, sprang sie schreiend in die Luft. Reflexartig drehte sie sich zu ihm um. Ihre rechte Hand schnellte hoch und ihre Faust traf Alex' lädierte Gesichtshälfte mit voller Wucht. Er hatte mit einer solch heftigen Reaktion nicht gerechnet. Seine Hände befanden sich immer noch auf der Höhe von Mels Hüften. Sie war selbst über die Intensität ihres Ausbruchs erschrocken, wich einen großen Schritt zurück und schlug sich ihre Hand vor den Mund. Mel versuchte zunächst, Alex' Reaktion abzuschätzen, und hob zögernd ihren Blick.

Sie brauchte eine Weile, bis sie mutig genug war, ihm in die Augen zu sehen. Alex wirkte jedoch alles andere als wütend, womit sie eigentlich gerechnet hatte. Stattdessen sah er sie verdutzt an, formte seinen Mund zu einem O und zog seine Augenbrauen zusammen.

Seine Hand hatte er inzwischen an die Stelle gelegt, an der Mel ihn getroffen hatte, und verdeckte damit sein halbes Gesicht.

Als er sie langsam sinken ließ, betrachtete Mel den angerichteten Schaden. Alex' Lippe war aufgeplatzt und blutete heftig. Er betrachtete seine Hand, die sich teilweise rot gefärbt hatte. Prüfend hob er seine Finger erneut in sein Gesicht und tastete vorsichtig seine Lippe ab. Ein leises Zischen entfuhr ihm und Mel packte das schlechte Gewissen.

»O mein Gott! Das tut mir leid! Entschuldigung. Das wollte ich nicht.« Sie brachte die Worte nur keuchend hervor. Alex musterte sie belustigt, was Mel nur noch mehr irritierte. Er schien wegen des Vorfalls nicht wütend zu sein und die Situation lustig zu finden. Mel fragte sich, was mit Alex nicht stimmte. Sie konnte nicht mehr zählen, wie oft sie sich diese Frage schon gestellt hatte, seit er bei ihr aufgetaucht war.

»Wow! Damit lässt es sich arbeiten. Chris? Bist du dir sicher, dass Melissa das Training wirklich benötigt?« Der Angesprochene versuchte, sein Lachen hinter seiner Hand zu verbergen. Das gelang ihm allerdings nicht sonderlich gut.

Mel hatte das Gefühl, Alex machte sich über sie lustig. Aber das wollte sie nicht. Es war ein reiner Reflex auf Alex' Berührung. Seit dem Überfall durften sie nur die Ärzte und Chris anfassen. Selbst das kostete sie eine enorme Überwindung. Aber Alex' Berührung war nicht im Ansatz mit denen der Ärzte zu vergleichen. Da war noch mehr außer dem Schrecken, der sie so reagieren ließ. Mel spürte den Schauer immer noch, der ihr über den Rücken lief. Ihr wurde angenehm warm und ihre Haut prickelte an der Stelle, an der seine Hände gelegen hatten.

»Und jetzt zu dir, Melissa.« Alex unterbrach ihre Grübeleien. Er sah sie nun finster an, der eben noch belustigte Gesichtsausdruck war verschwunden. Seine Augenbrauen waren so weit zusammengezogen, wie es mit dem Cut an der rechten Braue nur irgendwie ging. Die Arme hatte er in seine Hüften gestemmt.

Mel konnte sich Alex' plötzlichen Stimmungswechsel nicht erklären. »Regel Nummer zwei: Entschuldige dich nie - und ich meine wirklich nie - für einen Treffer. Wenn du einen landest, so ungeplant er auch war, ist das immer ein Fehler deines Gegners. Und wenn ich in diesem Fall dein Gegner war, dann war ich einfach zu unaufmerksam. Und das wird nie wieder vorkommen.« Mit diesen Worten ging Alex zu seiner Tasche, um sich das Blut abzuwischen und eine Salbe auf die aufgeplatzte Lippe aufzutragen, damit er das Training fortsetzen konnte.

»Mir geht es wirklich besser, Chris. Ich muss mich noch ein bisschen an Alex gewöhnen. Er hat irgendetwas … Unheimliches an sich. Aber das Training hat erstaunlich gutgetan.« Während Alex direkt danach abgehauen war, horchte Chris Mel seit Minuten aus.

»Du hast dich gar nicht mal so schlecht angestellt. Ich glaube, du hast Alex mit deiner Ohrfeige echt beeindruckt, obwohl er das nie zu geben würde.«

»O Gott. Das war mir so peinlich. Erinnere mich bloß nicht daran.« Mel schlug sich die Hände vors Gesicht.

»Ach was. So dramatisch war das auch nicht. Außerdem hatte ich Alex vorgewarnt, dass du auf Berührungen etwas, sagen wir mal, extrem reagierst.«

»Extrem? Ich habe mich einfach nur erschrocken.« Dabei hatte Mel sich nicht einmal vor der Berührung erschrocken, sondern vor dem, was sie bei ihr auslöste. Alex' Hände hatten sich auf ihren Hüften angenehm und aufregend angefühlt. Bei dem Gedanken daran spürte sie das Kribbeln immer noch. Das hätte sie aber unter keinen Umständen zugegeben.

»Jetzt brauche ich dringend ein ausgiebiges Bad, um meine Muskeln zu entspannen.« Dafür, dass sie heute nur Grundlagen trainiert hatten, war das Training sehr anstrengend gewesen. Bei jedem Schritt spürte Mel Muskeln in ihrem Körper, von deren Existenz sie bislang nichts geahnt hatte.

Alex' Andeutungen zufolge würde es wohl nicht bei diesem Pratzen-Training bleiben.

Chris' Lachen riss Mel aus ihren Gedanken. »Das glaube ich dir gerne. Das wird auch die nächsten Einheiten nicht anders werden. Jetzt will ich dich aber nicht länger von deinem verdienten Bad abhalten. Bis morgen.« Er ging einen Schritt zurück, war bereits im Begriff zu gehen.

»Bis morgen. Falls ich diesen Muskelkater überleben sollte«, erwiderte sie.

»Schön, dich endlich wieder lachen zu sehen. Das habe ich wirklich vermisst. Wir sollten darüber nachdenken, jeden Tag zu trainieren. Es scheint dir echt gut zu gehen.«

Mit diesen Worten drehte Chris sich zur Tür und verschwand. Mel stockte. Ihr war nicht bewusst, dass sie so lange nicht mehr gelacht hatte. Prüfend fuhr sie sich mit ihrer Hand über die Wangen. Spürte den Muskeln, die sie zum Lächeln genutzt hatte, nach. Irgendwie hatte es sich merkwürdig, aber auch befreiend angefühlt. Ein weiteres Lächeln stahl sich auf ihre Lippen.

VIER

„Ahh!" Mel stöhnte, als sie am nächsten Morgen von ihrem Wecker aus dem Schlaf gerissen wurde.

»Sei ruhig!«, grummelte sie verschlafen. Sie versuchte, mit steifen, schmerzenden Bewegungen nach dem Übeltäter zu greifen, was ihr nicht sonderlich gut gelang. Sie hatte sich in der Decke verfangen und strampelte sich nun frustriert aus dieser frei.

Mel konnte sich nicht daran erinnern, wann sie zuletzt von ihrem Wecker geweckt worden war. Mit einem erneuten Stöhnen richtete sie sich in ihrem Bett auf.

Nur mühselig hatte sie ihren Wecker erreicht und konnte das nervige Gebimmel ausstellen. »Endlich Ruhe.«

Es nützte ja nichts. Aufstehen würde Mel wohl oder übel auch mit ihrem Muskelkater müssen. Schließlich wartete noch eine Menge Arbeit an ihrem Schreibtisch auf sie. Kurz dachte sie darüber nach, sich bei ihrem Chef krank zu melden und einfach im Bett liegen zu bleiben. »So ein Mist. Ich werde einen Teufel tun. Mark wird mich rausschmeißen, wenn ich mich jetzt krankmelde.« Das würde er wahrscheinlich nicht einmal in Erwähnung ziehen, aber sie wollte ihn nicht weiter verärgern.

Das Anziehen gelang Mel nur unter größter Mühe und im Schneckentempo. Sie konnte sich kaum bewegen und schon die kleinste Bewegung schmerzte. Mel fühlte sich wie eine achtzigjährige Frau, die kaum noch gerade gehen konnte. Obwohl sie sich bei Chris für ihre derzeitige – schmerzende - Verfassung bedanken sollte. Dass er ihr damit lediglich einen Gefallen machen wollte, ignorierte Mel geflissentlich.

Auch auf dem Weg in die Küche fluchte sie bei jedem Schritt. Endlich an der Kaffeemaschine angekommen, schaltete sie das Gerät an. Als sie das vertraute Brummen vernahm, schnappte sich Mel ein Glas Leitungswasser, in dem sie eine Tablette Magnesium auflöste. Sie glaubte zwar nicht an eine schnelle Linderung, aber einen Versuch war es wert. Sie hatte gerade das Glas auf der Arbeitsfläche abgestellt und wollte mit der Tasse Kaffee in ihr Arbeitszimmer gehen, als ihr Handy klingelte.

»Chris!« Sein Name leuchtete auf dem Display auf. Grummelnd nahm sie den Anruf entgegen. »Wenn man über den Teufel nachdenkt, ist dieser nicht weit.«

Deutlich hörte Mel das Lachen ihres Freundes auf der anderen Seite, was sie nur noch mehr grummeln ließ.

»Da hat aber jemand gute Laune.« Seine Antwort klang ironisch. »Hast du so schlecht geschlafen oder kannst du dich vor Muskelkater kaum noch bewegen, dass du mich so verfluchst?«

»Letzteres«, gab Mel widerwillig zu.

»Das kommt davon, wenn man zum Couchpotato mutiert«, sagte Chris.

»Ich mutiere …«, versuchte sie zu widersprechen, wurde aber unterbrochen.

»Na sonderlich viel Sport hast du die letzten anderthalb Jahre nicht gemacht.«

Als Mel darauf nichts erwiderte, setzte Chris erneut zum Sprechen an. »Versuch es mal mit Magnesium, das wirkt wahre Wunder. Am besten nimmst du das immer direkt nach dem Training.«

»Hättest du mir das nicht gestern sagen können? Aber genau das habe ich gerade getan.«

Mel griff nun endlich nach ihrem Kaffee. Statt wie geplant ins Arbeitszimmer zu gehen, führte sie ihr Weg ins Wohnzimmer, wo sie sich auf die Couch setzte.

»Autsch!«, rutschte es ihr heraus, woraufhin Chris' Lachen erneut aus dem Handy an ihr Ohr drang.

»Ich höre schon, du hast das Training gerade so überstanden. Soll ich heute Abend mit Essen vom Chinesen vorbeikommen? Als Wiedergutmachung?«

»Sehr gerne. Ich werde wohl später kaum in der Lage sein, den Kochlöffel zu schwingen.«

»Abgemacht. Bis heute Abend.«

»Bis später.«

Mel legte mit einem erneuten Stöhnen ihr Handy zur Seite, um ihre Kaffeetasse mit beiden Händen zu umfassen. Genüsslich trank sie einen großen Schluck.

Sie bekam die Frage nicht aus dem Kopf, ob sie Alex später doch googeln sollte. Irgendwo musste sie noch die Visitenkarte mit seinem vollen Namen haben. Viele Infos hatte Chris ihr nicht über ihn verraten. Dabei sollte sie doch zumindest etwas über diesen Kerl wissen, wenn er demnächst öfter bei ihr auftauchte. Bisher hatte Mel es vermieden, das Internet nach Alex zu durchsuchen. Zu groß war ihre Angst davor, Dinge zu erfahren, die sie abschrecken konnten.

Irgendetwas hatte er an sich, das ihn besonders machte. Aber bevor Mel weiter darüber nachdenken konnte, wartete erst einmal die Arbeit auf sie.

Mühsam stand sie von der Couch auf und schleppte sich in ihr Arbeitszimmer.

Mel schloss ihr aktuelles Projekt, das sie gerade für ihren Chef vorbereitete, auf dem Laptop. Erschöpft stand sie vom Stuhl auf, um sich noch einen Kaffee zu holen.

Mit einem Blick auf die Uhr stellte sie fest, dass sie noch jede Menge Zeit hatte, bis Chris mit dem Essen auftauchte. Ihr Muskelkater war nach wie vor bei jedem Schritt präsent. Unaufhörlich zog sich gefühlt jeder Muskel in Mels Körper schmerzhaft zusammen, wenn sie auch nur eine kleine Bewegung ausführte. Inzwischen hatte sie sich aber daran gewöhnt und bewegte sich nicht mehr wie im Schneckentempo vorwärts.

Mit der neuen Tasse Kaffee wollte Mel ihren Einfall vom Morgen in die Tat umsetzen. Sie ging zurück in ihr Büro, schnappte sich den Laptop und die Visitenkarte und begab sich ins Wohnzimmer. Dort ließ sie sich auf die Couch sinken.

»Dann wollen wir mal sehen, was wir über Alex alles in Erfahrung bringen können.« Mel sprach leise vor sich hin, während sie seinen Namen in die Suchmaschine eintippte. Wenn sie jemand hören würde, müsste er denken, sie sei verrückt.

»Wow!«, entfuhr es ihr, als die ersten Bilder auftauchten.

Ohne seine Blessuren hatte Alex ein kantiges Gesicht, mit sehr markanten Gesichtszügen. Seine Nase sah nach wie vor danach aus, als sei sie bereits gebrochen gewesen. Sie wies diesen für einen Bruch typischen Hügel auf dem Nasenrücken auf und stand leicht schief. Seine stahlgrauen Augen blickten sie mit einem intensiven Ausdruck von dem Bild an, das sie gerade vergrößert hatte. Alex sah direkt in die Kamera und Mel kam es so vor, als würde er vor ihr stehen und nicht nur auf einem Bild zu sehen sein. Seine Augen, waren ihr schon im Garten aufgefallen. Sie hatte das Gefühl, in diesen zu versinken. Den Ausdruck konnte Mel nur noch nicht deuten. Es schien eine Mischung aus Trauer, Hoffnung und Geheimnissen zu sein.

Zudem strahlte Alex' Blick Kampfgeist und Stärke aus. Als wenn er sich durch nichts und niemanden einschüchtern lassen würde. Wahrscheinlich traf das auch genau so auf ihn zu. Sie konnte sich nicht vorstellen, dass irgendjemand in der

Lage war, ihn zu bezwingen. Er wirkte wie ein fest verwurzelter Baum, der seit vielen Jahren sämtlichen Stürmen trotzte. Mit diesem Gedanken klickte sie sich durch die nächsten Bilder, bis sie auf eines stieß, das Alex offensichtlich in einem Kampf zeigte.

Er trug enge schwarze Shorts. Seine Muskeln zeichneten sich deutlich unter dieser Hose ab. An seinen Händen dominierten die klotzigen Boxhandschuhe. Fasziniert musterte Mel ihn. Es war nicht ein Gramm Fett zu viel zu sehen, so durchtrainiert wirkte er.

Mel fragte sich, wie viel Alex wohl trainierte, um so einen Körper zu bekommen. Sie biss sich auf ihre Unterlippe. Unter seiner engen Kleidung vom gestrigen Tag hatten sich seine Muskeln in Form eines Sixpacks bereits deutlich abgezeichnet. Jetzt konnte Mel seinen gestählten Körper ohne störende Kleidung mustern. Das Sixpack verlief v-förmig über Alex' Bauch. Wenige kurze blonde Haare wiesen den Weg von seinem Bauchnabel zum Bund seiner Hose. Selbst seine Beine wirkten, so kraftvoll, dass man nicht das Gefühl hatte, dass ihn irgendetwas so leicht umwerfen könnte.

Mel konnte ihren Blick von seinem gestählten Körper kaum abwenden.

Sie konnte nur davon träumen, wie es sich anfühlte, von diesen Armen gehalten zu werden. Sie strahlten auf dem Bild Sicherheit und Geborgenheit aus.

»Schluss jetzt. Ich will mich nur über Alex informieren und ihn nicht sabbernd auf dem Bildschirm anschmachten. Das kann und werde ich David sicherlich nicht antun.«

Damit klickte Mel die Bilder weg, um sich einige Zeitungsartikel über Alex durchzulesen. Diese berichteten allesamt von seiner steilen Karriere als MMA-Fighter und seinen Erfolgen als Trainer. Er hatte ein Projekt aufgebaut, bei dem er straffälligen Jugendlichen dabei half, ihre Aggressionen abzubauen, ohne andere dabei zu schaden. Mel erfuhr von seiner Adoption als Kind, nach der er schon sehr bald mit dem Kampfsport begonnen hatte. Seine Adoptiveltern setzten sich schon lange zuvor für Kinder aus sozial benachteiligten Bereichen ein.

Mel wurde bewusst, dass es Alex in seiner Kindheit nicht leicht gehabt hatte. Sie fragte sich, ob seine mysteriöse und düstere Ausstrahlung, die ihr gestern mehrfach aufgefallen war, davon kam. In Gedanken versunken, klickte sie sich weiter durchs Netz.

Als nächstes öffnete sie ein Video, das Alex bei einem aktuellen Kampf zeigte. Schon nach den ersten Schlägen und Tritten schloss Mel es aber wieder. Die extreme Aggression, die er ausstrahlte, ließ ihr einen kalten Schauer über den Rücken laufen. Das konnte und wollte sie sich nicht weiter ansehen.

Mel wusste nicht, warum Chris so jemanden in ihr Haus ließ.

Mühsam versuchte sie, die Bilder, die sie gerade gesehen hatte, mit dem Alex zu verbinden, der als Kind adoptiert wurde und gestern bei ihr im Garten recht entspannt auf ihre Ohrfeige reagiert hatte.

»Nicht auszudenken, wenn er mich zurückgeschlagen hätte. Vielleicht läge ich jetzt mit einer Gehirnerschütterung im Krankenhaus«, murmelte Mel leise. Er hatte so anders gewirkt als auf dem Video. Sie konnte jedenfalls nicht glauben, dass das dieselbe Person war, die sie eben auf dem Bildschirm gesehen hatte. Ja, Alex wirkte düster und auch irgendwie angespannt. Er sah mit seinen Verletzungen auch nicht wie ein Engel aus. Aber er strahlte bei weitem nicht diese Aggressionen aus. Er wirkte wie eine Kampfmaschine, die sämtliche Tritte und Fausthiebe einstecken konnte, ohne auch nur ansatzweise zusammenzuzucken oder zurückzuweichen. Zum Glück hatte sie ihn nicht vor dem gestrigen Training im Internet gesucht. Mel hätte sich mit Sicherheit in ihrem Schlafzimmer eingeschlossen und wäre erst herausgekommen, sobald Alex gegangen wäre.

Sie schreckte aus ihren Gedanken hoch, als Chris mit zwei vollbeladenen Tellern vor ihr stand. Das war der Nachteil, wenn der beste Freund einen Schlüssel zum Haus hatte. Sie hatte weder mitbekommen, wie er ins Haus gekommen war, noch hatte sie das Klappern des Geschirrs wahrgenommen. So tief war sie in ihren Gedanken über Alex versunken.

»Alles in Ordnung bei dir? Ich habe laut gerufen, es kam aber keine Antwort.«

»Bei mir ist alles gut. Ich war in Gedanken beim Training von gestern. Außerdem bin ich immer noch richtig k.o., der Muskelkater macht mich fertig.«

Chris' lautes Lachen erfüllte den Raum. »Das glaube ich dir. Hast du eigentlich in den letzten anderthalb Jahren irgendeinen Sport gemacht?«

»Ähmm …« Mel errötete und senkte schuldbewusst den Kopf. Sie wusste nicht, was sie darauf erwidern sollte. Schließlich hatte Chris recht. Sonderlich viel hatte sie nicht getan. Dabei war sie vor dem Vorfall recht sportlich gewesen.

»Okay. Kein Wunder, dass du so einen Muskelkater hast, wenn deine Muskeln so verkümmert sind«, sagte er und Mel hörte seine Erheiterung deutlich heraus. Sie klappte den Laptop schnell zu, während Chris auf sie zu kam. Nicht auszudenken, wenn er sie dabei erwischt hätte, wie sie Alex stalkte.

»Ja, ja. Wer den Schaden hat, braucht für den Spott nicht zu sorgen. Oder wie war das noch gleich?« Mel nahm Chris einen Teller aus der Hand und schob sich direkt die erste Gabel in den Mund. Sie hatte keine Lust, sich weiter über dieses Thema zu unterhalten.

»Sag mal Mel, ist wirklich alles in Ordnung? Du bist so schweigsam und sitzt zusammengesunken auf der Couch wie ein Häufchen Elend. Willst du mir nicht erzählen, was los ist?«

»Ich habe Alex im Internet recherchiert«, platzte es doch aus ihr heraus, dann verfiel sie erneut in Schweigen.

»Und? Bist du dabei auf einen Geist gestoßen?« Chris runzelte die Stirn.

»Nein …«

»Sondern? Mensch Mel, jetzt lass dir doch nicht alles aus der Nase ziehen, du bist doch sonst nicht so verschwiegen.« Während Chris das sagte, wandte er sich ihr noch ein Stück weiter zu und griff nach ihrem Knie. Mel zuckte selbst bei dieser einfachen Berührung zusammen.

»Hey. Was ist los?«, fragte er erneut. Er beließ seine Hand, wo sie war, und wusste nicht, wie er Mel sonst Trost spenden sollte. Denn, dass sie etwas bedrückte, war eindeutig.

»Ich glaube, er macht mir einfach nur Angst. Ich habe ein Video gesehen. Er sah aus wie eine Kampfmaschine. Seine Augen waren völlig starr und strahlten solch eine Aggressivität aus. Ich frage mich seitdem, wie du so jemanden in mein Haus lassen konntest.« Mel richtete sich ein wenig auf, als wenn ihr eine große Last von den Schultern gefallen wäre.

»Ach Mel! Das war sicherlich ein Wettkampfvideo«, sagte Chris beruhigend. »Da muss Alex fokussiert bleiben. Ansonsten würde er von seinem Gegner in Grund und Boden gestampft werden. Er ist der loyalste und beste Trainer, den ich kenne. Ich würde ihm mein Leben anvertrauen. Das ist der einzige Grund, warum nur er in meinen Augen als dein Trainer infrage kommt.« Er nahm seine Hand von ihrem Bein und deutete auf den Laptop. »Wenn du ihn recherchiert hast, dann hast du doch sicherlich auch das Projekt mit den Jugendlichen gesehen, oder?« Chris sah Mel fragend an. »Wenn ich Zeit habe, dann unterstütze ich ihn bei seiner Arbeit mit den Kids. Du müsstest mal sehen, wie empathisch er mit ihnen umgeht. Sie verdanken Alex eine Zukunft, die sich nicht im Knast abspielt.« Seine Stimme überschlug sich förmlich vor Begeisterung.

Mel schaute Chris tief in die Augen. Weil er nicht einmal mit der Wimper zuckte und reine Überzeugung ausstrahlte, beruhigte sie sich ein wenig.

»Ich bin gerade richtig glücklich, mich quasi selbst zum Essen eingeladen zu habe. Nicht auszudenken, wenn du mit diesen Gedanken ganz allein gewesen wärst.« Chris lächelte sie aufmunternd an und Mel bemerkte, dass auch sie froh war, den Abend über nicht für sich zu sein. Es tat ihr gut, ihre Sorgen mit Chris zu teilen und seine Meinung über Alex zu hören.

FÜNF

»O Gott!« Nach zwei Tagen kämpfte Mel immer noch mit ihrem Muskelkater. Da halfen auch die beiden Tabletten Magnesium nichts mehr, die sie jeden Morgen und Abend in Wasser aufgelöst einnahm.

Sie wusste nicht, wie sie ein erneutes Training mit Alex überstehen sollte, wenn sie immer noch jeden Muskel spürte, sobald sie sich auch nur anders hinsetzte.

Viel Zeit blieb ihr nicht mehr, bis Alex und Chris bei ihr auftauchten. Nervös lief Mel zwischen Küche und Garten hin und her, unschlüssig darüber, wo sie auf die beiden warten sollte.

»Ich hätte mir das Video von Alex' Kampf gestern nicht ganz ansehen sollen.« Sie erwischte sich dabei, wie sie erneut mit sich selbst sprach.

Wie war Mel nur auf diese dumme Idee gekommen? Da war ihre Nervosität, Alex wiederzusehen, kein Wunder. Mittlerweile hatte sie nur noch die Version der Kampfmaschine Alex vor Augen, wenn sie an ihren Trainer dachte. Sie konnte diesen stechenden, kalten Blick seiner Augen einfach nicht vergessen. Da halfen Chris' beruhigende Worte vom Vorabend nicht weiter.

Sie würde ihrem besten Freund ihr Leben anvertrauen, so war das nicht. Auf seine Meinung zählte sie auch, aber die Bilder aus dem Video hatten sich einfach zu sehr auf ihre

Netzhaut eingebrannt. Dadurch vergaß sie Chris' besänftigende Worte.

Mel verfluchte sich dafür, nicht mit ihm gemeinsam auf Alex gewartet zu haben. Dann hätte er sie wenigstens noch ein bisschen beruhigen können. Hoffentlich tauchte Alex nicht auch noch vor Chris bei ihr auf.

Beinahe fiel Mel ihre Kaffeetasse aus der Hand, als die Klingel ertönte. Vielleicht hätte sie sich besser einen Beruhigungstee gemacht, statt einen weiteren Kaffee zu trinken.

Mit einem Blick durch den Türspion vergewisserte sie sich, dass kein unerwarteter Besucher vor der Haustür stand. Zu ihrer Erleichterung waren Chris und Alex gemeinsam gekommen. Sie schienen sich gut amüsiert zu haben, solange sie darauf warteten, hereingelassen zu werden.

»Warum benutzt er seinen Schlüssel nicht?« Mels Stimme war nicht mehr als ein Flüstern. Ein unbestimmtes Gefühl machte sich in ihr breit und die Sorge darum, die beiden würden sich über sie lustig machen. Mel wunderte sich noch darüber und musterte die Männer noch kurz, bevor sie ihnen die Tür öffnete. Sie waren in locker sitzenden Sportsachen gekleidet. Während Chris eine kurze rote Sporthose und ein schwarzes T-Shirt trug, war Alex' Hose schwarz. Sein schwarzes Axelshirt schmiegte sich eng an seinen Körper. Beide hatten ihre Sporttasche über ihren Schultern hängen.

Alex' Tasche war dabei deutlich größer als die von Chris. Kein Wunder. Er musste schließlich die gesamte Ausrüstung mit sich herumschleppen. Zögerlich ließ Mel ihren Blick von seiner Tasche hoch in sein Gesicht wandern. Was sie sah, überraschte sie.

Sowohl der Cut als auch die schillernden Verfärbungen an seinem Auge schienen langsam abzuklingen. Statt der deutlichen schillernden Farben zeigte die Haut rund um sein Auge nur noch eine blasse gelbgrüne Farbe, die an einigen wenigen Stellen noch durch lila Verfärbungen unterbrochen wurde.

Auch die Schwellung war bereits deutlich zurückgegangen. Alex wirkte dadurch nicht mehr so furchteinflößend.

»Und gefalle ich dir so besser?« Seine Stimme klang feixend und ließ Mel zusammenzucken.

»Ähm ...« Ihr fiel keine sinnvolle Antwort ein, ohne ihre Gedanken zu verraten.

»Falls nicht, die nächste Kneipenschlägerei kommt bestimmt.« Alex unterbrach ihre Suche nach den richtigen Worten.

›Kann ich mir ein Erdloch wünschen, das mich auf der Stelle verschlingt?‹, überlegte Mel.

»Sicherlich«, sagte sie leise, während sie einen Schritt nach hinten trat, um den beiden den Weg ins Haus freizugeben. Langsam, um sich einen Moment zu sammeln, schloss sie hinter ihnen die Haustür.

Sie wollte sich nicht unterkriegen lassen und keine weitere Ohrfeige verteilen. Auch wenn Alex sie plötzlich von hinten anfassen sollte. So versuchte Mel, sich Mut zuzusprechen, während sie mit durchgedrücktem Rücken nach den Männern den Garten betrat. Die Sonne schien am strahlend blauen Himmel und die Vögel zwitscherten laut in den umliegenden Sträuchern. Mit einem tiefen Atemzug sog Mel die frische Luft ein und bemerkte, wie ein kleiner Teil der Anspannung von ihr abfiel.

Heute starteten sie mit Seilspringen.

»Sind wir jetzt im Kindergarten?«, rutschte es ihr heraus.

»Stellst du mein Training infrage?« Alex' Antwort ließ nicht lange auf sich warten. Er klang nicht begeistert.

»Wie käme ich auf diese Idee?« Erschrocken über ihre forsche Aussage, schlug sich Mel die Hand vor den Mund.

»Noch so eine Reaktion und ihr dürft jedes Mal jeweils zwanzig Liegestütze, Sit-ups und Kniebeugen machen. Und zwar ihr beide!«

»Hart, wie immer«, sagte Chris, bevor Mel in irgendeiner Weise protestieren konnte.

»Und jetzt ran ans Seil und Tempo!«, befahl Alex mit ernster Miene, während er sowohl Chris als auch Mel jeweils ein Springseil zuwarf. Letztere konnte dabei allerdings nicht ernst bleiben und musste sich ein Lachen verkneifen.

»Hep!« Alex hatte sich vor ihr aufgebaut und sah sie finster mit seinen grauen Augen an. »Du glaubst wohl, ich mache das hier zum Spaß.« Mit seiner rechten Hand machte er eine Bewegung, die die Umgebung einschloss.

›Der hat sie doch nicht mehr alle. Ein bisschen Spaß schadet keinem und ihm sicherlich auch nicht‹, beschwerte sich Mel in Gedanken, als sie schweigend Alex' Anweisungen folgte.

Nach dem Aufwärmen wiederholten sie die Übungen der letzten Trainingseinheit. Dabei sollte Mel unterschiedliche rasche Abfolgen von Schlägen und Tritten durchführen und in einer weiteren Runde abwehren. Gespannt und ein wenig beeindruckt beobachtete sie Alex dabei, wie er ihr die Kombinationen zunächst langsam und dann in der gewünschten Geschwindigkeit vormachte. Chris hatte dabei sichtlich Mühe, den Kräften, die auf die Pratzen aufprallten, standzuhalten.

Dem abwechselnden Anspannen seiner Arm- und Beinmuskeln, die pure Kraft ausdrückten, konnte Mel ewig zusehen. Eine wohlige Wärme erfasste sie. Im Training wirkte das Ganze auch nicht so bedrohlich wie im Video.

Mel war erneut in Gedanken versunken und bemerkte nicht, dass Alex seine Vorführung beendet hatte und auf eine Antwort von ihr wartete.

»Mel. Aufwachen! Jetzt bist du dran. Wenn du beobachten möchtest, wie ich trainiere oder kämpfe, musst du wohl oder übel ins Trainingscenter kommen.«

»Ich habe nicht …« Mel versuchte, sich zu verteidigen. Unmöglich wollte sie Alex in dem Glauben bestärken, sie würde ihn anmachen.

»Schon klar.« Ein kleines angedeutetes Lächeln schob seine Mundwinkel leicht nach oben. Mel entging die Regung nicht.

Kopfschüttelnd wandte sie sich Chris zu, der auf ihren ersten Schlag wartete. Zum Glück hatte Mel gut genug aufgepasst, um die Kombi in der richtigen Reihenfolge durchzuführen.

»Jap, Cross, Hook, Lowkick«, wiederholte Alex dabei seine Anweisungen und damit auch die Schlagkombi.

Mel war vollkommen bewusst, dass sie nicht ansatzweise so eine beeindruckende Performance ablegte wie Alex. Schließlich hatte sie erst ihre zweite Trainingsstunde. Aber unter den Männern wollte sie sich keine Blöße geben, auch wenn sie ihnen weit unterlegen war.

»Für den Anfang nicht schlecht. Achte darauf, deine Hände schützend vor dein Gesicht zu halten. Sie müssen mindestens auf der Höhe deiner Augen sein, dann schaust du zwischen deinen Händen durch. Die rechte ist ein paar Zentimeter vor der linken. Achte beim Schlag darauf, deine Hand zu drehen und deinen Ellbogen nicht vollkommen durchzustrecken. So bringst du mehr Kraft in deinen Schlag. Noch mal!«

Während der nächsten Runden merkte Mel, wie ihr die Kombi immer leichter fiel. Sie musste nicht mehr viel darüber nachdenken, wie sie ihre Hände halten und bewegen musste.

»Okay. Pause«, sagte Alex.

Erleichtert schnappte Mel sich die Wasserflasche und nahm einen gierigen Schluck. Erschöpft ließ sie sich in die Hocke sinken und wischte mit ihrem Unterarm den Schweiß von der Stirn, während sie die offene Flasche weiter in der anderen Hand hielt. Die Schweißflecken auf ihrem Shirt sprachen Bände. Während Alex und Chris aussahen, als hätten sie vollkommen entspannt in den Gartenstühlen gesessen und einen Plausch gehalten, klebte ihr das schweißnasse T-Shirt auf der Haut. »Ich hoffe, ich rieche nicht so, wie ich aussehe«, flüsterte sie vor sich hin, während sie sich aus ihrer Position erhob.

Kampfsport beinhaltete schließlich eine Menge Körperkontakt.

»Das war gar nicht so schlecht«, lobte Alex sie.

Mel drehte sich in die Richtung, aus der sie seine Stimme vernahm.

»Wow.« Sie stieß fast mit ihrer Nase gegen Alex' Brust und hatte nicht mitbekommen, dass er so nah hinter ihr stand. Ein moschusartiger und herber Geruch nach Wald kroch in ihre Nase. »Entschuldige!«

»Nicht dafür«, sagte Alex. Mel musste ihren Kopf weit in den Nacken legen, um ihm ins Gesicht zu sehen. Alex blickte auf sie hinunter. »Du hast Talent.« Mel glaubte, einen Hauch Bewunderung aus seiner Stimme herauszuhören, war sich dem aber nicht sicher.

»Danke.« Sie beeilte sich, einen Schritt zurückzutreten, als sie sich der Nähe zu Alex bewusstwurde. Mel bemühte sich, das Kribbeln zu unterdrücken, welches tief in ihrem Inneren aufstieg.

»Dann lasst uns mal weitermachen.« Er wandte sich von ihr ab und kramte geschäftig in seiner Tasche.

»Ich würde jetzt gerne einen Schritt weitergehen und dir die ersten Verteidigungsübungen zeigen. Dafür muss Chris dich anfassen.« Alex warf ihr einen intensiven Blick aus seinen stechenden grauen Augen zu. Er wollte sich vergewissern, ob sie damit zurechtkam.

»Okay.« Mel zögerte. Nervös fuhr sie mit der Hand über ihren Unterarm und nestelte dort an der Haut. Unwissend darüber, was nun auf sie zukam, trat sie zögerlich einen Schritt vor. Am liebsten würde sie fluchtartig den Garten verlassen und sich in irgendeiner Ecke verkriechen. Dann wiederum wurde ihr bewusst, dass sie nie weiterkommen würde, wenn sie sich jetzt nicht zusammenriss. Es gehörte zum Training, die Berührungen von Alex und Chris zuzulassen. Mel rang mit sich. Der Zwiespalt, in dem sie sich befand, drohte, sie zu zerreißen. Sie verschränkte schützend die Arme vor der Brust, versuchte so, sich selbst ein wenig Halt zu geben. Mel war froh darüber, dass das Training wenigstens bei ihr zu Hause, da, wo sie sich sicher fühlte, stattfand. Anderenfalls hätte sie wahrscheinlich längst die Flucht ergriffen.

»Ich erkläre dir die Szene erst einmal.« Alex schien ihr Zögern richtig gedeutet zu haben.

»Wir fangen mit dem Szenario an: Jemand zieht an deinem Arm und hält dich gegen deinen Willen fest.« Während Alex das sagte, gab er Chris ein Zeichen, an seinem Arm zu ziehen. Fest schlossen sich Chris' Finger um Alex' Oberarm.

»Das Ziel ist, dich so daraus zu befreien, dass du Zeit hast wegzurennen.« Er machte eine Bewegung mit seinem Arm und deutete an wegzurennen. »Dafür muss Chris dich heute nur an deinem Arm festhalten.« Eindringlich sah Alex Mel an.

»Du wirst dich an den Gedanken gewöhnen müssen. Kampfsport ist eine Kontaktsportart. Wir werden uns alle drei näher kommen, als einem manchmal lieb ist. Es wird nicht selten vorkommen, dass du bei einem von uns im Schwitzkasten landest oder auch andersherum. Du musst dein gesamtes Körpergewicht und die Schwerkräfte nutzen, um uns auf den Boden zu befördern.«

Mel schluckte hart. Es war nicht so, als wäre ihr das nicht schon vorher bewusst gewesen, aber all das aus Alex' Mund zu hören, machte die Sache realer. Sie versteifte sich, fing erneut an, an ihrem Unterarm zu nesteln. Ihre Atmung beschleunigte sich. Das würde sie niemals schaffen.

»Als ob ich dich jemals umwerfen könnte«, erwiderte sie zweifelnd und sah zu Alex auf. Er war ein ganzes Stück größer als sie und über die Muskeln brauchte sie nicht weiter nachzudenken. Er hätte sicherlich keine Probleme damit, Mel ohne einen Hauch Anstrengung hochzuheben und durch die Gegend zu tragen. Wie sollte sie ihn da auch nur einen Zentimeter bewegt bekommen?

»Das ist nur eine Sache der Technik. Dafür musst du aber deine Angst vor Berührungen überwinden. Ich lasse mir diesbezüglich noch etwas einfallen. Aber jetzt fangen wir langsam an.« Alex zeigte ihr an Chris die entsprechenden Bewegungsabläufe. In verlangsamtem Tempo hob Alex den Ellbogen des Arms, an dem Chris ihn festhielt, nur um diesen dann auf seinen Unterarm zu schlagen. Fast gleichzeitig hob er sein hinteres Bein an und rammte es zwischen Chris' Beine. Dieser zuckte kurz zusammen und wich mit zusammengepressten Lippen nach hinten aus. Währenddessen hatte Alex seinen Arm zwischen dem Daumen und den restlichen Fingern seines Gegners herausgedreht und stand vor ihm, als wäre nichts gewesen.

›Autsch!‹, dachte Mel, als sie versuchte, die Bewegungen von Alex nachzumachen. Das war nicht leicht. An den Stellen, an denen Chris sie festhielt, zeichneten sich rote Abdrücke ab. Das sah bei Alex einfacher aus. Sie fragte sich, warum sie ihren Arm nicht auch nur einen Zentimeter bewegt bekam. Dazu mischte sich das immer weiter wachsende beklemmende Gefühl in ihrem Magen. Ihre Hände wurden feucht, was nicht allein durch ihre vergeblichen Bemühungen, sich aus Chris' Griff zu befreien, geschah. Viel mehr hatte sie damit zu kämpfen, ihre aufkeimende Panik zu unterdrücken.

Mel bemerkte, wie sich ihre Atmung beschleunigte. Ihr Sichtfeld verschwamm immer mehr, bis sie Chris nur noch durch einen Tunnelblick erkennen konnte.

»Das ist nur Chris. Das ist nur Chris. Dir passiert nichts. Du bist in Sicherheit. Du musst nur versuchen, dich zu befreien.« Mel sprach sich selbst Mut zu, um somit die Panikattacke zurückzudrängen. Sie konzentrierte sich darauf, regelmäßig in einem langsamen Rhythmus ein- und auszuatmen und fokussierte sich auf Alex' Worte.

»Mel, hör mir zu. Mach die Augen auf und sieh Chris fest ins Gesicht. Wir sind hier! Du schaffst das!« Seine Stimme half ihr dabei, sich auf den Moment zu konzentrieren. Sie konnte Chris allmählich wieder klar vor sich erkennen.

Es vergingen noch einige Minuten, bis Mel auch ihre Atmung in einen gleichmäßigen und langsamen Rhythmus gebracht hatte.

Ein wohliger Schauer lief ihr über den Rücken, als sie merkte, dass Alex dicht hinter ihr stand. Auch wenn dies eigentlich viel zu nah für ihre Verhältnisse war, so hatte sie das Gefühl, dass sich seine Stärke auf sie übertrug. Ihre Gedanken schossen in die Vergangenheit zu David. Das konnte sie ihm nicht antun. Sie kniff sich fest in ihren Arm, um durch den Schmerz die Wärme, die sich noch kurz zuvor in ihrem Bauch breitgemacht hatte, zu vertreiben. »Ach David.« Mel seufzte vor sich hin.

»Mel?« Nun war es Chris, der sie vorsichtig ansprach und zurück in die Gegenwart holte. »Können wir weitermachen?«

»Ja … Ja, natürlich.« Sie schüttelte den Kopf, um sämtliche Gedanken an ihren verstorbenen Freund loszuwerden.

Mit Alex' Hilfe korrigierte sie ihren Stand, um mehr Halt zu bekommen. Sie wiederholten den Griff und Mel versuchte erneut, Chris' festen Griff um ihren Unterarm loszuwerden.

»Yes!«, rief Mel freudig aus, als sie es tatsächlich geschafft hatte, sich zu befreien.

»Sehr gut!« Alex und Chris grinsten erleichtert und freuten sich mit ihr über den Fortschritt.

Sie wiederholten die Übung noch ein paar Mal mit beiden Armen, bis sie deutlich mehr Sicherheit bekam und sich immer schneller aus Chris' Griff lösen konnte.

»Sehr gut. Lasst uns das Training für heute beenden«, schlug Alex lächelnd vor.

»Denk dran, dir direkt eine Magnesiumtablette aufzulösen, damit der Muskelkater dieses Mal nicht ganz so schlimm wird.« Chris schaute Mel mit einem breiten Grinsen an.

›Den Kommentar hätte er sich sparen können‹, dachte Mel. »Ach!« Sie wirbelte locker mit der Hand durch die Luft. »So schlimm war er nun auch wieder nicht.«

Chris zog auf ihre Aussage hin seine Augenbrauen bis tief in die Stirn, verzichtete aber auf einen weiteren Kommentar.

Alex hingegen hatte Mühe, ein Schmunzeln zu unterdrücken.

»Hast du Arnikasalbe da?«, fragte er.

»Nein, warum?«

Mit einem Nicken deutete er auf Mels Unterarme, die stark gerötet waren. Es waren schon die ersten Abdrücke von Chris' Fingern zu sehen. »Die einzelnen roten Stellen werden morgen blau sein. Das bleibt leider nicht aus und es entstehen beim Training häufiger Hämatome. Mit Arnikasalbe werden die aber nicht so deutlich und sind schnell wieder abgeheilt. Glaub mir, das hat schon bei einigen meiner Schülerinnen und Schüler für besorgte Nachfragen gesorgt.« In Alex' Augen trat ein belustigtes Funkeln.

»Danke für den Tipp. Leider habe ich keine da.« Mel betrachtete ihre Arme, zahlreiche rote Flecke waren über darauf verteilt. Sie konnte genau Chris' Griff erkennen.

»Ich bringe dir später schnell eine Tube vorbei«, bot Chris an, bevor Alex erneut etwas sagen konnte. Dabei ging er einen Schritt auf Mel zu.

»Danke.« Sie verzog das Gesicht. Es war ihr unangenehm, dass sie vor Alex auf Chris' Hilfsangebot eingehen musste. Chris hätte es unkommentiert lassen und ihr später anbieten können. Jetzt sah Alex sie mit schiefgelegtem Kopf an.

»Darf ich dich zur Verabschiedung umarmen?« Er trat zögerlich einen kleinen Schritt auf Mel zu. »Ich weiß, es ist dir unangenehm. Dennoch möchte ich dich an die Berührungen von Chris und mir gewöhnen.« Er sprach leise. Dennoch zuckte Mel zusammen und spannte sich an. »Ab nächster Woche werden wir die ersten Wurftechniken üben. Auch wenn sich der Kontakt bei den Übungen in Grenzen hält, zumindest dann, wenn man keine Ängste dahingehend hat, wird die Distanz schon deutlich kleiner.«

»Ich weiß nicht.« Mel sah sich hektisch nach einer Fluchtmöglichkeit um. Da stand Alex bereits vor ihr. »Du schaffst das, Mel.« Als würde sich zwischen ihnen eine unsichtbare Verbindung aufbauen, entspannte sie sich bei seinen Worten und suchte in Alex' Augen nach einer Gefahr.

Aber als sie diese nicht fand, nickte sie zögerlich. Durch die Warnung kam die federleichte Umarmung ihres Trainers nicht unerwartet, dennoch hielt Mel erschrocken die Luft an.

Zunächst versteifte sie sich, riss sich aber schnell wieder zusammen. Mit einem tiefen Atemzug nahm sie seinen herben, männlichen Geruch war.

Mel verstärkte den Druck ihrer Umarmung. Sie hatte gar nicht mehr gewusst, wie gut sich eine Umarmung anfühlen konnte. Sie spürte Alex' starke Arme im Rücken und schmiegte sich noch etwas enger an ihn. Hoffentlich merkte er ihre Gänsehaut nicht. Dieser Moment fühlte sich alles andere als merkwürdig an. Mels ganzer Körper prickelte.

David schoss ihr in den Kopf und sie bekam sofort ein schlechtes Gewissen. Sie haderte mit sich. Auf der einen Seite konnte sie ewig so stehenbleiben. In Alex' Umarmung fühlte sie sich geborgen. Auf der anderen Seite stach sie der Stachel der Schuld, sie bekam das Gefühl, David zu hintergehen. Dennoch war es ein Anflug von Bedauern, der sie ergriff, als Alex die Umarmung langsam löste. Mel begann zu frösteln, als seine Wärme sie verließ. Die Schuldgefühle David gegenüber wurden stärker. Mühsam unterdrückte sie die aufsteigenden Tränen. Rang innerlich mit sich selbst. Sie durfte diese Empfindungen nicht haben, wenn ihr Trainer sie umarmte. David war schon immer ihre große Liebe gewesen. Mit ihm war sie verlobt, ihn hatte sie heiraten wollen und er war es, der ihretwegen tot war. Und trotzdem spürte sie, wie sich

Enttäuschung darüber in ihr breitmachte, weil sie sich nicht weiter in Alex' starken Armen befand.

Mel versuchte, sich nichts anmerken zu lassen. Sie sah hoch, direkt in seine Augen.

Sie meinte in seinem Blick ebenfalls einen Hauch von Enttäuschung zu sehen. Ein Schatten hatte sich ganz kurz über ihn gelegt. Vielleicht wollte auch er sie nicht loslassen. Mel war sich nicht sicher, ob sie seinen Gesichtsausdruck richtig deutete. Sie wünschte sich jedenfalls in seine starken Arme zurück, denn eine merkwürdige Leere setzte in ihrem Inneren ein. Der Gedanke an David kreiste in ihrem Hinterkopf, versuchte, ihren Wunsch immer wieder zu verdrängen. Dieser aber kämpfte sich jedes Mal mühevoll an die Oberfläche zurück. Nach Alex nahm auch Chris sie kurz in den Arm, um sich von ihr zu verabschieden. Doch bei ihm fühlte Mel sich bei weitem nicht so geborgen, wie sie sich bei Alex gefühlt hatte. Das sanfte Prickeln und die Gänsehaut blieben aus.

...

Als Mel allein in ihrem Garten stand, überfiel sie die Einsamkeit, die sie in dieser Form schon lange nicht mehr gefühlt hatte. Das Haus und der Garten waren ihr zu still. Sie vermisste die Stimmen von Alex und Chris, die eben noch lebhaft zu hören waren. Ihre Umgebung schien zu groß für sie allein zu sein. Sie erinnerte sich daran zurück, wie oft sie nach Davids Tod durch das Haus gegangen war, nur um ihn zu suchen. Statt David fand sie aber die Stille und Leere, die er hinterlassen hatte.

Der Wunsch, einfach aus dem Haus zu gehen, war stärker als je zuvor. Mel würde vieles dafür tun, sich spontan mit einer Freundin zu treffen oder ihre Eltern zu besuchen. Leider war ihr das durch die tiefe Panik nicht möglich. Sie hatte durch das damalige Ereignis sämtliche Freunde außer Chris verloren. Ihre sogenannten Freunde kamen nicht mit dem zurecht, was ihr widerfahren war. Mel traf auf sehr viel Unverständnis. Sie fragte sich, was sie anderes hätte erwarten können. Schließlich hatte sie sich ihren Freunden nie wirklich anvertraut. Auch mit ihrer Mutter hatte sie schon sehr lange nicht mehr telefoniert.

Spontan überlegte Mel, ihre Eltern am Wochenende zum Grillen einzuladen. Während sie darüber nachdachte, ging sie ins Haus und löste sich in der Küche eine Magnesiumtablette auf. Mit dem Glas ging sie hoch in ihr Badezimmer und freute sich auf ein heißes und entspannendes Bad.

»Ich habe meine Eltern seit Davids Tod nicht mehr allein besucht«, sagte Mel zu sich selbst, als würde sie es erst jetzt realisieren. Sie war nur zusammen mit Chris, der schon seit Jahren ein Teil der Familie war, bei ihnen. Er hatte sie immer zu Hause abgeholt und wieder abgesetzt.

»Ich habe ihnen nie verraten, warum ich sie nur noch so selten und nie allein besuche.« Eigentlich war das Verhältnis zu ihren Eltern immer vertrauensvoll gewesen.

»Ich will sie mit meinen Problemen einfach nicht belasten. Ich kann ihnen noch nicht mal erzählen, was an jenem Abend wirklich passiert war.« Mels Herz wurde schwer. Es tat ihr leid, dass sie seither sämtlichen Nachfragen auswich. Irgendwann hatten ihre Eltern aufgegeben und die Situation so akzeptiert, wie sie war.

»Sie werden sich mit Sicherheit ihren Teil denken. Zum Glück wissen sie von Chris. Er kümmert sich um mich. Wahrscheinlich halten sie sich deshalb aus dieser Angelegenheit raus.« Mel seufzte. »Ich sollte mich mal wieder bei ihnen melden.« Sie sah sich im Spiegel an und versuchte, sich aufmunternd zuzulächeln.

Mel beschloss, ihren Einfall in die Tat umzusetzen und ihre Eltern gleich nach ihrem Bad anzurufen, um sie für das kommende Wochenende zu sich einzuladen.

SECHS

In kurzen Sportshorts und einem eng anliegenden T-Shirt stand Mel auf ihrer Terrasse und genoss mit geschlossenen Augen die warmen Sonnenstrahlen auf ihrem Gesicht, während sie auf Alex und Chris wartete. Durch das Training fühlte sie sich fitter und auch die Albträume wurden weniger.

»Hallo, Mel!« Chris schlenderte gemütlich in den Garten. Mel zuckte zusammen, obwohl sie darauf vorbereitet war, dass die Männer direkt zu ihr kamen. Trotzdem konnte sie diese Angewohnheit immer noch nicht ablegen.

»Da seid ihr ja«, begrüßte sie sie.

»Wie ich sehe, bist du schon startklar.« Alex schaute Mel mit hochgezogener Augenbraue und einem angedeuteten Lächeln auf den Lippen an.

»Und wie!«

»Na dann, warmlaufen!« Alex legte seine dick bepackte Sporttasche auf den nächstgelegenen Stuhl. Mel drehte sich um und begann, sich auf dem Rasen warmzulaufen. Einige Minuten später folgte Chris ihr.

»Na, du bist aber heute motiviert.«

»Bei dem Wetter.« Sie zwinkerte ihm zu, bevor sie still nebeneinander herliefen.

Nach einigen Aufwärmübungen - das Seilspringen sparte sich Alex heute - wiederholten sie die Routinen vom letzten Training.

»Mel, ich fasse dich jetzt an deiner Hüfte an, um deinen Stand zu korrigieren.« Sie hatten abgesprochen, dass Alex sie vorwarnte, wenn er sie anfasste, damit sie nicht mehr erschrak. Es fiel Mel immer noch schwer und ließ sie jedes Mal erstarren. Alex fasste sie mit einer leichten Berührung an der Hüfte an und drehte sie ein wenig nach rechts, damit sie eine geradere Position einnahm. »So kannst du mit deinem linken Bein besser treten, falls es notwendig ist. Versuch es mal.« Alex grinste. Dabei blickte Chris, der ihr Trainingspartner war, ihn mit zusammengekniffenen Augen an, als würde er ihn gleich eigenhändig auf den Boden ringen wollen. Mel führte Alex' Anweisung aus und zog ihr Knie zu Chris' Körpermitte. Dieser verzog trotz seines Protektors schmerzerfüllt seinen Mund.

»Gut gemacht, Mel.« Mel kam nicht umhin, sich zu fragen, weshalb Alex heute so freundlich zu ihr war.

Chris hatte sie gerade wieder an den Armen gefasst, damit sie weiter trainieren konnten, als sein Handy klingelte.

»Sorry. Da muss ich ran.« Zielstrebig ging Chris die wenigen Meter bis zur Terrasse, nahm sein Handy von der hölzernen Tischplatte und betrachtete das Display. Augenblicklich wurde er blasser, seine Gesichtszüge entgleisten, bevor er sich wieder fing.

»Ich bin gleich wieder da«, sagte er, während er sich bereits der Tür zugewandt hatte, um ins Haus zu gehen.

»Was war das denn?« Alex stand plötzlich neben Mel. Sie hatte nicht gemerkt, wie er neben sie getreten war und stieß einen spitzen Schrei aus.

»Hör auf, dich so anzuschleichen«, blaffte sie ihn an und kniff wütend die Augen zusammen.

»Sorry, ich wollte dich nicht erschrecken. Ich war von Chris' Verhalten so irritiert, dass ich vergessen hatte, wie schreckhaft du bist.« Er sah sie mit weit geöffneten Augen an.

»Mir tut es leid, ich wollte dich nicht so ankeifen.« Mel sah ihn entschuldigend an.

»Das ist wirklich merkwürdig. Sonst geht er zum Telefonieren nie weg.« Sie sah zu der Stelle, an der Chris verschwunden war.

»Ihr kennt euch von deinem Studio?« Mel drehte sich zu Alex.

»Ja, ich war auf der Suche nach Sponsoren für ein Projekt mit straffälligen Jugendlichen. Er wollte sich das Ganze mal ansehen, also habe ich ihn zu einem Training eingeladen.« Er nahm seine Wasserflasche und trank einen großen Schluck.

»Es hat ihm so gut gefallen, dass er auch bei mir trainieren wollte. Dadurch haben wir uns besser kennengelernt. Er ist ein guter Kerl.« Alex nickte in Richtung Tür.

»Er hilft dir sehr viel, richtig?« Er sah Mel mit hochgezogener Augenbraue an.

»Hm. Ja. Er ist der einzige Freund, der mir noch geblieben ist. Bei ihm muss ich mich nicht erklären, wenn ich etwas brauche.« Mel senkte den Kopf. Verstohlen wischte sie eine Träne, die über ihre Wange lief, weg. Sie bedauerte, ihre Freunde nach Davids Tod allesamt abgewiesen zu haben, bis ihr nur noch Chris blieb. Erst jetzt bemerkte sie, wie einsam ihr Leben inzwischen war.

»Das kann ich sehr gut nachvollziehen. Er hilft mir oft bei den Kids. Sie mögen ihn auch. Er quetscht sie nicht aus, ist aber da, falls einer oder eine reden möchte, oder etwas braucht.«

»Das klingt nach Chris.« Mel nickte bestätigend. »Wieso ausgerechnet Kampfsport?« Statt die Frage zu beantworten, reagierte Alex mit einer Gegenfrage.

»Wie fühlst du dich nach dem Training?«

Mel runzelte die Stirn.

»Erschöpft und gleichzeitig fit. Befreit … Irgendwie leichter. Ich schlafe besser, kann mich besser konzentrieren …«, beantwortete Mel die Frage nachdenklich, während Alex bestätigend lächelte.

»Genau und das ist der Grund, warum es für mich keinen besseren Sport als diesen gibt. Er ist vielfältig. Man trainiert auf so vielen Ebenen. Den Geist, die Sinne, die Ausdauer, die Muskeln. Aber man trainiert auch, Menschen einzuschätzen, ihre Reaktionen vorauszuahnen und ihr Verhalten zu analysieren. Ich könnte ewig darüber sprechen. Sorry, wenn ich dich vollquatsche.« Alex' Grinsen wurde breiter, zog sich fast vollständig über sein schmales, kantiges Gesicht.

»Ich merke schon, du lebst für diesen Sport.« Mel lachte, alle Anspannung wich in diesem Moment aus ihrem Körper. Sie hatte das Gefühl, Alex zu verstehen, als würde sich damit eine Verbindung zwischen ihnen aufbauen.

»Hey, ich muss leider los. Ein Kunde braucht meine Hilfe.«

Chris erschien auf der Terrasse, nahm seine Tasche in die Hand und verschwand, ohne eine Antwort abzuwarten.

Irritiert sahen sich Mel und Alex an.

»Merkwürdig.« Sie schürzte die Lippen.

»Da hast du recht. Ich würde sagen, dann machen wir einfach beim nächsten Mal weiter, oder was meinst du?« Alex sah sie mit hochgezogenen Schultern an.

Noch in Gedanken versunken, stimmte Mel Alex' Vorschlag zu.

SIEBEN

Mel betrachtete sehnsüchtig die Sonnenstrahlen, die sich auf ihrer Spüle spiegelten. Verträumt richtete sie den Blick aus dem Küchenfenster und schaute direkt auf die Straße vor ihrem Haus. Der leuchtendblaue wolkenlose Himmel versprach das perfekte Grillwetter. Erneut ärgerte sie sich über ihre Situation. Sie würde gerne das Grillen mit ihren Eltern an den See verlegen, fragte sich aber, wie ihr das jemals gelingen sollte. Sie wusste nicht, wie sie reagieren würde, wenn sie auf fremde Menschen treffen würde.

»Was würde ich dafür tun, endlich das kühle Nass des Sees auf meiner Haut zu spüren?«, sprach sie zu sich selbst, während sie dabei weiter den Himmel betrachtete. Fürs Erste würde es ihr reichen, im Park am Ende der Straße zu spazieren, die spielenden Kinder, tobenden Hunde und verliebten Pärchen zu bewundern und sich dabei die Sonne auf die Nase scheinen zulassen. Sehnsüchtig sah Mel in die Richtung, in der der Park lag.

»Aber ich kann ja schlecht Chris als Chauffeur beanspruchen und dann wieder nach Hause schicken. Ich möchte heute mal Zeit mit meinen Eltern allein verbringen.« Hoffentlich hatten Chris und Alex recht und das Training brachte sie ihrem Ziel ein ganzes Stück näher. Sie hatte keine Lust darauf, mit Fremden über den ganzen Mist zu sprechen, der ihr passiert war. Sowohl Chris als auch ihr Arzt rieten ihr ständig dazu, in psychologische Behandlung zu gehen.

»Was soll das schon bringen? Reden kann ich auch mit Chris und das hat mich bisher noch keinen Schritt weitergebracht.« Seufzend sah sie auf die Lebensmittel, die sie vor sich ausgebreitet hatte. Ihr war vollkommen bewusst, dass die Ereignisse einschneidend und alles andere als alltäglich waren. Man wurde nicht jeden Tag und hinter jeder Ecke überfallen. Und nicht jeder Mensch, der draußen rumlief, war böse. Dennoch hatte Mel Angst.

»Die Bilder bekomme ich auch durch Reden nicht aus meinem Kopf.« Was das anging, hatte Mel das Gefühl, erste Erfolge durch das Training zu spüren. Zumindest war sie danach körperlich und mental so erschöpft, dass sie keine Albträume hatte.

»Hoffentlich bleibt das auch so. Oder liegt es an Alex?« Sie seufzte leise. »Immerhin ist es sein Bild, das ich beim Aufwachen vor meinem inneren Auge hatte.« Bei dem Gedanken an Alex rang Mel mit sich selbst. Sie war noch nicht bereit dazu, die Anziehung, die sie empfand, zu akzeptieren.

Das Fleisch und Gemüse, das sie eigentlich zum Grillen einlegen und kleinschneiden wollte, lagen noch immer unangetastet vor ihr auf der Arbeitsfläche.

Mit einem Stöhnen widmete sie sich wieder den Vorbereitungen für das Abendessen. Dafür schnitt sie zunächst das Gemüse klein und würzte es, bevor sie auch das Fleisch einlegte.

Ihr Blick wanderte dabei immer wieder aus dem Küchenfenster nach draußen. Was Alex jetzt wohl machte? Widmete er jedes Wochenende dem Kampfsport, indem er trainierte oder einen Kampf ausfocht? Oder genoss er gerade das traumhafte Wetter? Sie stellte sich vor, wie er in Badeshorts bekleidet aus dem See kam. Die Wassertropfen perlten von seinen nassen Haaren auf seine ausgeprägten Brustmuskeln.

Langsam suchten sie sich ihren Weg über sein ausgeprägtes Sixpack.

»Autsch!« Mel schrie auf und ließ das Messer fallen. Ein stechender Schmerz breitete sich in ihrem Finger aus. Sie war durch ihre Gedanken an Alex so abgelenkt gewesen, dass sie sich, statt das Fleisch zu schneiden, in den Finger geschnitten hatte.

Schnell spülte sie die Wunde aus und umwickelte den Finger notdürftig mit einem Handtuch. Sie eilte ins Badezimmer zum Verbandskasten und entnahm Desinfektionsmittel und ein Pflaster. Zum Glück war die Wunde nicht tief.

Trotzdem sollte sich Mel langsam auf das Essen konzentrieren und sich nicht andauernd von ihren Gedanken ablenken lassen. Alex spielte in einer ganz anderen Liga als sie. Er hatte bestimmt Besseres zu tun, als sich mit jemanden wie ihr abzugeben. Außerdem hatte sie andere Probleme und keinen Kopf dafür, sich zu verlieben. Davids Bild tauchte vor ihrem inneren Auge auf. Da konnte Alex noch so attraktiv aussehen.

»Schluss jetzt, Mel. Es reicht!« Damit verbot sie sich jeden weiteren Gedanken an Alex und seinen Körper.

...

»Hallo, Mama, Papa. Schön, dass ihr da seid.« Wenig später begrüßte Mel ihre Eltern. Nacheinander nahmen sie sich in die Arme. Ein Gefühl von Trost und Sicherheit ergriff sie bei der so vertrauten Umarmung.

Ihre Mutter betrachtete sie mit einem Lächeln. »Gut siehst du aus, Mel. Irgendwie verändert.«

»Deine Mutter hat recht. Ich glaube, es sind deine Augen. Sie wirken nicht mehr so traurig.« Ihr Vater musterte sie eingehend. Mel war überrascht, dass ihr die Trauer so sehr angesehen wurde. Insbesondere vor ihren Eltern hatte sie versucht, sich nichts anmerken zu lassen.

»Jetzt kommt doch erst mal rein.« Mel machte ihren Eltern Platz.

Ihren Vater zog es direkt an den Gasgrill, um diesen anzustellen und das Fleisch und Gemüse zu grillen. Das hatte sich in den letzten Jahren eingeschlichen, auch wenn Mel diejenige war, die ihre Eltern eingeladen hatte. Ihr Vater bestand darauf, das Grillen zu übernehmen. Ihre Mutter folgte ihr in die Küche. Neugierig, wie sie immer schon war, begann sie direkt damit, ihre Tochter auszufragen.

»Du siehst glücklicher aus. Steckt da ein neuer Mann hinter?« Mel verharrte in ihrer Bewegung. Sie war dabei, Gläser aus dem Küchenschrank rauszuholen.

›Außer Alex gibt es keinen neuen Mann. Aber den meint Mama sicherlich nicht‹, dachte sie.

Mel fand seine zugleich düstere und gefährliche, aber trotzdem freundliche und hilfsbereite Art aufregend und auch ein bisschen unheimlich. Er war äußerst attraktiv, aber zwischen ihnen lief rein gar nichts. Das Kribbeln, das sie bei jeder Berührung fühlte, konnte Aufregung sein. Ihre bessere Stimmung hatte sicherlich mehr damit zu tun, dass ihr der Sport guttat und sie endlich nachts mehr zur Ruhe kam.

»Ich habe wieder angefangen, mehr Sport zu machen. Chris hat mich dazu überredet.« Mel stellte die Gläser auf ein Tablett und drehte sich zu ihrer Mutter um.

»Merkwürdigerweise kann ich danach vor Erschöpfung schlafen wie ein Stein. So gut wie Ewig nicht mehr. Genaugenommen seit dem Unfall.« Sie nickte, als wenn sie sich ihre Aussage selbst noch einmal bestätigen musste.

»Ja, ich glaube schon, dass es mir dadurch langsam besser geht. Selbst die Albträume sind weniger geworden. Aber das hat alles nichts mit einem neuen Mann zu tun.« Mel legte den Kopf schief und dachte über ihre Aussage nach. Damit ihre Mutter ihr Gesicht nicht sehen konnte, drehte sie sich zum Kühlschrank, um das Essen herauszunehmen.

»Das freut mich, mein Schatz. Ich habe mir in letzter Zeit sehr viele Sorgen um dich gemacht.« Sie nahm Mel das Essen aus der Hand und stellte es zu den Gläsern. »Du warst nur noch ein Schatten deiner selbst. Du bist dünner geworden, hattest tiefe Augenringe und wirktest so endlos traurig.« Sie drehte ihre Tochter zu sich und legte die Hände auf ihre Schultern. Mel wandte sich unruhig. Angesichts der genauen Musterung fühlte sie sich unbehaglich. Ihre Mutter konnte schon immer in ihr lesen wie in einem offenen Buch.

»Ich bin froh, dass es langsam bergauf geht. Lange hätte ich es nicht mehr ertragen, dich so zu sehen.« Sie ließ ihre Tochter, die sich nachdenklich zur Arbeitsplatte drehte, los. Mel hatte nicht bemerkt, wie schlecht sie wirklich aussah. Hoffentlich hatte sie ihrer Mutter nicht zu viele Sorgen bereitet. Vielleicht waren diese nur der Ungewissheit geschuldet, schließlich hatte sie ihren Eltern nie viel über ihre aktuelle Situation und den Unfall erzählt.

»Ich wollte nicht, dass du dich sorgst. Ich dachte, wenn ich euch im Unklaren lasse, dann würde ich euch weniger belasten.« Mel hatte mit einem Mal ein sehr schlechtes Gewissen. Beschämt senkte sie den Blick. Sie traute sich nicht, ihrer Mutter weiter in die Augen zu sehen. Hatte sie mit ihrem Schweigen alles nur noch schlimmer gemacht?

»Vielleicht sollte ich euch doch etwas erzählen.«

Ihre Mutter zog neugierig die Augenbrauen hoch. »Wir sind immer für dich da, mein Schatz. Selbst dein Vater spürt, dass mit dir etwas nicht stimmt, und das muss schon etwas heißen.«

»Du hast recht. Lass uns nach draußen gehen. Ich werde euch beim Essen alles erzählen.« Damit trugen sie die Gläser, eine Flasche Wein und Beilagen auf die Terrasse, auf der Mels Vater gerade das fertige Fleisch und Grillgemüse auf einen Teller legte. Gemeinsam nahmen sie Platz und genossen das Essen. Zumindest ihren Eltern schien es zu schmecken.

Mel schob ihr Fleisch nur nervös auf dem Teller umher. Sie wusste nicht, wo sie anfangen sollte. Direkt beim Überfall? Bei den Folgen oder doch besser bei ihrem Training? Vielleicht würde letzteres den Schock ihrer Eltern etwas abmildern. Einen Versuch war es wert. Das Einzige, was sie von Chris erfahren hatten, war, dass sich Mel mit David treffen wollte und sie von maskierten Tätern überfallen worden war. Mel hatte bisher nur der Polizei erzählt, was damals genau geschehen war. Da Chris dabei war, kannte er die Wahrheit. Ein weiteres Mal alles zu erzählen und dadurch die Tat erneut zu erleben, hatte sie sich bisher nicht getraut.

»Ich habe Mom gerade in der Küche erzählt, dass ich wieder mit Sport angefangen habe. Der tut mir bisher sehr gut.« Mel machte eine kurze Pause, bevor sie zögerlich und leise weitersprach.

»Was ich ihr nicht erzählt habe: Bei der Sportart handelt es sich um Selbstverteidigung. Chris hat das Ganze organisiert. Er ist der Meinung, dadurch könnte ich einige meiner Probleme lösen.« Schuldbewusst senkte sie den Kopf.

»Wie ihr wisst, komme ich euch sehr selten und nur mit Chris besuchen. Dafür gibt es leider einen Grund.« Sie legte erneut eine Pause ein. »Ich … Ich habe Angst. Angst, allein das Haus zu verlassen.« Mels Vater sah sie schockiert an. Ihre Mutter griff nach ihrer Hand.

»Seit dem Unfall gehe ich generell nicht mehr ohne Chris vor die Tür.« Mel atmete tief ein und nahm noch einmal all ihren Mut zusammen. »Ich habe mir hier alles so eingerichtet, dass ich das nicht mehr muss. Jetzt hat mir mein Chef ein Ultimatum gestellt: Wenn ich es nicht schaffe, in einem halben Jahr wieder zu Meetings in die Firma zu kommen, verliere ich meine Stelle.« Sie nestelte am Saum ihres T-Shirts und schaute in die Gesichter ihrer Eltern.t

Diese hatten ihre Augen vor Entsetzen weit aufgerissen. Mels Mutter legte ihre Hand über ihr Herz. Ihre Augen glitzerten. »Mel. Warum hast du uns nichts gesagt?«, fragte ihr Vater.

Mel fühlte sich, als hätte sie auf ganzer Linie versagt. Sie ertrug den Blick ihrer Eltern kaum. Auch ihr stiegen Tränen, die sie nur mühsam zurückhalten konnte, in die Augen. Mit heiserer Stimme versuchte sie, ihr Verhalten zu erklären. »Ich wollte euch damit nicht belasten. Ich hatte schon ein schlechtes Gewissen gegenüber Chris, der mir in den letzten anderthalb Jahren ständig zur Seite stand. Aber er ließ sich einfach nicht abschütteln. Über seine Unterstützung bin ich jetzt natürlich froh. Ich hatte nicht die Kraft dafür, mit euch über die Ereignisse zu reden.« Sie saß mit hängenden Schultern auf dem Stuhl.

»Oh Mel …« Mels Mutter war aufgestanden und zog sie in eine feste Umarmung. Der vertraute Duft nach ihrem blumigen Parfüm vermischt mit einem Hauch von frisch gebackenem Brot - ihre Mutter liebte es zu backen - kroch in Mels Nase und sorgte dafür, dass sie sich ein wenig entspannte.

»Ich wusste immer schon, dass etwas nicht stimmt.« Sie schob Mel sanft von sich und sah sie eindringlich mit glitzernden Augen an. »Aber mit so einem Ausmaß habe ich nicht gerechnet.« Sie wischte sich die Tränen weg und zog Mel erneut in eine feste Umarmung. »Wir sind doch für dich da! Bitte, wenn dir etwas auf dem Herzen liegt, komm zu uns und rede mit uns.« Ihre Mutter konnte nur mühsam ein Schluchzen unterdrücken.

»Ich fühle mich gerade so schlecht. Ich habe das Gefühl, nicht genug für dich dagewesen zu sein.« Sie zog ihre Tochter noch enger an sich. Inzwischen war die dünne Bluse ihrer Mutter nass von Mels still geweinten Tränen.

»Hör auf das, was deine Mutter sagt. Du bist und bleibst unser kleiner Engel. Lass uns für dich da sein.« Über die Enttäuschung ihrer Eltern, dass sie sie nicht einbezogen hatte, war Mel überrascht. »Es tut mir leid.« Sie löste sich aus der

Umarmung und sah ihre Eltern schuldbewusst an. »Ich hätte euch das schon früher erzählen sollen. Stattdessen hatte ich ständig Ausreden dafür erfunden, warum ich sonntags nicht zum Essen kommen konnte.« Verlegen strich Mel sich ihre langen blonden Haare aus dem Gesicht.

»Meinst du denn, du schaffst es, uns irgendwann von dem Überfall zu erzählen? Vielleicht können wir dir noch mehr helfen, wenn wir wissen, was dir und David damals passiert ist. Ich gehe jetzt mal davon aus, deine Angst, vor die Tür zu gehen, hängt damit zusammen.« Ihr Vater senkte seinen Blick. Auch ihm schien das Gespräch sehr nahe zu gehen. Alle setzten sich wieder auf ihre Plätze.

Stockend erzählte Mel nun auch von den damaligen Ereignissen. »David und ich wollten ins Kino. Ich musste länger arbeiten.« Sie legte eine kurze Pause ein. »Ich hatte am nächsten Tag eine wichtige Präsentation, deren Vorbereitungen länger dauerten, als ich ursprünglich gedacht hatte. Deswegen hatten wir uns für die Spätvorstellung entschieden.« Sie blickte nach oben in den wolkenlosen blauen Himmel. Als konnte David sie unterstützen. »David hatte sich mit Chris verquatscht. So etwas soll wohl auch bei Männern vorkommen.« Mel versuchte, die Stimmung mit einem Witz aufzulockern.

Ihr selbst gelang nur ein kleines Schmunzeln. Dass das auch bei ihren Eltern nicht funktionierte, merkte sie an der Stille, die daraufhin eintrat. Verlegen fuhr sie fort: »David schaffte es nicht, mich abzuholen, also hatten wir beschlossen, uns an der Straßenecke vor dem Kino zu treffen.« Sie brauchte einen weiteren Moment, um sich zu sammeln. Fest entschlossen wanderte Mels Blick zu ihrem Vater. Wenn sie jetzt zu ihrer Mutter sah, würde sie es nicht fertigbringen, weiterzureden.

»Ich war schon fast da, als ich am Hinterhof von Mikes' Eck vorbeiging. Hinter den Mülltonnen traten zwei Kerle mit Basecaps und einem Schal, mit dem sie sich vermummten, auf mich zu.« Mel zuckte bei der Erinnerung zusammen. Genau wie damals lief ihr auch jetzt ein eiskalter Schauer über die Haut, ihre Nackenhaare stellten sich auf.

»Ich konnte ihre Gesichter nicht erkennen und beschleunigte meine Schritte, weil ich ein ungutes Gefühl im Bauch hatte.« Sie schlang ihre Arme um den Oberkörper. Zu präsent war die Erinnerung an diese dunkelgekleideten und vermummten Kerle.

Bevor Mel weiterreden konnte, nahm sie einen tiefen Schluck aus ihrem Weinglas. Sie musste sich erst einmal wieder sammeln. Ihre Mutter hatte ihre Hand auf Mels gelegt und drückte sie leicht, um ihr Mut zu machen. Sie selbst hatte den Blick inzwischen starr vor sich auf die Tischdecke gesenkt. Sie ertrug den entsetzen Gesichtsausdruck ihres Vaters nicht mehr und hatte noch nie gesehen, wie er mit den Tränen kämpfte.

»Es wirkte, als wären die beiden darauf vorbereitet gewesen. Sie erwischten meinen Arm und zogen mich in den Hinterhof. Ich fing an zu schreien. Doch dem Zweiten gelang es, mir die Hand auf den Mund zu legen, bevor ich lauter werden konnte.« Immer noch konnte Mel den festen schmerzhaften Druck auf ihrem Mund spüren, als wäre es erst gestern passiert. Ein Geruch nach abgestandenem Tabak kribbelte in ihrer Nase. Die Erinnerung an die gelblich verfärbten Fingerkuppen ließ sie würgen. Sie zwang sich dazu, die Erinnerung möglichst weit von sich wegzuschieben und weiterzureden.

»David hatte mich aber scheinbar schon gehört. Denn als die beiden mich gegen eine Steinmauer drückten und mir ein Messer an den Hals hielten, hörte ich seine Stimme.« Sie war zerrissen zwischen der Erleichterung, nicht mehr allein in dieser Situation zu sein, und der Angst, dass David sich ihretwegen in Gefahr brachte. Mel bekam um sich herum nichts mehr mit. Sie war so sehr in den Gedanken in der Vergangenheit gefangen. »Er hatte ihnen sofort gesagt, sie sollten ihre

Finger von mir nehmen und hatte wohl die Waffen der Männer nicht bemerkt. Ich konnte ihn nicht warnen, weil ich immer noch diese fiese starke Hand in meinem Gesicht hatte. Egal, was ich versuchte, der Kerl hielt sie eisern auf meinen Mund gepresst.« Mel schluchzte. Verzweifelt versuchte sie, das Gefühl der Hilflosigkeit abzuschütteln. Wie ein Film, den sie nicht abschalten konnte, wurden ihr die Bilder vor das innere Auge projiziert. Mel schlang die Arme um den Oberkörper und suchte nach Halt. Vergeblich. Sie hatte das Gefühl, als wenn der Schmerz sich von ihrem Innersten herausfraß und an der Stelle, an der ihr Herz sein sollte, ein klaffendes Loch hinterließ.

»David hatte dann versucht, die Männer von mir wegzuziehen. Das gelang ihm auch. Allerdings rückte er so in ihren Fokus. Sie stachen direkt auf ihn ein. Ich konnte ihm nicht helfen. Ich stand da, unfähig, mich zu bewegen.« Sie vergrub ihr Gesicht in den Händen, spürte dieselbe Verzweiflung wie damals.

»Immer wieder zogen sie das Messer aus seinem Körper, nur um sofort erneut zuzustechen. Ich hatte nur noch geschrien.« Inzwischen war Mels Blick vollkommen leer. Sie hatte Mühe damit, sich auf dem Stuhl zu halten und nicht einfach auf den Boden zu sinken. Dabei wurde das Bedürfnis, sich einzurollen und im Nichts zu verschwinden, immer größer. Wie mechanisch sprach sie weiter:

»Daraufhin wurden Passanten auf uns aufmerksam und die Täter flohen. Leider konnte niemand die Gesichter erkennen. Sie wurden bis heute nicht gefasst.« Mel fuhr sich mit den Händen über ihre tränennassen Wangen, versuchte, ihren düsteren Erinnerungen zu entkommen und schaffte es nicht, ihren Kopf zu heben. Sie fühlte sich kraftlos und ausgelaugt, nicht mehr dazu imstande, etwas anderes als den Schmerz zu fühlen, der sie zerriss. Sie schlang erneut die Arme um ihren

Oberkörper, bevor sie wieder in haltloses Schluchzen aus-
brach.

Ihr trockener Hals löste einen Hustenreiz aus. Erst dadurch
bemerkte sie, dass sie laut nach David geschrien hatte. Ihre
Mutter neben ihr saß zusammengesunken auf ihrem Stuhl.
Weinte leise Tränen, die Augen waren weit aufgerissen vor
Entsetzen. Laut schluchzend zog sie Mel auf ihren Schoß.
Diese hatte keinerlei Kraft mehr, um zu protestieren. Ihr Vater
wischte einige Tränen aus seinem Gesicht. Er hatte seine Hän-
de zu Fäusten geballt und rang sichtbar mit seinen Gefühlen.

»O mein Gott, Mel!« Die Stimme ihrer Mutter zitterte. Ihr
Vater kam schweigend um den Tisch herum, hockte sich neben sie und zog die beiden Frauen fest in seine Arme.

»Ich glaube, es wird Zeit für etwas Stärkeres. Eigentlich ist
das ja nicht meine Art aber …«, sagte er und ließ Mel los. Er
ging durch die Terrassentür, um Davids Scotch aus dem
Vitrinenschrank im Wohnzimmer zu holen. Die entsprechenden Gläser brachte er direkt mit. Mel und ihre Mutter hatten
sich in der Zwischenzeit etwas beruhigt. Sie lagen sich immer
noch in den Armen.

›Endlich‹, dachte Mel, die sich um eine schwere Last befreit
fühlte. Es hatte gutgetan, sich alles von der Seele zu reden.
Seitdem sie in Chris' Beisein von der Polizei verhört wurde,
hatte sie keinen Ton mehr über die Ereignisse verloren. Ihre
Mutter hatte immer wieder versucht, sie zum Reden zu ermu-
tigen, ihr vergewissert, immer ein offenes Ohr für sie zu haben, hatte sie jedoch nie dazu gedrängt.

»Danke, dass du dich uns endlich anvertraut hast.« Ihre
Mutter wischte sich die letzten Tränen aus dem Gesicht und
strich Mel beruhigend durch die Haare. »Es ist zwar unfassbar
schlimm, was euch widerfahren ist, aber so machen wir uns
keine Gedanken mehr darüber, was wohl genau vorgefallen
war und was mit dir los ist. Ich habe mir alle möglichen Szenarien ausgemalt.« Sie wirkte in Gedanken versunken, den

Blick abwesend in den Himmel gerichtet. »Die Szenarien reichen zwar allesamt nicht an die Realität heran, aber die Ungewissheit war kaum noch auszuhalten. Jetzt können wir nach vorne blicken und dir alle zusammen helfen. Bitte nimm unsere Hilfe an.« Sie sah ihre Tochter mit schräggelegtem Kopf an.

»Das mache ich.« Mel nickte. »Es tut mir wirklich leid, euch so lange im Unklaren gelassen zu haben.« Sie senkte ihren Blick, um dem ihrer Mutter zu entkommen.

»Geht es dir wirklich schon wieder besser?« Mels Mutter ließ sie nicht aus den Augen. Nur widerwillig löste sie die Umarmung und griff nach dem Scotch-Glas, das ihr Vater ihr eingeschenkt hatte. Unwillkürlich musste sie sich schütteln, als die scharfe Flüssigkeit in ihrer Kehle brannte.

Mel stand auf, um den Tisch abzuräumen und das restliche Essen in die Küche zu bringen.

»Ja. Chris ist wirklich eine Riesenhilfe und die Idee mit dem Selbstverteidigungskurs ist echt super. Auch, wenn ich dem am Anfang sehr skeptisch gegenübergestanden hatte.«

»Und wie ist dein Trainer so?« Ihre Mutter war neugierig.

Mel merkte, wie sie unter ihrem fragenden Blick errötete. ›Zu spät‹, dachte sie, als sie den wissenden Blick, den sie ihr zuwarf, bemerkte.

»Aha! Jetzt bin ich aber wirklich gespannt.« Die Antwort auf ihre Reaktion kam prompt.

»Wo bleibt ihr denn so lange? Schatz, wir wollten doch eigentlich schon längst wieder auf dem Weg nach Hause sein.« Mel war noch nie so erleichtert über die Eile, die ihr Vater plötzlich an den Tag legte. Unwissend half er ihr, der Befragung ihrer Mutter zu entkommen.

›Puh. Verhör beendet‹, dachte Mel erleichtert, als ihre Mutter zustimmte und die beiden sich von ihr verabschiedeten. »Bitte melde dich, wenn etwas ist oder wir dir helfen können.«

»Mache ich. Versprochen.« Mit einem erleichterten Seufzen lehnte Mel sich an die Tür, die hinter ihren Eltern ins Schloss fiel.

»Puh, Jetzt ist es raus!«, sagte sie zu sich selbst und fuhr sich erschöpft durchs Gesicht. Mel fühlte sich deutlich leichter als noch am Morgen. Als sei ein schwerer Stein, den sie seit langer Zeit mit sich herumschleppte, von ihr abgefallen.

A C H T

„**A**lex!" Hektisch riss Mel ihre Augen auf und blickte sich um. Sie befand sich alleine in ihrem dunklen Schlafzimmer. Ein weiterer Albtraum. Vorsichtig tastete sie nach ihrer Nachttischlampe, als sie plötzlich in ihrer Bewegung innehielt.

»Hatte ich gerade nach Alex statt nach David geschrien?« Nachdenklich ließ Mel ihren Traum Revue passieren. Die Augen, die sie so gruselig nach oben verdreht angestarrt hatten, waren gar nicht die von David. Es waren Alex' blaue Augen. Auch der mit Blut überströmte Körper war deutlich größer und muskulöser als der von ihrem toten Verlobten. Sie konnte sich nicht erklären, was Alex in ihren Träumen zu suchen hatte. So einen großen Einfluss konnte er nach dieser kurzen Zeit, in der sie sich erst kannten, doch gar nicht auf sie haben.

Das Gespräch von gestern schien Mel doch mehr mitgenommen zu haben, als sie dachte. Seufzend drehte sie sich zu ihrem Nachttischschrank um und schaltete das Licht ein. Sie nahm ihr Handy und sah auf die Uhr auf dem Display. Drei Uhr in der Nacht und dank ihres Traums war Mel jetzt hellwach. Noch mal einschlafen konnte sie vergessen.

Sie konnte sich nicht erklären, warum Alex nun derjenige war, der in ihren Träumen tot vor ihr auf der Straße lag. Sie wünschte sich inzwischen nichts sehnlicher, als dass diese Albträume endlich aufhörten. Wie jedes Mal, wenn sie an die

Nacht zurückdachte, die ihr Leben auf den Kopf gestellt hatte, lief ihr ein eiskalter Schauer über den Rücken. Mel ließ sich in ihre Kissen zurückfallen. Wie so oft nach einem Albtraum rutschte sie auf Davids Bettseite. Verzweifelt versuchte sie, noch einen Hauch von seinem frischen Zitronengeruch einzufangen. Besonders in der ersten Zeit nach seinem Tod, als sie seinen Duft noch deutlich wahrnahm, fand sie so Trost. Aber vergeblich. Natürlich war sein Geruch im Laufe der Zeit immer schwächer geworden, bis er letzten Endes ganz verflogen war.

Mel hatte das Gefühl, von innen heraus zu zerreißen. Der Schmerz wurde immer stärker, breitete sich weiter aus. Bahnte sich seinen Weg nach draußen.

»Warum hast du mich einfach so verlassen? Hättest du nicht durchhalten können, bis die Sanitäter eingetroffen waren? Ich brauche dich doch, verdammt!« Mel schrie den letzten Satz in Davids Kissen. Ihre Tränen konnte sie nicht mehr länger zurückhalten. Sie flossen wie Sturzbäche über ihre Wangen und versickerten im Kissen. »Hättest du mich nicht wenigstens mitnehmen können? Dann müsste ich die ganze Scheiße jetzt nicht ertragen.« Tief in ihrem Inneren wusste Mel, dass diese Aussagen völliger Quatsch waren. David hatte es sich nicht ausgesucht, in dieser dunklen Gasse zu sterben.

Er war gestorben, um sie zu retten. Das durfte sie auf keinen Fall vergessen. Aber jetzt, in diesem Moment, als sie den Vorfall zum x-ten Mal erneut durchlebte, wünschte sie sich, in besagter Nacht ebenfalls gestorben zu sein. So, wie ein großer Teil von ihr in dieser Nacht gestorben war.

Statt wieder in den Schlaf zu finden, brach Mel endgültig in Tränen aus. Es hatte nicht lange gedauert, bis Davids Kissen vollständig durchnässt war. Stöhnend rieb sie sich den schmerzenden Kopf und schlich in die Küche, um sich eine Schmerztablette zu holen. Bei jedem zu schnellen Schritt, bei jeder plötzlichen Bewegung zog ein stechender Schmerz durch Mel.

Während sie die Tablette herunterschluckte, nahm sie ihr Handy in die Hand. Sie konnte heute unmöglich arbeiten. So wie sie aussah und sich fühlte, war sie nicht ansatzweise dazu in der Lage, sich auf irgendetwas anderes als auf ihr Leid zu konzentrieren. Schnell schrieb sie Mark und Chris eine Nachricht, dass sie krank war.

Hallo, Chris. Ich bin krank. Das Training muss leider ausfallen. Sagst du Alex Bescheid? Ich habe seine Nummer nicht.

Mit einer frischen Tasse duftendem Kaffee und einer großen Tafel Schokolade machte Mel es sich in im Wohnzimmer bequem. Sie kuschelte sich in ihre Lieblingsdecke und schaltete den Fernseher ein, um der gespenstigen Stille zu entgehen. Normalerweise genoss sie die Ruhe, die in ihrem Haus herrschte, doch heute erdrückte diese sie. Lustlos schaltete sie durch die einzelnen Programme, in denen so früh am Morgen nichts Gescheites lief. Auf Trash-TV hatte sie keine Lust und Serien schaute sie nur äußerst selten. Normalerweise griff sie lieber nach einem guten Buch als zur Fernbedienung. Aber auch dazu fehlte ihr die Motivation.

Missmutig schaltete Mel den Fernseher wieder aus. Sie ging zu ihrem Radio, das auf einem Schränkchen in der rechten Zimmerecke hinter dem Sofa stand. Bei ihrem Lieblingssender liefen gerade die zarten traurigen Klänge von *I will remember you* von Sarah McLachlan. Während Sarah im Radio sang, hatte Mel das Gefühl, als wenn sie aus ihrer Seele sprechen würde.

Für Mel war das Lied Grund genug, weiter in ihrem Selbstmitleid zu baden. Während sie dem Lied im Radio lauschte, aß sie genüsslich die Schokolade.

Nach einer ganzen Weile unterbrach das Klingeln ihres Handys die melancholische Stimmung. Das traurige Lied war inzwischen längst von fröhlicheren abgelöst worden. Aber Mel hatte schon lange nicht mehr darauf geachtet.

Auf dem Display erschien Chris' Name. Zum Telefonieren war sie nicht in Stimmung. Insbesondere mit ihm wollte Mel gerade nicht sprechen. Er würde sofort wissen, in welchem Gemütszustand sie sich befand. Bestimmt würde er bei ihr auf der Matte stehen und sie so lange nicht mehr in Ruhe lassen, bis es ihr besser ging. Sie beschloss, das Telefon einfach zu ignorieren und Chris später eine Nachricht zu schreiben.

Inzwischen war es früher Abend und Mel entschied sich dazu, dem unermüdlichen Grummeln in ihrem Bauch nach-zugeben und endlich etwas Anständiges zu essen. Schließlich konnte sie sich nicht nur von Schokolade und Kaffee ernäh-ren. Schwerfällig und mit müden Beinen stand sie von der Couch auf, um sich in die Küche zu begeben, als es an der Tür klingelte. Mit einem Kloß im Magen versuchte sie, den unan-gekündigten Besuch zu ignorieren und setzte ihren Weg in die Küche fort. Sie hoffte, dass die Person vor der Tür einfach wieder gehen würde, wenn sie nicht öffnete.

Mel durchforstete gerade ihren Kühlschrank nach Zutaten für eine dick belegte Pizza, da vernahm sie hinter sich ein Räuspern. Mit einem spitzen Aufschrei schreckte sie hoch. Dabei stieß sie mit ihrem Kopf gegen den Kühlschrank. Sie rieb die pochende Stelle und drehte sie sich zur Küchentür um. Dort stand Chris gegen den Türrahmen gelehnt und mus-terte sie eindringlich. Hinter ihm entdeckte sie Alex, der schmunzelnd näher trat. Er wirkte sofort weniger düster. Seine Augen hatten einen funkelnden Glanz und die Mimik wirkte freundlicher und einladender.

»Dachtest du, du würdest uns mit dieser kurzen Textnachricht entkommen?« Chris kam auf Mel zu. Er nahm die Packung Reibekäse, die sie schon vergessen hatte, aus ihrer Hand. »Die kannst du dir nach dem Training machen. Wir wollen ja nicht, dass du uns auf die Füße kotzt.« Besorgt musterte er dabei Mels verweintes Gesicht. »Was ist passiert?«

»Es ist gar nichts passiert. Ich fühle mich nicht gut. Das habe ich dir doch geschrieben.« Sie zuckte mit den Schultern.

»Mel, bitte. Ich habe eben mit Mark telefoniert. Du hast dich selbst auf der Arbeit krankgemeldet. Das passt nicht zu dir. Und sind wir mal ehrlich: Du siehst nicht wirklich krank aus. Nur verheult.« Chris trat einen Schritt auf Mel zu und sah ihr tief in die rotunterlaufenen Augen.

»Chris, lass es bitte gut sein. Ich möchte einfach nicht reden.« Mel versuchte, seinem Blick auszuweichen und wandte sich wieder zu ihrem Kühlschrankinhalt.

»Nein, Mel. Ich lasse es jetzt nicht gut sein. Du kannst dich nicht von allem Abschotten und sämtliche Probleme mit dir allein ausmachen. Ich habe David versprochen, dass ich das immer unterbinden werde, sollte ihm jemals etwas zustoßen.« Chris ignorierte ihren Protest, zog sie vom Kühlschrank weg und schloss diesen. Mel, die nicht auf die Berührung vorbereitet war, zuckte zusammen und versteifte sich. Sie wandte sich aus Chris' Griff, nur um ihn dann aus zusammengekniffenen Augen anzusehen. »Lass mich los!«

Chris drehte sich zu Alex, der sie besorgt musterte.

»Alex, würdest du im Garten auf uns warten?«

»Klar.« Er ging auf die Terrasse.

Mel stöhnte auf. Jetzt würde Chris erst recht nicht mehr lockerlassen.

»Also Mel, was ist passiert?«

»Der Albtraum ist diese Nacht zurückgekommen. Dabei hatte ich gedacht, er sei durch das Training endlich ganz verschwunden. Ziemlich naiv, ich weiß.« Damit war das Thema für Mel erledigt. Indem sie sich von Chris abwandte, versuchte sie, ihm zu signalisieren, dass sie nicht weiter über das Thema reden wollte.

Doch leider hatte sie die Rechnung ohne ihren Freund gemacht. »Sicher, dass das alles ist? Ich kenne dich Mel. Da ist doch noch etwas, das dich bedrückt, oder?« Chris stellte sich erneut vor sie und musterte sie intensiv. Er musste sich zurückhalten, ihr Kinn nicht mit seinem Finger anzuheben. Das würde sie nur noch mehr verschrecken und dafür sorgen, dass sie vollständig abblockte.

»Sie verändern sich.«

Chris würde sie nicht in Ruhe lassen, bis sie ihm die vollständige Wahrheit gesagt hatte. »Es ist nicht mehr David, der mit verdrehten Augen auf der Straße liegt. Das hat mich einfach nur erschrocken.« Mel wollte das Thema in eine andere Richtung lenken und Chris schien das endlich verstanden zu haben. Langsam schüttelte er den Kopf. »Ich glaube, das Training wird dir guttun.«

»Okay, überredet. Ich gehe mich schnell frischmachen und ziehe mich um.« Mit diesen Worten - und etwas motivierter - machte Mel sich auf den Weg in ihr Badezimmer.

Kurze Zeit später hielt sie in der Terrassentür inne, um die beiden Männer, die sich angeregt unterhielten, zu mustern. Sie schienen ein sehr amüsantes Thema zu haben, denn sie lachten ausgelassen. Alex sah durch die heitere Stimmung nicht mehr so einschüchternd aus wie anfangs. Doch wenn Mel genauer darüber nachdachte, hatte die Angst vor ihm schon deutlich nachgelassen. Je mehr Zeit sie mit ihm verbrachte, desto wohler fühlte sie sich in seiner Nähe.

Sie fragte sich, ob Chris sich denken konnte, in welche Richtung sich ihre Träume veränderten und was er wohl davon hielt.

Mel gab sich einen Ruck und ging auf die Männer zu. Mit einem Räuspern machte sie auf sich aufmerksam. »So, von meiner Seite aus können wir starten.«

Mit unveränderter Stimmung drehten sich die Männer zu ihr um.

»Na dann, los! Starten wir mit ein paar Runden Warmlaufen.«

Nach dem Warmlaufen übten sie weitere Befreiungstaktiken. Neben dem Befreien aus einfachen Griffen nahmen sie Würgegriffe dazu. Während der Übungen hatte Mel nicht eine einzige Panikattacke. Es kam auch zu keinen anderen Zwischenfällen.

Nach dem Training war sie vollkommen ausgepowert. Erschöpft ließ sie sich in den Gartenstuhl fallen. Erstaunlich, was für eine Wirkung der Sport auf Mels mentale Gesundheit hatte. Mit einem Lächeln auf den Lippen stellte sie fest, dass sie nicht nur müde, sondern auch bedeutend glücklicher war. »Wow, tat das gut.«

»Du hast dich heute auch echt gut gemacht.« Alex' Lob lockerte die Stimmung weiter auf.

»Ich hätte jetzt nichts gegen ein Eis. Habt ihr Lust auf einen kleinen Spaziergang? Du kannst deine Pizza danach immer noch in den Ofen schieben«, sagte Chris.

Mel zuckte bei seinem Vorschlag zusammen.

Gegen ein Eis hätte Mel tatsächlich nichts. Auch wenn sie heute schon zu viel ungesunden Kram zu sich genommen hatte. Aber einen Spaziergang hatte sie seit Davids Tod nicht mehr gemacht. Sie vermisste es, vor die Tür zu gehen. Aber ihre Angst saß tief. Da änderte auch die Tatsache, dass sowohl Alex als auch Chris an ihrer Seite waren, nicht viel dran. Vor Alex war es ihr jedoch äußerst unangenehm, so ängstlich zu erscheinen, auch wenn er ihr Problem kannte.

»Ich weiß nicht …« Mels Skepsis kam immer mehr zum Vorschein. Nervös nestelte sie an ihrem Unterarm und ihr

Blick wanderte unruhig zwischen den beiden Männern hin und her. »Könnt ihr mir nicht einfach ein Eis mitbringen?«

»Ach, Quatsch. So weit ist es bis zum Eiscafé nun auch nicht. Alex und ich begleiten dich und werden dich sicher zurück nach Hause bringen.« Chris schaute Mel entschlossen an und breitete seine Arme aus, um sie zu umarmen.

»Chris hat recht. Du hast so gute Fortschritte gemacht, dass es Zeit für den nächsten Schritt wird. Schließlich trainieren wir doch dafür, oder?« Auch Alex wirkte entschlossen, richtete sich auf und deutete in Richtung Haustür. »Aber …« Mel rieb sich weiter über den Unterarm. Ein Kloß machte sich in ihrem Bauch breit und wuchs immer weiter.

»Nichts aber! Nicht denken, wir gehen jetzt einfach los. Dir kann und wird nichts passieren.« Entschlossen stemmte Chris die Hände auf die Stuhllehne. Er schien sehr zuversichtlich zu sein. Melissa dachte über ihre Möglichkeiten nach, während Alex ebenfalls von seinem Stuhl aufstand. Beide sahen sie erwartungsvoll an.

»Wenn ihr meint …« Sie zögerte, ergab sich jedoch ihrem Schicksal und stand auch auf. Der Kloß schien inzwischen ihren gesamten Magen auszufüllen. Mel war übel. Ihre Hände waren klitschnass geschwitzt und ihre Beine wollten ihr kaum gehorchen. Langsam und immer weiter den Unterarm malträtierend folgte sie Alex und Chris ins Haus. In ihrem Inneren schrie alles nach Flucht. Ihre Beine zitterten mit jedem Schritt, den sie näher zur Haustür kam. Sie blieb stehen, sah sich um. Alex und Chris hatten schon den Ausgang erreicht und sahen abwartend in ihre Richtung. Chris öffnete die Tür. Mels Beine gaben nach. Bevor sie auf den Boden sinken konnte, wurde sie von Alex' starken Armen aufgefangen. Langsam richtete sie sich wieder auf.

»Du schaffst das. Glaub an dich. Du bist nicht allein.« Alex suchte ihren Blickkontakt, während er diese drei Sätze immer wieder aufsagte. Solange, bis sich Mels Blick entschlossen zur

Tür wandte. Die Sätze waren in ihrem Kopf angekommen. Sie nun selbst leise vor sich hinmurmelnd, schaffte sie es, Schritt für Schritt von Alex gestützt zur Haustür.

»Also, ich esse am liebsten Zitroneneis. Und ihr?« Mel konnte deutlich merken, dass er sie in ein Gespräch verwickeln wollte. Ob es nun seine Absicht war oder nicht, es half. Dankbar überlegte sie, welches Eis sie sich heute aussuchen würde. »Ich bin eher eine spontane Käuferin, ich esse das, worauf ich gerade Lust habe.« Mel bemerkte erst danach, dass sie schon durch ihren Vorgarten gegangen und auf dem Bürgersteig angekommen waren. Ein leichtes Glücksgefühl machte sich in ihrem Bauch bemerkbar, als sie erstaunt zurücksah. Sie hatte es tatsächlich geschafft. Stolz machte sich in ihr breit.

Chris legte seinen Arm um ihre Schultern. »Dann mal los!«

Mel setzte einen Fuß vor den anderen. Schaffte es mit jedem Schritt ein Stück weiter weg von ihrer Festung. Zwischen den beiden Männern fühlte sie sich sicher. Dennoch sah sie sich ständig um. Sie musste alles im Blick behalten und zuckte bei jedem noch so kleinen Geräusch zusammen. Trotzdem schaffte sie es, mit jedem weiteren Meter den Klumpen in ihrem Magen zurückzudrängen. Mel sog gierig die frische Abendluft in ihre Lunge. Ein Gefühl der Freiheit machte sich in ihr breit und ein Grinsen stahl sich auf ihr Gesicht. Sie schafften es ohne Zwischenfälle bis zum Eiscafé, das an den nahegelegten Park angrenzte. Es waren nur wenige Meter. Aber diese wenigen Meter fühlten sich für Mel an, als hätte sie einen Marathon durchgestanden. Sie fühlte sich genauso verschwitzt und erschöpft. Glücksgefühle machten sich in ihrem Körper breit.

Sie wusste nicht, wie lange sie schon nicht mehr in der Eisdiele gewesen war. Bisher hatte Chris ihr das Eis vorbeigebracht. Stolz auf sich selbst stellte sie sich mit den beiden Männern in die lange Schlange. Obwohl die Menschen ihr keinerlei Beachtung schenkten, fühlte Mel sich zunehmend unruhig und schaute sich fast im Minutentakt um. Alex schien ihre zunehmende Unsicherheit zu bemerken. »Weißt du schon, was du nimmst?«

»Ähm, nein. Ich glaube, ich bekomme auch kein Eis mehr runter.« Sie wurde blass und zitterte. Der Klumpen in ihrem Magen, den sie eben noch erfolgreich zurückgedrängt hatte, war zurück.

»Chris, bringst du mir drei Kugeln Zitrone mit? Und für Mel etwas mit Schokolade. Wir setzen uns so lange dahinten auf die Bank.« Alex wandte sich Chris zu und legte Mel beruhigend einen Arm auf den unteren Rücken.

»Klar, kein Thema.«

Dankbar folgte Mel Alex aus der Schlange zur nächsten Parkbank, auf die sie sich setzten.

»Ich hätte nicht gedacht, dass es so voll ist. Die Schokolade wird dir nach dem Training guttun und dich etwas aufheitern.« Mel brachte mit Mühe ein Lächeln zustande. Sie nahm nur am Rande wahr, wie Alex mit ihr sprach. Ihr war weiterhin schlecht. Sie fühlte sich beobachtet und schaute sich ständig um, konnte jedoch nichts entdecken.

»Mel? Dir passiert nichts. Das ist dir doch klar, oder? Hier sind zu viele Menschen und Chris und ich sind auch noch da.« Alex beruhigte sie weiterhin. Er hockte sich vor sie und versuchte, ihren suchenden Blick einzufangen.

»Ich weiß, aber ich habe irgendwie das Gefühl, als ob uns jemand beobachtet. Aber ich sehe niemanden.« Mel sprach leise, damit sie niemand hörte. Sie kam sich selbst paranoid vor. Ihr Blick wanderte währenddessen weiter unruhig umher und sie versuchte, jemanden zwischen den Leuten zu erkennen, der ihr gefährlich werden konnte.

»Wirst du ja auch, Chris schaut unentwegt zu uns rüber. Er will sicher sein, dass es dir gut geht.« Mit einem Nicken deutete Alex zur Schlange vor der Eisdiele.

Als Mel sich in Chris' Richtung drehte, bemerkte sie seine grauen Augen, die unerlässlich auf ihr ruhten. Ein wenig beruhigter lehnte sie sich zurück. Um sich abzulenken, konzentrierte sie sich auf die Kinder, die unweit von ihnen die Wartezeit auf das Eis mit Fangenspielen verkürzten.

»So, einmal Zitrone für dich und Schoko- und Pralieneneis für unsere tapfere Kämpferin.« Chris riss Mel aus ihrer Beobachtung.

»Danke.« Sowohl Mel als auch Alex nahmen ihr Eis entgegen.

Sie ließ ihren Blick erneut schweifen und genoss ihr Eis. Dabei entdeckte sie ein eng umschlungenes, ausgelassen lachendes Pärchen, das unweit von ihnen entfernt die nur wenig befahrene Straße in Richtung Parkeingang entlang schlenderte. Wehmütig erinnerte sie sich an die unbeschwerten Ausflüge mit David. Sie mussten auf andere genauso gewirkt haben wie dieses Pärchen. Für Mel war es immer noch ungewiss, ob sie es jemals wieder schaffen würde, sich entspannt aus ihrer persönlichen Festung zu bewegen.

Kaum hatte sie diesen Gedanken zu Ende geführt, lief ihr ein erneuter Schauer über den Rücken. Wahrscheinlich bildete sie sich das Ganze ein. Noch einmal schaute sie sich suchend in der Umgebung um. Das bedrohliche Kribbeln in ihrem Nacken war wieder zurück. Mel war der festen Überzeugung, dass sie beobachtet wurde, und dieses Mal war es eindeutig keiner ihrer beiden Begleiter.

Sie zuckte heftig zusammen, als Chris' Handy plötzlich klingelte und sie aus ihren trüben Gedanken riss. Auch er schien nicht mit einem Anruf gerechnet zu haben. Schnell zog er sein Handy aus der Jackentasche und hielt es so, dass weder sie noch Alex das Display erkennen konnten.

Nach einem flüchtigen Blick darauf stand Chris hastig von der Parkbank auf und entfernte sich ein paar Meter. Weit genug, damit Mel nichts von dem Gespräch mithören konnte, aber immer noch so nah, dass er sie im Auge behalten konnte. Auch er schaute sich beim Telefonieren immer wieder hektisch in der Gegend um.

Skeptisch musterte sie sein merkwürdiges Verhalten. Sonst hatte er keinerlei Probleme damit, wenn sie seine Telefonate mitbekam. Sie musste nicht unbedingt mithören, aber sein Verhalten machte sie doch stutzig. Zudem wirkte Chris sichtlich nervös. Abwechselnd beobachtete er Mel und die Umgebung. Dabei lief er permanent auf und ab, während er eine hitzige Diskussion führte.

Seine schnellen Lippenbewegungen und die ausufernden Gestiken verrieten ihn. Das gesamte Verhalten passte gar nicht zu Chris. Normalerweise war er ein ruhiger und ausgeglichener Mensch.

Mel warf Alex einen fragenden Blick zu. Dieser schien Chris' ungewöhnliches Verhalten auch zu bemerken. Er runzelte seine Stirn und beobachtete ihn.

»Hast du eine Ahnung, was da los ist?« Mel konnte sich Alex' Antwort schon denken. Die Frage auszusprechen, beruhigte aber ihre Nerven.

»Nein, keine Ahnung. Sein Verhalten ist echt merkwürdig und passt nicht zu Chris. Irgendetwas muss passiert sein. Ich denke, wir werden es bald erfahren.« Mit einem Nicken deutete er in Chris' Richtung. Mel sah nun wieder zu ihm herüber. Er hatte sein Telefonat beendet und kam wieder auf sie zu.

Fahrig fuhr sich Chris durch die Haare. Sie sahen inzwischen ordentlich verstrubbelt aus. Das war auch kein Wunder, wenn Mel bedachte, wie häufig er in den letzten Minuten durch seine Haare gestrichen hatte.

Verlegen blickte er sie an. »Ähm. Meint ihr, ihr schafft es allein zurück zu Mels Haus? Es gab einen Notfall in einer der Firmen, die ich betreue. Ich muss mich sofort an den Rechner setzen und versuchen, so viel Schaden wie möglich abzuwenden.«

»Ich bringe sie sicher nach Hause. Mach dir keine Sorgen, wir schaffen das schon.« Chris' Erklärung schien Alex zu beruhigen. Seine Stirnfalten hatten sich wieder geglättet und er lächelte ihm zuversichtlich zu. Mel, die die ganze Sache nicht ansatzweise so entspannt sah, nickte nur verhalten. Irgendetwas war faul. Sie hatte schon häufiger mitbekommen, wenn Chris einen solchen Anruf bekam. Jedoch hatte er bisher nie so konfus reagiert. Ein mulmiges Gefühl beschlich sie. Und das schon bevor ihr bewusstwurde, was es bedeutete, dass Chris sie nicht zurückbegleitete. Mel würde das erste Mal mit Alex allein sein. Ein Kribbeln machte sich in ihrem Bauch breit.

Noch ehe sie antworten konnte, war Chris schon außer Hörweite.

»Merkwürdig. Irgendetwas stimmt da nicht.« Sie runzelte die Stirn. Alex zuckte nur mit den Schultern. »Zugegeben: Sein Verhalten war schon merkwürdig. Chris betreut einige große Firmen, da kann das schon mal vorkommen. Wenn es da einen Hackerangriff oder ähnliches gab, kann ich nachvollziehen, dass er nervös wird. Schließlich trägt seine Firma die Verantwortung für deren Sicherheit. Lass uns einfach aufbrechen und abwarten. Wir werden noch erfahren, was hinter allem steckt.« Alex wirkte abwesend, während er sein Handy, in das er eine Nachricht getippt hatte, zurück in seine hintere Hosentasche steckte.

»Deine Gelassenheit möchte ich haben. Aber du hast recht. Hier weiter rumstehen und grübeln bringt uns auch nicht weiter.«

Alex stand auf und reichte Mel seine Hand.

Merkwürdig, wie schnell sie zu Alex Vertrauen gefasst hatte. Seit dem Vorfall hatte sie den Kontakt zu nahezu allen Freunden verloren. Mit ihren Arbeitskolleginnen und Arbeitskollegen tauschte sie sich meist nur über das Nötigste aus. Und fremde Menschen machten ihr seither Angst.

Bei Alex schien all das wie verflogen. Seine Berührungen lösten in Mel eher ein Kribbeln aus als Angst und Schrecken. Es fühlte sich angenehm an. Brachte Wärme, die sie so lange schon nicht mehr gespürt hatte, zurück in ihren Körper.

David war immer ihre große Liebe gewesen, sie vermisste ihn schmerzlich, mit ihm war alles immer so vertraut. Mit Alex war alles neu und aufregend. Und doch hatte sie bei jeder Berührung, jedem Lächeln und jedem Satz, den sie miteinander sprachen, das Gefühl, David zu betrügen und zu hintergehen. Und trotzdem gab ihr Alex Halt, Sicherheit und Trost. Mel ließ Alex' Hand traurig wieder los. Gerne hätte sie sie noch länger gehalten. Das wäre aber reichlich merkwürdig herübergekommen und sie wollte auf keinen Fall einen falschen Eindruck erwecken. Er sollte nicht denken, dass sie sich an ihm festklammern würde.

Mel ließ es sich nicht nehmen, dicht neben ihm zu gehen, suchte seine Nähe. Brauchte das Gefühl der Sicherheit, das er in ihr auslöste. Sie schob dieses Bedürfnis auf ihre eigene Unsicherheit, verdrängte den Gedanken, dass da mehr in ihr sein könnte, das sich zu Alex hingezogen fühlte. In Wahrheit genoss sie seine Nähe und das Kribbeln auf ihrer Haut. Bei jedem Schritt streiften ihre Hände wie zufällig die seinen. Ein warmes Gefühl machte sich in ihrem Bauch breit, das sich bei jeder Berührung weiter ausbreitete. All ihre Sinne waren in diesem Moment auf Alex gerichtet. Sie lauschte seinem gleichmäßigen Atem, spürte den Luftzug, den seine Bewegungen verursachten, auf ihrer Haut und konnte seinen herben Duft nach Wald riechen.

Bei einem verstohlenen Seitenblick in seine Richtung bemerkte Mel, dass Alex sie schmunzelnd musterte. Er nahm ihre Hand wieder in seine und blieb stehen. Durch den plötzlichen Ruck, den sein Stehenbleiben auslöste, geriet Mel ins

Straucheln, wurde aber sofort von seinen starken Armen aufgefangen. Sanft drehte er sie in seine Richtung, um sie mit seinen grauen Augen intensiv zu betrachten. Sie hatte das Gefühl, ihm entging keine ihrer Regungen. Sanft strich Alex ihr eine verlorengegangene Haarsträhne hinter das Ohr. Seine Berührung hinterließ ein warmes Kribbeln auf Mels Haut. So dicht vor ihm stehend nahm sie deutlich seinen erdigen holzigen Geruch wahr. Mels Blick senkte sich auf seine leicht geöffneten Lippen, während Alex mit seinem Daumen ihre Unterlippe zwischen den Zähnen hervorzog. Sie hatte nicht einmal bemerkt, dass sie auf dieser herumgekaut hatte.

Mels Atem beschleunigte sich, als die Luft zwischen ihnen zu knistern begann. Sie verharrte. Zögerte, fing erneut an zu grübeln, fragte sich, ob sie das zulassen konnte. Die Ereignisse saßen noch zu tief. Ihre Trauer um David war so präsent. Gleichzeitig spürte sie diese Anziehung, die von Alex ausging. In seiner Nähe fühlte sie sich wieder lebendig, spürte dieses Kribbeln, diese Wärme. Ihr Herz schlug schneller, das Atmen fühlte sich leichter an.

Bevor sie eine Entscheidung treffen konnte, wurde Mel von hinten kräftig angerempelt und gegen Alex gedrückt. Protestierend drehte sie sich um, nur um festzustellen, dass niemand hinter ihr stand. Derjenige, der sie angerempelt hatte, war schon einige Meter von ihnen entfernt. Er joggte weiter, als wäre nichts gewesen.

Grummelnd drehte sie sich wieder zu Alex, doch der Zauber war verflogen und die Entscheidung wurde ihr abgenommen.

NEUN

Guten Morgen Mel! Hast du Lust heute mit mir zu-
sammen einen Ausflug, ohne Chris zu wagen? So als Beloh-
nung für deine Fortschritte beim Training? – Alex

Noch nicht ganz wach ließ Mel ihr Handy neben sich aufs
Bett sinken. Diese Nachricht beflügelte sie förmlich und zauberte ihr ein Lächeln ins Gesicht. Was für ein schöner Start in
den Morgen.

Das letzte Mal waren sie beim Ausflug zur Eisdiele allein
unterwegs. »Gefühlt war das erst gestern«, überlegte Mel laut.
Dabei waren seit dem Ausflug mehrere Wochen vergangen.
»Chris war da wirklich merkwürdig drauf. Wenn ich so darüber nachdenke, haben wir nicht mehr darüber geredet.« Wenn
sie es genau nahm, hatte sie nicht einmal mehr darüber nachgedacht.

Inzwischen hatten sie weitere erfolgreiche Trainingseinheiten und Spaziergänge zu dritt absolviert. Mel fühlte sich mit-
lerweile bedeutend sicherer und stärker als zu Beginn des
Trainings. Es machte ihr keine Angst mehr, in Begleitung von
Alex und Chris das Haus zu verlassen. Und wenn sie genau
darüber nachdachte, freute sie sich auf das Treffen mit Alex.
Sie war zuversichtlich, dass sie es heute schaffen würde, einen
weiteren Schritt in die richtige Richtung zu machen. Schließlich musste sie irgendwann wieder allein vor die Tür. Mel

hatte schließlich von ihrem Chef ein Ultimatum erhalten, das sie nicht ausreizen wollte. Deswegen galt es, so schnell wie möglich wieder selbständiger zu werden. So einen tollen Job würde sie kein zweites Mal finden.

Mel freute sich darauf, ein wenig Zeit mit Alex allein zu verbringen. Bisher war zwischen ihnen nichts Neues vorgefallen. Allerdings war Chris immer in ihrer Nähe. In den Momenten, in denen sie mühsam versuchte, einen Moment mit Alex allein zu sein, hatte er sie gestört. Ganz so, als könnte er ihre Zuneigung zu Alex riechen und wolle diese um jeden Preis verhindern.

Das Einzige, das sich spürbar verändert hatte, war die Luft zwischen Alex und Mel. Diese hatte sich deutlich aufgeheizt. Wann immer er in ihrer Nähe war oder sie berührte, spürte sie ein Kribbeln auf ihrer Haut, als würden Tausend Ameisen auf ihr herumkrabbeln. Mel hatte das Gefühl, die Luft um sie herum war so aufgeladen, dass ein kleiner Funke ausreichte, um sie jeden Moment explodieren zu lassen.

Guten Morgen, Alex. Ich würde sehr gerne was mit dir unternehmen. Was schwebt dir vor? Gruß Mel.

Mel schickte die Nachricht ab, ohne sie ein zweites Mal zu lesen. Sie hatte die Sorge, sonst einen Rückzieher zu machen. Alex hatte ihr inzwischen deutlich signalisiert, dass er sie attraktiv und sympathisch fand. Vielleicht hatte sie heute die Chance, ein bisschen mehr über ihn zu erfahren. Denn außer seiner Kampfsportkarriere und der Adoption wusste Mel noch nichts über ihn. Und das hatte sie nur durch die Recherche im Internet erhalten. Sie wusste nicht einmal, woher seine Leidenschaft für den Kampfsport kam.

Was hältst du davon, bei diesem schönen Wetter an den See zu fahren? Dort war ich schon lange nicht mehr.

Sehr gerne. Ich war auch schon ewig nicht mehr am See und, ehrlich gesagt, vermisse ich die Ruhe dort. Wenn ich am Wasser sitze, fühle ich mich immer ganz besonders wohl.

Super. Ich hole dich in einer Stunde ab. Du brauchst nichts weiter als deine Badesachen, falls du Lust auf eine Abkühlung im See hast.

Perfekt bis später.

Mel legte ihr Handy zur Seite, nachdem sie die Nachricht versendet hatte. Sie sprang aus dem Bett, um sich schnell zu duschen und anzuziehen. Im Ankleidezimmer wählte sie ein luftiges, aber figurbetontes weißes Kleid mit rosa Rosen. Das Kleid schmeichelte ihrem blassen Teint und ihrer schlanken Figur. Ihre blauen Augen stachen durch das helle Outfit hervor. Den Bikini trug Mel unter ihrem Kleid. Bevor sie das Zimmer verließ, packte sie noch ein Badetuch und Wechselkleidung ein.

Im Gehen hatte sie gerade den Reißverschluss an ihrer Tasche geschlossen, da klingelte es bereits.

Ihr Herzschlag beschleunigte sich und ihre Hände wurden feucht. Zu der Aufregung, gleich Alex gegenüberzustehen, ohne dass Chris zwischen ihnen eine Distanz schaffte, mischte sich nun doch die Nervosität, über Chris' fehlenden Schutz. Sie atmete tief durch, bevor sie die Stufen ins Erdgeschoss herunterging. Bevor sie die Haustür öffnete, warf sie einen raschen Blick in den Spiegel.

»Hallo, Alex. Ich bin sofort startklar. Ich brauche nur noch schnell meine Schuhe«, grüßte Mel, als sie die Tür öffnete, ohne ihren Gast dabei anzusehen. Stattdessen wandte sie sich direkt ihren Ballerinas zu.

»Hey, Mel. Du siehst toll aus.« Sie konnte noch nie gut mit Komplimenten umgehen und wusste nie, wie sie reagieren sollte. Auch jetzt lief Mel tiefrot an und war froh darüber, immer noch mit ihren Schuhen beschäftigt zu sein. So konnte Alex ihr Gesicht wenigstens nicht sehen.

»So. Ich wäre so weit.« Mel richtete sich auf, als sie sich sicher war, nicht mehr auszusehen wie eine reife Tomate.

»Sehr gut.«

Zusammen gingen sie zu Alex' Sportwagen vor der Einfahrt.

»Schickes Auto.« Mel war von seinem Wagen beeindruckt. Sie freute sich auf die Tour in diesem schicken, teuren Gefährt. Bisher war sie nur in schlichten und zweckmäßigen Autos unterwegs gewesen.

»Danke. Nur das Beste für dich.« Alex zwinkerte ihr zu. Galant öffnete er wie ein Gentleman die Beifahrertür. Mel stieg ein wenig umständlich in das tiefliegende Fahrzeug ein, und als Alex neben ihr saß, startete er den Motor. Ein lautes röhrendes Geräusch erfüllte die Umgebung.

›Männer und ihre Spielzeuge‹, dachte Mel, als sich Alex geschmeidig im wenigen Verkehr einfädelte.

Den Weg zum See verbrachten sie weitestgehend schweigend, jeder in seinen eigenen Gedanken versunken. Doch die Stille zwischen ihnen fühlte sich angenehm an. Langsam bog Alex auf den kleinen Parkplatz am See ein. Die ungewöhnlich vielen Autos in den Parkbuchten zeugten davon, dass sie wohl nicht die Einzigen waren, die diesen warmen Tag am See verbringen wollten. Mel hatte diesen Platz selten so belebt gesehen wie heute und spürte, wie sich der altbekannte Knoten in ihrem Bauch bildete und ihr die Luft zum Atmen nehmen wollte. Doch bevor sie weiter darüber nachdenken und die Panik die Kontrolle über ihren Körper übernehmen konnte, öffnete Alex ihr erneut die Tür und reicht ihr eine Hand. Auch beim Aussteigen hatte sie deutlich damit zu kämpfen, nicht wie ein nasser Sack aus dem Auto zu fallen. Wobei sie nicht tief gefallen wäre, schließlich befand sich das Auto schon fast auf dem Boden. Mühsam versuchte Mel, die Beine aus dem Auto zu bekommen, ohne dass ihr Rock zu viel von ihr zeigte. Sie stützte sich mit der freien Hand am Sitz ab, was jedoch dazu führte, dass das weiche Polster nachgab und sie ins Wanken geriet.

Und schon schossen Mel ganz andere Gedanken in den Kopf, die jegliche Panik vertrieben. Hoffentlich stellte sie sich nicht so blöd an, wie sie sich gerade fühlte. Da musste es doch irgendeinen Trick geben. Schließlich fuhren die Schönen und Reichen doch immer in solchen Autos durch die Gegend. Nur unter größter Anstrengung gelang es ihr endlich mit Alex' Hilfe aus dem Auto. Bedauern machte sich in ihr breit, als er ihre Hand losließ.

»Sollen wir erst ein bisschen spazieren gehen, solange es noch nicht so heiß ist? Dann können wir uns danach ein ruhiges Plätzchen am See suchen. Ich kenne einen Ort, an dem selten viel los ist.« Alex schien von ihren Gedanken nicht das Geringste mitzubekommen. Während er Mel diesen sehr gelegen kommenden Vorschlag machte, holte er einen Picknickkorb aus dem Kofferraum.

»Wow. Was hast du denn da alles drin? Ich bin schon gespannt. Vor allem auf die ganzen Leckereien in deinem Korb!«

»Na, erst mal abwarten. Vielleicht habe ich mich bei deinem Geschmack ja ordentlich verschätzt.« Alex lächelte verschmitzt. Sie gingen auf den Eingang des Parks zu.

»Das glaube ich kaum. Und wenn doch, warte ich halt, bis der Eiswagen vorbeifährt und kaufe mir ein Eis.« Mel lachte und Alex stimmte mit ein. Sein Lachen erklang in einem tiefen Bariton, der ihr eine wohlige Gänseheut über den Körper jagte. Sie kam nicht umhin zu merken, wie angenehm warm es sich anhörte. Mel drohte, wieder in Gedanken zu versinken.

»Das würdest du tun?« Theatralisch legte er eine Hand auf seine Brust.

»Klar, warum nicht? Schließlich habe ich Hunger.« Sie sah ihn an und nickte.

»Du würdest noch nicht mal so tun, als ob es dir schmeckt?« Mit einer hochgezogenen Augenbraue musterte Alex sie.

»Nö. Ist zwar schade um die ganzen Lebensmittel, aber sonst würdest du beim nächsten Mal doch wieder die gleichen Sachen mitbringen. Wo wäre da der Lerneffekt?« Sie grinste und zuckte mit den Schultern.

»Aha, die Dame geht also, noch bevor das Date richtig angefangen hat, davon aus, dass es ein nächstes Mal gibt« Nun musste auch Alex grinsen.

»Das ist ein Date« Mel musste husten, als sie sich an ihrer Spucke verschluckte. Ihr Lachen erstarb augenblicklich. Mit vor Schock weit aufgerissenen Augen sah sie ihn an. Die Anziehung, die zwischen ihnen bestand, hatte sie registriert. Aber dass Alex bereits ans Daten dachte … damit hatte sie nicht gerechnet.

Das ging nicht. Mel konnte David so etwas nicht antun. Sie trat einen Schritt zurück. Wollte sich am liebsten umdrehen und wegrennen. Panisch sah sie sich um.

»Zu früh?«, fragte Alex und vergrub seine Hände in seinen Hosentaschen. »Wir brauchen dem Ganzen hier nicht unbedingt einen Namen geben, wenn dir das unangenehm ist.«

»Ich bin noch nicht so weit. Ich … Du … Du hast mich damit gerade Überrascht. Du wirkst nicht wie der Typ, der datet.« Mel fuhr sich verlegen durch ihre langen Haare.

»Nicht? Wie wirke ich denn?« Er deutete auf eine nahegelegene Bank. »Sollen wir uns dort hinsetzen?«

Mel nickte zustimmend und sie setzten sich mit dem Blick auf den See auf die Bank. Sie war froh darum, Alex nicht weiter ansehen zu müssen.

»Na ja, irgendwie … unnahbar, eher der Typ für One-Night-Stands.« Beschämt senkte Mel den Blick und hielt sich zusätzlich die Hand vor den Mund.

»Du hast recht. Das ist in der Regel mehr mein Ding, aber irgendetwas an dir hat mich in einen Bann gezogen und ich möchte dich gerne besser kennenlernen. Ich glaube nicht, dass du der Typ für einmalige Geschichten bist.« Alex berührte sanft Mels Kinn und drehte ihr Gesicht in seine Richtung. Seine stahlgrauen Augen wirkten ernst, als würde er tief in ihr Inneres blicken und dort nach einer Bestätigung für seine Feststellung suchen.

»Lass uns doch erst mal sehen, wo das Ganze zwischen uns hinführt. Einverstanden?« Er wollte sie mit seinem Vorschlag beruhigen.

Mel war wirklich nicht der Typ für einmalige Bettgeschichten. Aber eine neue Beziehung? Das ging nicht. Ihr Herz war gerade erst dabei, sich von ihrem Verlust zu erholen. Sie legte die Hand auf die Brust. Als müsste sie ihr Herz schützen. Gedankenverloren sah Mel auf den See. Alex weckte in ihr tiefvergrabene Empfindungen, von denen sie glaubte, sie nie wieder zu spüren. Doch David kreiste noch so sehr in ihren Gedanken.

Aber er würde nicht mehr zu ihr zurückkommen. Was hätte er an ihrer Stelle getan? Wäre alles umgekehrt passiert, hätte sie sich für ihn gewünscht, dass er glücklich sein würde.

Aber was war, wenn sich Mel auf Alex einließ und damit erneut ihr Herz in Gefahr brachte? Sollte sie es riskieren?

Sie fand keine Antwort auf diese Frage und beschloss, das Ganze auch auf sich zukommen zu lassen.

»Okay.« Ihre Antwort kam nur sehr zögerlich und leise über die Lippen. Schließlich war sie noch nicht ganz davon überzeugt, dass sie sich auf diese Sache einlassen konnte. Alex, der zwischenzeitlich nach Mels Hand gegriffen hatte, drückte diese leicht, um ihr zu signalisieren, dass es in Ordnung war, zu zweifeln. Sein Blick wirkte vertrauensvoll auf sie, er drückte Entschlossenheit aus und Mel hatte das Gefühl, er würde um ihr Vertrauen kämpfen, wenn es sein müsste.

Alex stand von der Bank auf, um weiterzugehen. Inzwischen waren sie fast an seiner Lieblingsstelle am See angekommen. Die Sonne schien durch die dichten Baumwipfel, erleuchtete einen versteckten Platz zwischen einem Busch und dem Gehweg. Mel konnte förmlich spüren, wie sich das Wasser an ihre Füße schmiegte, während sie unter den schattenspendenden Bäumen saß. Um die Stelle zu erreichen, mussten sie durch das dichte Unterholz krabbeln. Mel war dafür mit ihrem kurzen weißen Kleid nicht optimal angezogen, aber sie schien für Alex nicht der Typ Frau zu sein, der Angst hatte, sich ein wenig schmutzig zu machen.

Er wandte sich gerade dem zugewucherten Trampelpfad zu, als ein entgegenkommender Fußgänger vor ihnen stehen blieb.

»Hallo, ihr zwei.«

Noch bevor der Mann weitersprechen konnte, merkte Mel, wie die Panik von ihr Besitz ergriff. In Sekundenschnelle hatte sich ein Klumpen in ihrem Magen bis zu ihrer Brust ausgeweitet, sie hatte das Gefühl, keine Luft mehr zu bekommen. In ihren Ohren nahm sie nur noch ein Rauschen wahr. Was um sie herum geschah, konnte sie nur noch verschwommen sehen.

Alex signalisierte dem Mann weiterzugehen. Er wandte sich von ihnen ab und verschwand. Statt dem Mann tauchte nun Alex' Gesicht am anderen Ende des Tunnels auf und Mel bemerkte, dass sich seine Lippen bewegten. Sie verstand durch das Rauschen in ihren Ohren nicht, was er sagte. Erst als Alex sie sanft in seine Arme zog, löste sich der Knoten langsam wieder. Auch das Rauschen wurde weniger. Allmählich konnte sie am Tonfall erkennen, dass er versuchte, sie zu beruhigen und sanft auf sie einredete. Nur zeitverzögert konnte sie auch seine Worte wieder verstehen.

»Mel, es ist alles in Ordnung. Der Mann wollte nur nach einem Feuerzeug fragen. Du brauchst keine Angst zu haben. Versuche, ruhig ein- und wieder auszuatmen. Ein und wieder aus, ein und wieder aus.«

Langsam beruhigte sich Mels Atmung und ihr Blick hob sich von Alex' Brust bis hoch zu seinen sorgenvoll zusammengekniffenen Augen. Sie hatte das Gefühl, dass ihm keine ihrer Reaktionen verborgen blieb.

Mel war kurz davor, sich in diesen Augen zu verlieren. Sie hatte das Gefühl, bis in Alex' tiefstes Inneres zu blicken. Dabei bekam sie nicht mit, wie sie mit ihren Gesichtern immer näher zueinander kamen. Erst als sie seinen warmen Atem auf ihren Lippen fühlte, wurde sie sich seiner Nähe bewusst. Alex' Hände lagen immer noch auf ihren Schultern, aber ganz sanft. Mel überlegte, wie seine Lippen schmeckten und ob sie wirklich die letzten paar Zentimeter überwinden und ihn einfach küssen sollte.

Doch bevor sie weiter mit sich hadern konnte, trat Alex einen Schritt zurück und unterbrach damit den magischen Moment zwischen ihnen.

»Wir sollten das nicht tun. Nicht jetzt und nicht hier. Das wäre nicht richtig von mir.« Seine Stimme klang bedauerlich und dennoch schien er sich seiner Entscheidung sicher. Ohne auf eine Antwort zu warten, legte er Mel seine Hand in den Rücken und führte sie zum Trampelpfad, der sie direkt an den See führte. Mel presste enttäuscht die Lippen zusammen. Auf der einen Seite bedauerte sie es, von Alex einen Korb bekommen zu haben, auf der anderen Seite war sie erleichtert, einer Entscheidung entkommen zu sein.

Alex hatte wirklich an alles gedacht. Dicht am Wasser breitete er eine schwarz-rot-karierte Picknickdecke auf dem Boden aus, auf die sie sich setzten. Mel streifte die Ballerinas ab und tauchte die Füße langsam in das kühle Nass des Sees. Ein wohliges Seufzen entfuhr ihren Lippen.

»Das tut gut. Das habe ich ewig nicht mehr gespürt.«

Alex beobachtete sie dabei, wie sie ihr Gesicht mit geschlossenen Augen der Sonne entgegenstreckte und sich auf ihren Ellenbogen zurücklehnte.

Er nahm eine saftig aussehende Weintraube aus dem Picknickkorb und hielt ihr diese hin. Mit weiterhin geschlossenen Augen öffnete Mel leicht ihren Mund und nahm die pralle Frucht vorsichtig zwischen ihre Lippen, dabei fuhr sie hauchzart über seine rauen Finger. Mel zerbiss die süße Frucht und leckte sich genüsslich mit der Zungenspitze über die Lippen. Dann öffnete sie die Augen und sah Alex an. Sein Adamsapfel bewegte sich qualvoll an seiner Kehle, als er schwer schlucken musste. Die Augen vor Verlangen verdunkelt, starrte er auf ihren Mund. Nur langsam löste er ihn von ihr und räusperte sich.

»Ich habe noch viele andere leckere Sachen im Korb.« Alex' Stimme klang heiser.

Mel warf selbst einen Blick in den mitgebrachten Picknickkorb, der randvoll mit allem Möglichen gefüllt war. Sie stibitzte eine Blätterteigstange und biss hinein. In ihrem Mund breitete sich eine Geschmacksexplosion aus. Die zarte Creme aus Schafskäse und Paprikagewürz vermischte sich mit dem knusprigen Hefeteig. Sie nahm eine rote Erdbeere aus dem Korb und hielt sie an Alex' Lippen. Er biss genüsslich zu. Seine Lippen fühlten sich rau an, als sie ihre Finger umschlossen und er zärtlich an diesen saugte. Mel hielt die Luft an. Der Gedanke, was sie gerade tat, verdrängte die Lust, die sich in ihr breitgemacht hatte. Sie hatte sich eben noch beobachtet gefühlt. Wie konnte sie sich nun so gehenlassen? Was war, wenn sie jemanden sah, der sie und David kannte? Sie konnte sich unmöglich auf einen anderen Mann einlassen.

Mel schaute sich erneut in der Gegend um. Sie versuchte, ihre Panik und das flaue Gefühl im Magen zu unterdrücken, aber sie drangen immer wieder in ihr Gehirn. Sie hatte wieder das Gefühl, beobachtet zu werden, spürte den Blick einer versteckten Person als Kribbeln in ihrem Nacken. Doch sie konnte sich so oft umsehen, sie entdeckte niemanden. Alex strich ihr immer wieder beruhigend über den Rücken und versuchte, sie so abzulenken.

»Magst du mir was von dir erzählen? Du weißt inzwischen so viel über mich und ich habe immer noch das Gefühl, dich kaum zu kennen.« Mel wandte sich zu Alex und wollte sich so von ihrer Unruhe ablenken.

»Ich hatte keine einfache Kindheit.« Alex rieb sich verlegen den Nacken. Das war nicht gerade ein Thema, über das er gerne sprach. Ihm war jedoch bewusst, dass er mehr von sich preisgeben musste, wenn er Mels Vertrauen vollends wecken wollte.

»Ich bin im Kinderheim und in wechselnden Pflegefamilien aufgewachsen. Nirgends bin ich wirklich lange geblieben. Bestrafungen, Gewalt und Erniedrigungen waren bei den meisten Einrichtungen und Pflegestellen an der Tagesordnung.« Mel sah die Traurigkeit in Alex' Augen, bevor er seinen Blick von ihr abwandte und Richtung See sah.

»Je mehr ich erlebt hatte, desto mehr hatte ich mich verschlossen und wurde zu diesem jähzornigen und schwierigen kleinen Jungen, als ich bei meinen jetzigen Eltern landete.« Er neigte seinen Kopf und der Ansatz eines Lächelns stahl sich auf seine Lippen.

»Ich weiß, sie sind nicht meine leiblichen Eltern, was auch besser so ist. Aber sie sind liebenswürdig und geduldig. Das Beste, was mir passieren konnte. Ich habe lange gebraucht, um das zu begreifen. Sie hatten es wirklich schwer mit mir. Anfangs war es für mich nur eine Frage der Zeit, bis sie entweder ihr wahres Gesicht zeigten oder die Geduld mit mir verloren. Ich gab mir schon lange keine Mühe mehr, als Vorzeigesohn rüberzukommen, damit ich endlich adoptiert wurde.«

Mel riss ihre Augen auf. Sie konnte sich kaum vorstellen, was Alex alles mitgemacht hatte.

»Ich weiß nicht, wie oft ich von der Polizei nach Hause gebracht wurde oder wie oft meine Mutter mich auf dem Revier abholen musste, weil ich wieder irgendetwas kaputt gemacht oder mich geprügelt hatte.« Alex zuckte mit den Schultern.

»Ich war mir sicher, dass sie irgendwann ihre Geduld verlieren würden. Aber sie waren immer so … so verständnisvoll. Haben mich in den Arm genommen, versucht, mit mir zu reden, ohne mich zu bestrafen, wie ich es gewohnt war.«

Sein Blick wurde weich. »Es war das erste Mal in meinem Leben, dass ich eine Ahnung davon bekam, wie es war, wenn man Liebe bekam. Zu dem Zeitpunkt konnte ich noch nichts damit anfangen. Ich war so scheißewütend und wusste nicht wohin mit der Wut. Auf der anderen Seite tat es mir leid, was ich meinen Eltern damit antat.« Alex seufzte.

»Dann ging mein Vater eines Samstags mit mir in einen Boxclub.« Seine Augen fingen an, mit der Sonne um die Wette zu strahlen. »Was soll ich sagen? MMA wurde ein wichtiger Teil meines Lebens. Als erstes durfte ich in diesem Club so lange auf einen Boxsack einschlagen, bis ich erschöpft zu Boden ging. Ich hatte mich danach so befreit gefühlt, das kannst du dir nicht vorstellen.« Sein Blick wurde wieder ernster, er begann an seiner Hose zu nesteln.

»Als nächstes habe ich einen langen Vortrag darüber erhalten, dass all das, was ich an diesem und den Tagen davor erlebt hatte, vorbei sei, wenn ich jemals wieder mit den Bullen in Berührung käme. Dafür durfte ich jederzeit zum Club kommen, um meine Wut rauszulassen.«

Alex sah Mel mit einem Lächeln auf den Lippen an.

»Wie du siehst, hat es geholfen. Nach und nach habe ich so gelernt, meine Wut unter Kontrolle zu bringen.«

Er lehnte sich entspannt zurück und stützte sich mit seinen Unterarmen auf dem Boden ab.

»Inzwischen habe ich ein Second-Chance-Programm aufgebaut, in dem ich mit straffälligen Kids daran arbeite, ihre Wut zu kanalisieren und sich eine Perspektive aufzubauen. Die Arbeit macht mir fast noch mehr Spaß, als selbst zu trainieren.« Das breite Lächeln auf seinen Lippen bestätigten seine Worte.

»Und was ist mit deinen Wettkämpfen?« Mel hing an Alex' Lippen, neugierig darauf, mehr über ihn zu erfahren.

»Trotzdem bestreite auch ich regelmäßig Wettkämpfe, wenn auch nicht, um den Weltmeistertitel zu gewinnen. Dafür habe ich neben der Arbeit mit den Kids zu wenig Zeit. Im Übrigen war die Kneipenschlägerei ein solcher Wettkampf.« Er zwinkerte ihr zu und Mel musste schallend lachen.

»O Gott! Bitte erinnere mich nicht daran. Das war alles andere als einer meiner Glanzmomente.«

»Nicht? Ich dachte, du benimmst dich immer wie eine kleine Furie.« Neckend versuchte er, ihren zickigen Tonfall von der ersten Begegnung nachzuahmen, scheiterte aber kläglich. Dafür hatte Alex die bedrückende Stimmung, die sich aufgrund seiner Geschichte über sie gelegt hatte, wieder deutlich aufgeheitert.

»Lust, im See zu schwimmen?« Er klang herausfordernd, während er aufstand und sich sein Shirt über den Kopf zog. Das Sixpack, das Mel bisher nur unter seinen Axelshirts erahnen konnte - oder auf Bildern betrachtet hatte - ließ sie beim Aufstehen fast sabbern. Alex bekam von der Reaktion zu ihrem Glück nichts mit, weil er schon bis zu seinen Knien im Wasser stand.

Mel schüttelte den Kopf und holte sich damit zurück aus ihren Schwärmereien.

Wie ein Fels in der Brandung stand er dort mit dem Blick zur Sonne geneigt. Als würde er auf sie warten. Mel nahm nichts anderes um sie herum wahr, zog sich langsam das Kleid über den Kopf und ging auf Alex zu. Das Wasser war angenehm kalt auf ihrer erhitzten Haut. Von ihrem Herzen fiel ein großer Stein. Sie hatte diesen Moment so lange herbeigesehnt, ohne wirklich daran zu glauben, noch einmal an diesen Ort zurückzukehren. Nun befand Mel sich endlich wieder im See. Als sie bei Alex ankam, stand ihr das Wasser inzwischen bis zur Mitte der Oberschenkel.

Alex ließ sich kopfüber in den See fallen. Ein paar Meter von Mel entfernt tauchte er wieder auf. Seine blonden Haare waren durch das Wasser einige Nuancen dunkler. Einzelne Tropfen fielen aus den Haarspitzen und hinterließen im Wasser immer weiter werdende Kreise. Mit leicht geneigtem Kopf sah er zu ihr.

Mel ging langsam auf ihn zu, bis das Wasser ihr Kinn erreichte. Das restliche Stück musste sie schwimmen. Sie schloss ihre Augen und tauchte mit dem Kopf ins kalte Wasser ein. Als sie wieder auftauchte, klebten ihre nassen Haare im Gesicht. »Ich schwimme mal zurück. Ich kann hier nicht stehen.« Sie schwamm ein wenig zurück.

Alex folgte ihr langsam. Mit jedem Schritt, den er weiter auf sie zuging, konnte sie mehr von seiner makellosen gebräunten Haut erkennen. Die Wassertropfen, die sich weiterhin aus seinen Haarspitzen lösten, bahnten sich ihren Weg über seine ausgeprägten Brustmuskeln und funkelten in der Sonne.

Als er bei Mel ankam, hob Alex seine rechte Hand und strich ihr eine verirrte Haarsträhne hinters Ohr. Sein herber waldiger Geruch, gemischt mit Wiese und See, stieg ihr in die Nase. Tief sog sie den Geruch ein, bevor sie den kleinen Schritt, der sie beide noch trennte, auf ihn zuging. Sie stand ihm nun so nah, dass sie seinen Atem auf ihrem Kopf spürte.

Vorsichtig hob Alex mit seinem Daumen ihr Kinn an.

»Du siehst wunderschön aus. Vor allem, wenn du so entspannt bist wie jetzt.« Er strich Mel bei seinen Worten über die Wange, bevor er sich zu ihr hinunterbeugte. Seine Lippen hielten nur wenige Zentimeter vor ihren. Er sah ihr intensiv in die Augen, als würde er auf ihre Zustimmung warten, um sie endlich zu küssen. Mel nickte leicht. Sie fuhr mit ihrer Zunge über die Lippen.

Alex legte seine weichen Lippen sanft auf ihre. Mel hatte mit einem stürmischen Kuss und rauen Lippen gerechnet. Aber nicht damit, wie zärtlich und liebevoll Alex küsste. Vorsichtig knabberte er an ihrer Unterlippe.

Bevor Mel ganz mit ihren Gedanken abdriften konnte, wurde Alex forscher. Er öffnete seine Lippen und fuhr mit der Zunge über ihre. Mels Herz hämmerte in ihrer Brust, als sie auf seinen Vorstoß reagierte und seine Zunge in ihren Mund einließ. Der Kuss wurde intensiver. Jegliche Gedanken waren aus Mels Kopf verschwunden und sie konnte sich vollkommen in diesen Kuss fallen lassen. Wie automatisch legte sie ihre Hände in Alex' Nacken und zog ihn noch näher an sie heran. Ein leises Stöhnen löste sich aus seiner Kehle.

Nach einer gefühlten Ewigkeit löste Mel sich mit einem leisen Seufzen von seinen Lippen und legte ihre Stirn an seine Schulter. Ihr Atem ging schnell und auch ihr Herz beruhigte sich nur langsam. Alex zog sie in eine feste Umarmung, die ihr ein Gefühl der Geborgenheit vermittelte. Mel liefen Tränen über die Wangen. Einerseits hatte sie Schuldgefühle gegenüber David, auf der anderen Seite hatte sie es leid, der Vergangenheit nachzutrauern. Das hieß nicht, dass sie über David hinweg war oder ihn vergessen hatte. Im Gegenteil. Ihr war bewusst, was für ein langer und steiniger Weg noch auf sie zukam und dass sie David nie vergessen würde. Das wollte sie auch nicht. Aber jetzt, hier in Alex' Armen, die sie festhielten, als würde er sie vor der ganzen Welt beschützen, hatte

Mel einen guten Eindruck davon, wie es mit Alex als Freund sein könnte. Vorausgesetzt, sie schaffte es, ihre Bedenken loszuwerden ...

ZEHN

Voller Vorfreude auf das Training am Abend startete Mel an diesem Morgen ihren PC. Ausgerüstet mit ihrem morgendlichen Kaffee, war sie bereit, den Tag zu starten.

Hey, Mel. Ich muss für heute Abend leider absagen. Es tut mir wirklich leid. Aber ich habe ein wichtiges Geschäftsessen vergessen, das ich jetzt nicht mehr verschieben kann. Bekommst du das Training mit Alex allein hin?

Hallo, Chris. Mach dir keine Gedanken. Das bekomme ich schon hin. Alex ist ja inzwischen kein Fremder mehr.

Die Vorfreude auf das Training wurde mit der Aussicht, Zeit mit Alex zu verbringen, nur noch größer. Mel grinste übers ganze Gesicht. Das würde sie Chris nicht auf die Nase binden. Nicht dass sie etwas gegen seine Gesellschaft hatte, aber sie genoss es viel zu sehr, allein Zeit mit Alex zu verbringen. Seit ihrem Date am See, das sich letzten Endes wirklich als ein Date herausgestellt hatte, kam er immer wieder abends nach seinem eigenen Training im Boxclub vorbei. Oft erschien er früher bei Mel, damit sie Zeit für sich hatten.

Chris hatte schon versucht, sie auszufragen und vor Alex zu warnen. Fast schien es Mel, als sei er ein wenig eifersüchtig. Sie hatte ihm noch nichts über ihr Verhältnis zu dem

MMA-Fighter erzählt, da es ihr unangenehm war. Schließlich war Chris Davids bester Freund und Mel hatte insgeheim das Gefühl, dass sie David betrügen würde. Trotzdem genoss sie die aktuelle Situation.

Jetzt musste sie sich auf die Arbeit konzentrieren. Als erstes stand eine Videokonferenz nach der anderen an. Zunächst mit ihrem Chef, dann ein Teammeeting und anschließend sollte eine weitere Konferenz mit dem neuen Kunden stattfinden. Mel war mitten im neuen Projekt, das sie tatsächlich zugeteilt bekommen hatte. Allerdings nur unter der Prämisse, dass sie an ihren Problemen arbeitete. Inzwischen war Mel sich sicher, das Ultimatum ihres Chefs einhalten zu können.

Sobald ihr PC hochgefahren und das entsprechende Programm geöffnet war, ging der Anruf ihres Chefs ein. Er zog seine Augenbrauen hoch und sah sie lange durch die Kamera an.

»Hallo, Mel. Wie geht's dir?«

Mel zuckte zusammen und ein flaues Gefühl kündigte ihr an, dass ihr dieses Gespräch nicht gefallen würde.

»Gut, danke und dir?« Sie versuchte, ihre zitternde Stimme zu unterdrücken.

»Gut. Noch besser würde es mir gehen, wenn ich dich wieder vor Ort sehen würde.« Mit einem leichten Lächeln, das seine Augen jedoch nicht erreichte, versuchte Mark, die Anspannung aus seiner Stimme zu nehmen.

»Ich arbeite daran.« Genervt verdrehte Mel die Augen. Schließlich hatte sie noch ein paar Monate Zeit, bis ihr Ultimatum ablief.

»Ich weiß, ich habe dir mehr Zeit gegeben, aber der Kunde besteht auf deine Anwesenheit beim Meeting nächste Woche. Du weißt, wie wichtig dieser Auftrag für uns ist.« Da war es. Ihr Gefühl hatte sie nicht getäuscht. Als wäre es schon beschlossene Sache, richtete Mark sich auf und faltete seine Hände.

»Kannst du ihn nicht noch ein bisschen vertrösten? Ich mache zwar gute Fortschritte, aber allein aus dem Haus gehen und mit Fremden ganz unbefangen reden … Das bekomme ich noch nicht hin.« Mel knetete ihren Unterarm.

»Bitte, Mel. Versuch es wenigstens. Chris hat mir erzählt, dass du mit ihm und einem Freund wieder regelmäßig nach draußen gehst. Außerdem bin ich die ganze Zeit an deiner Seite. Du wärst also nicht allein.« Mark lächelte, während er ihr mit einem freundlichen, aber bestimmenden Tonfall verdeutlichte, keine andere Wahl mehr zu haben. Mel schluckte.

»Ich werde es versuchen. Mehr kann ich dir nicht versprechen.« Sie wischte sich ihre schweißnassen Hände an der Hose ab und versuchte, sich zu beruhigen. Sie würde Chris oder Alex fragen, ob er sie begleitete.

»Das ist mehr, als ich erhofft habe. Hast du für heute Mittag alles fertig?« Mark lächelte, als hätte das vorangegangene Gespräch nicht stattgefunden. Unter ihrer Tischplatte ballte Mel die Hände zu Fäusten und atmete tief durch, ehe sie antwortete.

»Ja, die Präsentation habe ich schon im Projektordner abgespeichert. Für heute ist das meine finale Version, in die ich schon alles Besprochene eingearbeitet habe.«

»Perfekt, ich schaue sie mir gleich noch mal an und gebe dir im nächsten Meeting eine kurze Rückmeldung. Bis später.«

»Ja, bis später.« Immer noch wütend unterbrach Mel die Verbindung.

Verzweifelt ließ sie den Kopf auf die Tischplatte sinken. Sie wusste nicht, wie sie am Meeting teilnehmen sollte und kannte den Auftraggeber nicht einmal.

Mit diesem Gedanken griff Mel zu ihrem Handy, um Chris eine Nachricht zu schreiben. Mit Alex würde sie heute Abend drüber sprechen.

Sie hoffte, dass die beiden - oder wenigstens einer von ihnen - sie in die Firma bringen konnten. Das Meeting würde sie mit Mark allein überstehen müssen.

Hey, kannst du mich nächste Woche Donnerstag in die Firma begleiten? Der Auftraggeber von meinem aktuellen Projekt besteht auf meine Anwesenheit bei einem Meeting. Grüße Mel

Klar, das sollte kein Thema sein. Soll ich dann dort warten, bis das Meeting zu Ende ist? Ich kann dich dann gerne wieder nach Hause bringen.

Das wäre wirklich super! Danke dir.

Die anschließenden Videokonferenzen erfolgten problemlos. Die Kunden waren von der Präsentation begeistert. Wie immer hielt Mels Chef die Präsentation, während sie als stumme Zuhörerin am Meeting teilnahm. Sie hatte währenddessen keinerlei Kontakt zum Kunden und schrieb sich nur die Änderungswünsche und Vorschläge auf. So musste Mark sie im Anschluss nicht erneut mit ihr besprechen. Es gab nur wenige Änderungswünsche und die weiteren Ideen zum Projekt hielten sich auch in Grenzen. Somit galt es, nur noch die genannten Ideen und Wünsche einzuarbeiten und sich mental gut auf Donnerstag vorzubereiten.

Vielleicht schaffte Mel es auch, einen ersten Entwurf einer Webseite zu erstellen. Bisher hatte die Firma sich für eine neugestaltete Website, eine komplett neue Werbestrategie und einen Imagefilm entschieden. Die Inhalte wurden bisher nur grob besprochen, sodass sie noch nicht besonders viel ausarbeiten konnte.

Der Kunde hatte noch einmal betont, wie wichtig es ihm war, Mel nächste Woche persönlich kennenzulernen. Anscheinend sollte das seiner Meinung nach die Zusammenarbeit fördern und das Ergebnis der Kampagne verbessern.

Nachdem Mel ihre Ideen und die des Kunden in der aktuellen Präsentation festgehalten hatte, fuhr sie ihren PC erschöpft herunter. Sie fand Meetings mit Kunden besonders anstrengend, weil sie die ganze Zeit lang bei der Sache sein und ihre Mimik und Gestik komplett an den Kunden anpassen musste.

Den Gedanken daran, wie schwer es ihr erst nächste Woche fallen würde, verdrängte sie.

Erst einmal benötigte sie eine Stärkung, damit sie gleich gegen Alex den Hauch einer Chance haben würde. Er hatte schon angekündigt, heute die Grundlagen des Bodenkampfes mit ihr durchzugehen. Bisher konnte Mel sich nur wenig darunter vorstellen. Ihr stieg allein bei dem Gedanken daran, sich mit Alex auf dem Boden zu wälzen, das Blut in den Kopf. In ihr breitete sich ein Kribbeln aus, das ihren Hunger verdrängte. Trotzdem zwang sie sich dazu, einen Salat zu essen.

Mit einem schnellen Blick auf die Uhr stellte sie fest, dass es Zeit war, sich für das Training umzuziehen.

Mel war kaum angezogen, da klingelte es an der Tür. Im Gehen band sie sich schnell die Haare zu einem Pferdeschwanz. Das Geräusch der Klingel machte ihr inzwischen keine Schwierigkeiten mehr. Selbst dem Postboten – vorausgesetzt, es handelte sich um denjenigen, der hauptsächlich für ihre Post zuständig war - konnte sie inzwischen die Tür öffnen. Als Mel einen kurzen obligatorischen Blick durch den Türspion warf - den konnte sie nicht weglassen, auch wenn sie wusste, wer davor wartete -, konnte sie vor lauter rosa Rosen nichts sehen. Erst als Alex die Blumen weiter herunternahm, erkannte sie ihn und öffnete die Tür.

»Hey, da bist du ja. Sind die für mich?« Mel schlug sich die Hände vor den Mund.

»Für wen denn sonst?« Alex sah sie mit einem belustigten Funkeln in den Augen an. Sein Lächeln war inzwischen zu einem breiten Grinsen geworden.

»Danke! Die sind aber schön. Woher wusstest du, dass das das meine Lieblingsrosen sind?« Mel nahm den Strauch entgegen und atmete mit einem Seufzen den herrlichen Rosenduft ein.

»Na ja … Dafür braucht es nur einen Blick in deinen Garten.« Alex zwinkerte ihr zu.

»Oh, natürlich!« Mel schlug sich die Hand an die Stirn und bewunderte, wie aufmerksam er war.

»Außerdem erinnert mich die leuchtende Farbe an das Strahlen in deinen Augen, wenn du deine Sorgen für einen Moment vergisst. Und die Dornen erinnern mich an deine kämpferische Natur. Viele andere hätten in deiner Situation schon längst aufgegeben.« Alex zog sie bei diesen Worten in eine feste Umarmung.

»Danke.« Verlegen nuschelte Mel in sein T-Shirt.

Er übergab ihr lachend die Rosen und schob sie zurück ins Haus. »Lass uns reingehen.«

»Klar. Moment, ich hole nur noch schnell eine Vase und dann können wir mit dem Training beginnen.«

Als Mel die Rosen mit Wasser versorgt hatte, fand sie Alex im Garten. Er betrachtete nachdenklich einen Zettel in seiner Hand.

Neugierig ging sie auf ihn zu und versuchte zu erkennen, was er in seiner Hand hielt.

»Was ist das?«

Mel bemerkte deutlich, wie Alex zusammenzuckte, ganz so, als würde er sich ertappt fühlen. Das stachelte ihre Neugierde nur noch weiter an.

»Ach, nichts.« Hektisch packte er den Zettel in seine Hosentasche. »Lass uns mit Warmlaufen beginnen.«

Mel merkte deutlich, wie er versuchte, vom Zettel abzulenken.

Nach dem Training konnte sie Alex immer noch ausfragen. Vielleicht bekam sie dann mehr Informationen aus ihm heraus, auch wenn sie nicht wirklich davon überzeugt war. Nach dem Warmlaufen, bei dem Mel immer wieder gedankenversunken gestolpert war, kam Alex auf sie zu. »Heute trainieren wir die Grundlagen im Bodenkampf. Es ist zwar ein bisschen schwieriger, dir das zu erklären und zu zeigen, wo Chris nicht da ist, aber ich halte das Thema für zu wichtig, um es noch länger aufzuschieben.« Alex deutete mit seiner Hand auf den Boden.

»Ich werde mich jetzt auf den Rücken legen und du setzt dich auf meinen Bauch, während du so tust, als würdest du mich würgen. Ich werde mit meinem Bein deines fixieren und dich von mir runterstoßen.«

Mit einem merkwürdigen Gefühl im Bauch setzte Mel sich auf Alex.

Sie spürte seine Muskeln deutlich unter sich. Ihr wurde heiß und sie versteifte sich. Dieses Mal jedoch nicht vor Panik. Inzwischen machten ihr Alex' Berührungen nichts mehr aus. Sie wusste, er würde ihr nichts tun.

Mels Körper begann zu kribbeln. Ein Blick in Alex' vor Verlangen funkelnden Augen zeigte ihr, dass auch er den Kampf gerne an einer anderen Stelle ausführen wollte. Mel lief ein wohliger Schauer über den Rücken. Mit einem Räuspern unterbrach Alex ihre Gedanken darüber, was sie in dieser Position noch alles machen konnten. Mel war zu gleichen Teilen erleichtert und enttäuscht.

»Wo bist du nur mit deinem Kopf?«, fragte Alex kopfschüttelnd.

Sie wurde angesichts ihrer nicht ganz jugendfreien Gedanken sofort feuerrot.

»Du solltest dich auf das konzentrieren, was ich dir zeigen möchte. Das Training ist zu wichtig. Du möchtest dich doch wehren können, solltest du noch mal angegriffen werden, oder?« Alex' strenger Tonfall war unüberhörbar. Mel wurde sofort wieder ins Hier und Jetzt befördert.

»Besser! Also, ich hake mein Bein so bei dir ein, dass du es nicht mehr wegziehen kannst, um dich auszubalancieren. Dann ziehe ich deinen Oberkörper so nah wie möglich zu mir, stoße dich mit meinem Becken in die Luft und nutze den Schwung, um uns umzudrehen.«

Noch bevor Mel wusste, wie ihr geschah, lag sie auf dem Rücken und Alex kniete zwischen ihren Beinen.

»Das werde ich doch niemals schaffen, immerhin bist du viel stärker und größer als ich.« Sie machte eine vage Handbewegung zwischen ihnen und schürzte missmutig ihre Lippen. Es mochte sein, dass sie alles im Training mit Alex' Hilfe hinbekam. Aber sie würde es niemals schaffen, wenn ein Fremder an seiner Stelle wäre. Das würden schon ihre Panikattaken verhindern.

»Probiere es aus und du wirst merken, die Schwerkräfte kommen dir zur Hilfe. Es kommt hierbei, genau wie bei den Abwehrtechniken, nicht auf Kraft oder Körpergewicht an, sondern auf die Technik.« Alex strich ihr eine Haarsträhne aus dem Gesicht und sah sie mit hochgezogener Augenbraue an.

Mit diesen Worten ließ er sich auf ihren Bauch nieder. Mel versuchte, sich an das zu erinnern, was Alex ihr zuvor gezeigt hatte. Mit ein paar Hilfestellungen gelang es ihr erstaunlich schnell, ihn von ihr herunterzubekommen. Sie vermisste augenblicklich die Schwere und die Wärme, die sie durch seinen Körper gespürt hatte. Zurück blieb nur ein Kribbeln auf der Haut. Sie wiederholten diese Routine und noch ein paar Übungen der letzten Stunde, bis alles richtig saß. Als sie das

Training beendeten, fand Mel den zusammengefalteten Zettel auf dem Boden. Alex musste ihn beim Kämpfen verloren haben. Sie hob ihn auf und haderte mit sich selbst. Die Neugier kribbelte in ihren Fingern. Sie wollte unbedingt wissen, worum es sich bei diesem mysteriösen Zettel handelte.

»Hier. Den musst du beim Training verloren haben. Ich wüsste allerdings gerne, was es damit auf sich hat.«

Mel hatte sich dazu entschieden, ehrlich zu sein und den Zettel nicht heimlich zu lesen. Ihre Neugierde wollte sie aber auch nicht verstecken.

»Darüber wollte ich auch mit dir reden. Ich habe bewusst das Training abgewartet, um das anzusprechen. Deswegen habe ich vorhin auch merkwürdig reagiert. Ich habe das vor deiner Haustür gefunden.«

Mel wüsste gerne, warum Alex so einen großen Wirbel darum machte.

»Von wem ist er denn?« Sie reckte neugierig das Kinn vor.

»Das frage ich mich auch. Vielleicht solltest du dich setzen.« Alex deutete auf einen Gartenstuhl.

»Alex, jetzt gib schon her oder erzähle mir, was los ist.« Mel streckte ihm ungeduldig ihre Hand entgegen.

»Hier. Es sieht aus wie ein Drohbrief. Hast du eine Ahnung, von wem er sein könnte, oder was derjenige damit meint?« Er zögerte, reichte ihr dann aber den Zettel. Er ließ Mel keine Sekunde aus den Augen, während sie ihn auseinanderfaltete und zu lesen begann.

Na, hast du uns schon entdeckt?
Du fühlst dich doch beobachtet, oder?
Du hast recht. Wir sind immer in deiner Nähe und
behalten dich ganz genau im Auge.
Irgendwann, wenn du nicht mehr damit rechnest, schlagen
wir zu.
Wir werden dich bekommen.
Bis du schreist.

Zitternd ließ Mel den Zettel auf ihre Knie sinken und das altbekannte Gefühl in ihrem Magen breitete sich rasant in ihr aus. Sie schwitzte und zitterte am ganzen Körper. Ihre Atmung beschleunigte sich, ihr Blick wurde düster. Sie griff panisch nach Alex' Arm, um sich festzuhalten. Mit aller Macht versuchte sie, ihre Atmung unter Kontrolle zu bekommen, um nicht auf der Stelle den Boden unter den Füßen zu verlieren. Nur am Rande nahm sie wahr, dass er sie auf einen Stuhl setzte und beruhigend auf sie einredete.

»Ausatmen … Einatmen … Ausatmen … Einatmen … Ich bin bei dir. Dir passiert nichts. Konzentriere dich auf deine Atmung.« Je mehr Mel sich beruhigte, desto besser drangen Alex' Worte zu ihr durch. Sanft strich er über ihren Rücken, während er sie besorgt musterte.

Als sie sich wieder gefangen hatte, überdachte Mel die Situationen der letzten Wochen, in denen sie sich beobachtet gefühlt hatte.

Da war der Spaziergang zum Eiscafé, bei dem sie angerempelt wurde, als sie sich halbwegs sicher fühlte. Am See hatte sie sich auch beobachtet gefühlt. Obwohl sie sich bis zu der Sache mit dem Fußgänger, der nach einem Feuerzeug gefragt hatte, auch sicher gefühlt hatte.

»Die Begegnung am See …« Mel murmelte vor sich hin.

»Bitte? Was meinst du?« Alex wirkte irritiert, musterte sie mit zusammengekniffenen Augen. Scheinbar waren ihm die

Situationen nicht merkwürdig vorgekommen. Allerdings wollte Mel ihre Gedanken auch nicht laut ausgesprochen haben. Sie schwitzte weiterhin. Schaute sich immer wieder in im Garten um, als befände sich dort die Bedrohung und wartete nur auf eine günstige Gelegenheit.

»Ich habe mich sowohl beim Eisessen als auch am See beobachtet gefühlt. Jedes Mal, wenn ich mich sicher fühlte, wurde ich entweder angerempelt oder angesprochen. Könnte es nicht sein, dass das Absicht war?« Mit jedem Wort sank sie weiter in sich zusammen, als könnte sie sich so verstecken.

»Hm. So genau habe ich mir die jeweiligen Personen nicht angesehen. Ich hatte die Situationen auch eher als Zufälle eingestuft.« Alex' Augen ruhten weiterhin wachsam auf Mel. Er runzelte die Stirn.

»Vielleicht solltest du in nächster Zeit wirklich nicht ohne Chris oder mich aus dem Haus gehen. Ich weiß, wir wollen mit dem Training eigentlich das Gegenteil erreichen. Aber scheinbar hat es jemand auf dich abgesehen«, sagte er mit leiser Stimme, während er ihr weiterhin beruhigend über den Rücken strich, und mit der anderen Hand leichten Druck auf ihren Oberschenkel ausübte.

Mel versteifte sich durch Alex' Worte. Sie begann, erneut zu zittern. »Meinst du wirklich?« Auch wenn ihr dieser Gedanke ebenfalls gekommen war, wollte sie ihn nicht wahrhaben. Mels Sicht verschwamm, doch statt Dunkelheit tauchten Bilder vor ihrem inneren Auge auf, die sie nie wiedersehen wollte. Sie schluchzte, als sie David mit einem maskierten Mann kämpfen sah. Er hatte das Messer noch immer nicht entdeckt. Panisch versuchte sie, um sich zu schlagen. »David!«, schrie sie. Sie konnte sich nicht gegen ihren eigenen Angreifer, der sie mit einem festen Griff umklammerte, wehren. »Nein!« Mel war unfähig, mehr auszurichten und versuchte immer noch, sich zu befreien. Die Bilder liefen weiter, sie konnte nichts tun. Tränen strömten über ihre Wangen.

Immer wieder schrie sie Davids Namen, bis sich die Arme, die sie festhielten, veränderten. Sie wurde nicht mehr gegen eine Mauer gedrückt, war nicht mehr bewegungsunfähig. Sie wurde von starken Armen an eine Brust gedrückt. Mel öffnete die Augen, wollte das Bild von David loswerden. Wie er regungslos auf der Straße lag, das Blut aus seinem Bauch und seiner Brust sickerte …

Alles um ihn herum war rot. Mel fühlte gleichzeitig den Herzschlag eines anderen Mannes. Roch einen anderen, inzwischen so vertrauten Duft nach Holz. Hände, die ihr beruhigend über den Rücken strichen. Und doch war die Person nicht David. Schluchzend schaffte sie es schließlich, die verquollenen Augen zu öffnen und blickte in Alex' stahlgraue Augen, mit denen er sie sorgenvoll musterte. Mel fing seinen Blick auf, suchte Halt und konnte nicht aufhören, zu schluchzen und zu zittern.

Mel spürte das rhythmische, kraftvolle Pochen seines Herzens. Es beruhigte sie und das Schluchzen ließ langsam nach. Und erst da bemerkte sie, dass Alex sie auf seinen Schoß gesetzt hatte, auf dem sie zusammengekauert wie ein Häufchen Elend saß. Schwer atmend versuchte Mel, sich wieder zu fassen. Unfähig, auch nur einen Ton zu sagen, ließ sie sich weiter von Alex beruhigen und lauschte seinem beruhigenden Herzschlag.

»Ich werde es nie schaffen, meine Vergangenheit loszuwerden. Es nie schaffen, mich zu wehren«, murmelte sie in seine Brust und sackte noch weiter in sich zusammen.

»Doch, das wirst du.« Alex hatte sie trotz ihres unverständlichen Gemurmels verstanden. »Immerhin hast du versucht, dich zu wehren, und das mit sehr viel Kraft.«

Mel richtete sich auf und sah ihn mit aufgerissenen Augen an. »Was … Wie …« Sie wusste nicht, was sie denken, geschweige denn sagen sollte und bemühte sich darum, sich an ihren Flashback zurückzuerinnern. Sie hatte tatsächlich versucht, sich zu befreien, stand nicht wie versteinert an die Wand gepresst da. Ihr war jedoch nicht klar, wie Alex davon wusste.

»Du hast recht. Aber woher kannst du das wissen?«

»Weil ich Mühe hatte, dich festzuhalten. Ich wollte vermeiden, dass du dir selbst wehtust. Dabei habe ich den ein oder anderen Schlag abbekommen.« Er schmunzelte, in dem Versuch, die Situation ein bisschen aufzulockern. Mel fühlte die Hitze in ihren Wangen und war sich sicher, die Farbe einer Tomate angenommen zu haben.

»Das tut mir …«

»Psst. Sag es nicht. Was habe ich dir im Training gesagt? Entschuldige dich niemals, wenn du einen Treffer erzielt hast.« Alex unterbrach sie und legte seinen Zeigefinger auf ihre Lippen.

»Aber wir sind nicht im Training. Zumindest nicht mehr.«

»Du warst aber in deinen Gedanken in einer Gefahrensituation und in dem Moment war ich für dich der Feind. Einen besseren Beweis, dass das Training bei dir ankommt, gibt es nicht. Auch wenn ich deinen Flashback gerne vermieden hätte.« Während er das sagte, strich er ihr eine Haarsträhne hinters Ohr und lächelte sie dabei an.

Mel fehlten die Worte. Die Situation und ihre Schwäche waren ihr unangenehm. Sie senkte den Blick und suchte erneut Schutz in Alex' Armen.

»Außerdem sind sowohl Chris als auch ich für dich da. Wir passen auf dich auf.« Er hob sanft ihr Kinn an.

»Aber ihr könnt doch nicht ständig an meiner Seite sein. Vor allem nicht jetzt, weil mein Chef mich ab nächster Woche wieder für Meetings in der Firma erwartet. Das bekomme ich unmöglich hin.« Verzweifelt fuhr sich Mel durch die Haare. Erst als Alex mit seinem Daumen über ihre Wange wischte, bemerkte sie die neuen Tränen.

»Hey, das bekommen wir hin. Hast du schon mit Chris darüber gesprochen? Außerdem hast du doch gemerkt, wie gut du die Grundlagen der Selbstverteidigung schon draufhast.« Auch wenn Alex versuchte, sie aufzumuntern, bemerkte Mel, dass er sich auch sorgte.

»Nein, ich habe Alex nur eine Nachricht geschrieben, dass ich am Donnerstag in die Firma kommen müsse. Er wollte mich begleiten. Aber so kann ich da unmöglich hin.« Sie vergrub ihr Gesicht in den Händen. Alex zog Mel ein wenig zurück und brachte sie dazu, ihre Hände wieder herunterzunehmen.

»Dann lass uns morgen mal zu dritt überlegen, wie wir weiter vorgehen.« Er bemühte sich darum, ihren Blick einzufangen. Nach einer kleinen Pause sprach er weiter. »Soll ich heute hierbleiben?« Alex strich ihr erneut eine Haarsträhne aus dem Gesicht und sah sie liebevoll an.

»Wenn es dir nichts ausmacht, wäre ich dir echt dankbar.« Mel versuchte, zu lächeln, merkte jedoch selbst, wie verkniffen es sich anfühlte.

»Nein. Das ist kein Thema.« Alex gab ihr einen federleichten Kuss auf die Stirn.

»Soll ich uns etwas zu essen bestellen?«, fragte er, nachdem Mel eine Weile still in seinen Armen gesessen hatte. Inzwischen war sie wieder etwas gefasster, auch wenn sie die Anspannung und den Schweiß noch auf ihrem ganzen Körper spürte.

»Mir ist gerade nicht nach essen zumute. Vielleicht später. Ich würde mich gerne kurz frischmachen. Wenn du möchtest, kannst du die Dusche im Gästebad nutzen. Hast du etwas zum Umziehen dabei? Ich glaube, die Sachen von David sind dir zu eng.« Der Kloß in Mels Bauch war immer noch mehr als präsent. Ihr Mageninhalt kroch die Speiseröhre hoch. Sie rutschte von Alex' Schoß.

»Die Dusche nehme ich gerne an. Wechselsachen habe ich immer im Auto. Meistens dusche ich abends noch im Club oder nach Wettkämpfen in der Halle.« Alex stand auf und folgte Melissa ins Haus. Den Drohbrief nahm er mit.

»Okay.« Ihre Beine zitterten und sie schwankte leicht beim Gehen. Konnte Alex' Anwesenheit in ihrem Rücken spüren und war sich sicher, dass er sie auffangen würde.

»Kommst du klar?«

»Ich weiß es, ehrlich gesagt, nicht. Aber ich muss«, gab Mel zu, schlang sich die Arme um den Oberkörper und ging nach oben ins Badezimmer.

Grübelnd stieg sie unter die Dusche, die Bilder vom Flashback hatte sie immer noch von ihrem inneren Auge. Sie konnte sich den Zusammenhang mit dem Drohbrief nicht erklären. Aber es musste einen geben. Der Absender dieses Briefes musste Mel sehr gut kennen. Er wusste genau, wann sie sich beobachtet und wann sicher fühlte. Mel schauderte und trotz des heißen Wassers fröstelte sie.

Diese Person musste sie schon länger beschattet haben, schließlich war sie ewig nicht mehr vor der Haustür gewesen und jetzt, wo sie den Schritt endlich wagte, tauchte sie plötzlich auf. Die ganze Sache war wirklich merkwürdig und Mel konnte sie sich nicht erklären.

Sie war sich inzwischen fast sicher, ihr Beobachter hatte den Zettel absichtlich zu dieser Zeit vor die Haustür gelegt. Sie war eine Stunde zuvor dort gewesen, um nach der Post zu sehen und da lag noch nichts vor der Tür. Und Alex und Chris kamen immer an denselben Tagen und zur gleichen Uhrzeit bei ihr vorbei.

Mel hoffte nur, dass der Beobachter nichts von ihren Trainingsstunden ahnte. Ihr Garten war zwar nicht einsehbar, aber die Hand dafür ins Feuer legen, dass er nicht doch ein Loch in der Hecke entdeckt oder sogar selbst reingeschnitten hatte, würde sie nicht.

Mels Haut war schon stark gerötet und schrumpelig, als sie endlich das Wasser ausstellte und aus der Dusche stieg. Es hatte lange gedauert, bis ihr wieder warm war.

ELF

»Mhm, was riecht denn hier so lecker?« Mels Magen knurrte bei dem verlockenden Duft, obwohl sie zuvor keinen Hunger verspürte.

Sie hatte sich für die Dusche lange Zeit genommen. Als sie nun die Treppe herunterging, strömten ihr aromatische Gerüche in die Nase. Ihr lief das Wasser im Mund zusammen. Dem Geruch folgend betrat sie das Wohnzimmer. Alex saß mit ausgestreckten Beinen auf der Couch. Die Beine hatte er übereinandergeschlagen und den rechten Arm auf der Seitenlehne abgestützt. Sein Blick war auf die Tür gerichtet, durch die sie gerade das Wohnzimmer betrat. Auf dem Couchtisch entdeckte Mel den Grund für die Geruchsexplosion.

»Ich war so frei und habe uns trotzdem was bestellt. Abends habe ich immer einen Bärenhunger. Außerdem brauchst du nach dem Training was Anständiges im Magen, um deine Energiereserven wieder aufzufüllen.« Alex verfolgte Mels Blick, der auf den Essensbergen auf dem Tisch lag.

»Danke, das ist lieb von dir. Als ich das Essen gerochen habe, hat sich mein Magen lautstark bei mir gemeldet. Was hast du denn Leckeres bestellt? Und vor allem, wer soll das bitte alles essen?« Sie betrachtete mit hochgezogenen Augenbrauen die zahlreichen Essensverpackungen auf dem Tisch.

Neugierig warf sie einen Blick in die bereits geöffneten Kartons.

»Es gibt Nudeln, wahlweise als Lasagne oder mit Hähnchen und gebratenen Pilzen in einer Sahnesauce. Alternativ habe ich noch eine Pizza Mista bestellt. Ich wusste nicht, worauf du Lust hast.«

»Das klingt alles lecker. Lass uns die Sachen doch einfach teilen. Ich hole schnell Teller und Besteck.«

Noch bevor Alex ihr antworten konnte, war Mel in der Küche verschwunden und kramte in den Schubladen.

Mit Tellern und Besteck ging sie zurück ins Wohnzimmer. Schweigend und jeder in seinen eigenen Gedanken versunken, machten sie sich über das bestellte Essen her.

»Ich treffe mich morgen mit Chris und meinen Eltern in einem Café. Ich möchte ihnen zeigen, was ich für Fortschritte gemacht habe«, erzählte Mel, als sie aufgegessen hatten. Sie hatte den Blick auf den leeren Pizzakarton gerichtet, unfähig, Alex anzusehen.

»Meinst du, ich kann das jetzt noch wagen?« Ihre Stimme wurde immer leiser. Der Drohbrief hatte ihr Angst gemacht. Sie war von ihrer eigenen Schwäche enttäuscht, wollte sie nicht offensichtlich zeigen. Denn eigentlich war sie auf ihre Fortschritte richtig stolz.

»Wir sollten Chris auf jeden Fall vorher in die Drohsache einweihen.« Alex legte ihr eine Hand auf die Schulter. »Wenn es dir lieber ist, kann ich euch begleiten. Oder ich bringe dich einfach nur zum Treffen, aber ich glaube kaum, dass derjenige dich am helllichten Tag auf offener Straße oder sogar im Café angreifen wird.« Er drehte Mel sanft zu sich.

»Ich denke, du solltest vor allem abends nicht allein unterwegs sein.« Alex bedachte sie mit einem ernsten Blick. Mel blickte abwesend aus dem Fenster hinter ihm. »Ich wollte ihnen zeigen, was ich schon erreicht habe. Wie stark ich bin und dass ich mich nicht einschüchtern lasse.« Die ersten Tränen lösten sich aus ihren Augenwinkeln und hinterließen eine feuchte Spur auf Mels Wangen. »Chris sollte mich hier abholen und zum Gespräch begleiten.« Sie schniefte.

»Ich möchte dieses Treffen nicht absagen. Ich bin schon so weit gekommen und doch weiß ich nicht, wie ich unter diesen Umständen weitermachen soll.« Nun sah sie Alex direkt an. Die Farbe seiner Augen war zunächst dunkel, wurde aber immer wärmer, je länger sie ihn ansah. Sie erkannte Verständnis in ihnen.

»Wir werden einen Weg finden. Wie gesagt, ich kann mir nicht vorstellen, dass du tagsüber in einer belebten Umgebung in Gefahr bist. Du wirst das Treffen morgen schaffen. Ich kann euch immer noch begleiten.«

»Hm. Danke für dein Angebot. Ich lasse es mir durch den Kopf gehen.« Mel streckte sich und schaute auf die Uhr. Ein Ruck ging durch ihren Körper, als sie feststellte, wie lange sie schon über das Thema sprachen.

»So, und jetzt machen wir uns einen schönen Abend und vergessen unsere Sorgen für einen Augenblick. Lust auf einen leckeren Wein oder ein Bier?« Mel sprang von der Couch auf und war schon auf dem Weg in die Küche. Im Türrahmen drehte sie sich noch einmal zu Alex um.

»Zu einem Glas Wein würde ich gerade nicht nein sagen.« Alex sprang auf den Themenwechsel an. Die Frage, ob sie mit dem Brief nicht zur Polizei sollten, schluckte er hinunter. Mels abruptes Verhalten zeigte ihm, dass sie für heute genug hatte und Ablenkung benötigte.

»Sollen wir dabei einen Film ansehen?« Mel wartete immer noch im Türrahmen, hatte von seinen stillen Überlegungen nichts   mitbekommen.

»Gerne.« Alex beschloss, sie später noch einmal auf den Brief anzusprechen.

»Das klingt nach einem Plan. Such du schon mal einen Film aus und ich gehe den Wein und passende Gläser holen.« Mel deutete auf die Fernbedienung.

»In welche Richtung soll der Film denn gehen?«

»Angesichts der Vorfälle heute würde ich auf Krimi und Thriller gerne verzichten. Ansonsten bin ich offen für alles.« Sie verzog bei ihren eigenen Worten den Mund und zuckte dann mit den Schultern. Mel möchte die Sache für heute Abend verdrängen.

»Dann schaue ich mal, was ich finde.«

Als Mel zurück ins Wohnzimmer kam, saß Alex telefonierend auf der Couch. Auf dem Fernsehbildschirm lief schon der Vorspann einer Komödie. Sie nahm sich einen Moment Zeit, um ihn von der Tür aus zu betrachten, wie er völlig selbstverständlich und entspannt auf ihrem Sofa saß und telefonierte. Es sah so aus, als würde Alex genau dort hinhören. Die Beine leicht angewinkelt, saß er lässig dort. In der rechten Hand hielt Alex das Handy, die linke hatte er über die Sofalehne gelegt, als wartete er nur darauf, seinen Arm um Mel zu legen.

Sie wollte ihn nicht stören, wollte aber auch nicht das Gefühl vermitteln, ihn bei seinem Gespräch zu belauschen. So stand sie noch einen Moment unschlüssig in der Tür, als Alex ihre Anwesenheit bemerkte und sie zu sich hereinwinkte.

»Ich spreche gerade mit Chris. Ich dachte, ich nutze die Zeit, um ihn auf den neusten Stand zu bringen, bevor ihr morgen unterwegs seid.«

»Danke!« Mel war ehrlich erleichtert, nicht diejenige sein zu müssen, die Chris von alldem berichtete. Auch wenn sie eben so mutig klang, was den morgigen Tag anging, so fühlte sie sich weitaus weniger zuversichtlich. Am liebsten würde sie sich wieder zu Hause einschließen. Dabei war ihr bewusst, dass das keine Option darstellte. Sie wollte auch ihre Eltern nicht weiter beunruhigen.

Mit einem Arm um Mels Schultern gelegt, startete Alex den Film. Immer wieder schielte Mel zu ihm herüber. Es juckte sie in den Fingern, sich an dieser breiten Schulter anzulehnen und sich nach diesem aufregenden Tag fallen zu lassen. Nervös trank Mel einen großen Schluck Wein, bevor sie ihren Mut zusammennahm und sich in Alex' Arme kuschelte. Den Kopf bettete sie an seine Schulter. Alex gab ihr einen Kuss auf den Scheitel.

Über den Bildschirm flackerte eine lustige Komödie. Alex und Mel hatten Mühe, auf der Couch sitzenzubleiben und hielten sich die Bäuche vor Lachen.

Mel holte tief Luft. Sie vermied es, Alex anzusehen, weil sie sonst erneut in Gelächter ausbrechen würde. Sie griff nach ihrem Glas Wein, das nun fast leer war. Als sie nach der Flasche griff, um sich nachzuschenken, war diese erstaunlich leicht. »Ups. Das war jetzt schon die zweite Flasche.« Womöglich lag ihre Heiterkeit über die Komödie auch daran.

Das Scheinwerferlicht eines vorbeifahrenden Autos erhellte das fast dunkle Wohnzimmer und lenkte Mels Blick zum Fenster. Schlagartig erstarb ihr Lachen und sie spannte sich an.

»Mel? Was ist los? Hast du etwas gesehen?« Alex musterte sie mit zusammengekniffenen Augen, bevor er ihrem Blick folgte.

»Nein, ich denke nicht. Hier fahren nur sehr selten Autos vorbei.« Mit gerunzelter Stirn sah sie weiter aus dem Fenster. Irgendwo dort draußen befand sich jemand, der ihr Angst machen wollte. Was ihm auch sehr gut gelang. Sie selbst hatte das in den letzten neunzig Minuten vollkommen vergessen.

»Hast du irgendeine Ahnung, wer diesen Brief geschrieben haben könnte?« Alex hatte ihre Reaktion genau beobachtet und zog genau die richtigen Schlüsse aus ihrem Verhalten.

Mel schüttelte den Kopf.

»Da gibt es absolut niemanden, der euch das angetan haben könnte? Schuldete David jemandem Geld oder hatte er mit jemandem Streit?« Sein Blick lag weiterhin auf ihr.

»Nein. Ich weiß von nichts. Wir hatten weder Geldprobleme noch wüsste ich von einem Streit. David war niemand, mit dem man sich stritt.« Mel zuckte mit den Schultern. Ihr war absolut schleierhaft, was das Ganze sollte.

»Gab es seit Davids Tod irgendwelche weiteren Zwischenfälle?« Alex strich sich seine blonden Haare aus der Stirn.

»Nein. Erst seitdem ich das Haus wieder verlasse. Ich weiß es doch auch nicht.« Mel schluchzte und verschränkte die Arme vor der Brust.

»Wir müssen morgen mit dem Brief zur Polizei.« Alex' Blick verdüsterte sich.

Mel nickte, aus Angst, ihre Stimme würde versagen. Alex zog sie in eine tröstende Umarmung.

»Die werden dir helfen können. Immerhin ist etwas gravierendes vorgefallen.«

»Meinst du? Damals hatten sie das Verfahren sehr schnell eingestellt.«

»Ich bin mir sehr sicher. Früher sah alles nach einem einfachen, aber brutalen Überfall aus. Das hat sich mit dem Drohbrief jetzt geändert.« Alex legte sein Kinn auf Mels Scheitel ab, zog ihren rosigen Duft tief in sich ein.

»Ich begleite dich auch.« Er drückte ihr einen Kuss aufs Haar.

»Danke. Danke für alles.« Mit einem Plan vor Augen sah die Situation ein wenig besser für sie aus.

»Stets zu ihren Diensten, Madame.« Alex konnte sich selbst ein Grinsen nicht verkneifen, während er die Füße zusammenschlug und sich stramm hinstellte, ganz so, wie der Diener es in dem Film machte, den sie eben gemeinsam angesehen hatten.

Mel gähnte ausgiebig.

»Ich glaube, es wird langsam Zeit, schlafen zu gehen.« Alex konnte sich ein Grinsen nicht verkneifen.

»Hey. Lachst du mich gerade etwa aus?«

»Wie könnte ich?«

Mel verpasste Alex einen sanften Klaps auf den Oberarm. Er fing ihren Schlag ab, woraufhin sie lachend in seinen Schoß fiel. Ihr Gesicht landete nur wenige Zentimeter neben einer deutlich ausgeprägten Beule. Mels Lachen erstarb schlagartig, wurde zu einem Keuchen. Alex hielt in seiner Bewegung inne. Die Luft um sie herum veränderte sich. Ein wenig verlegen hob Mel den Kopf und sah ihm in die Augen. Diese hatten sich vor Lust verdunkelt, glitzerten vor Verlangen. Alex' Brustkorb bewegte sich immer schneller. Sein Atem entwich stockend. Mel hatte sich noch nicht richtig aufgesetzt, als er sie an der Hüfte hochhob und rittlings auf seinen Schoß setzte. Ihr entwich ein erschrockenes Keuchen, bevor sie den Schwung mit ihren Armen an der Couchlehne auffing. Ihr Gesicht stoppte nur wenige Zentimeter vor seinem. Mel spürte Alex' warmen Atem auf ihren Lippen. Es kribbelte in ihrem Bauch und sie schloss die Augen, nur wenige Augenblicke bevor seine Lippen mit festem Druck auf ihre trafen.

Gierig, fast ausgehungert küssten sie sich. Mel entwich ein Stöhnen, woraufhin Alex ihr angeheizt in die Lippe biss. Mit seinen starken Händen fuhr er unter ihr T-Shirt, wanderte ihren Rücken hoch und stoppte an ihrem BH. Mels Haut prickelte unter seinen Berührungen. Ein weiteres Stöhnen wurde von Alex' Lippen gedämpft, als er mit seinen Fingern hauchzart an den Rändern ihres BHs nach vorne wanderte. Mel erschauderte, fühlte sich begehrt wie schon seit einer längeren Zeit nicht mehr.

Mit vor Verlangen zitternden Fingern fuhr sie seine Oberarme entlang. Sie ertastete die einzelnen Muskelstränge, spürte die pure Kraft seiner Muskeln. Mutiger wanderten ihre Hände von seinen Schultern zu seiner Brust, dann zu seinem Bauch. Fuhren sein Sixpack entlang. Fahrig zerrte Mel an Alex' Shirt, konnte sich nicht mit reinem Tasten begnügen, sie musste sehen, was ihre Finger gerade gespürt haben. Ungeduldig zerrte sie am Shirt, bis sie es ihm endlich über den Kopf gezogen hatte. Achtlos warf sie es zur Seite.

Mel nutzte die Unterbrechung des Kusses, um das ausgeprägte Sixpack zu betrachten. Sie fuhr unwillkürlich mit ihrer Zunge über ihre Lippen. Dieser wohlgeformte Oberkörper steigerte ihre Lust ins Unermessliche. Alex zog ihr Gesicht erneut zu sich, um den Kuss gierig fortzusetzen und entlockte Mel nur noch weitere lustvolle Stöhngeräusche. Sie ließ ihre Hände in Richtung Hosenbund wandern und hatte den Knopf seiner Hose fast erreicht, als Alex sie stoppte. Zu ihrer Enttäuschung ließ er von ihren Lippen ab.

»Bist du dir sicher, diesen Schritt heute schon zu gehen?«

Mel hatte das Gefühl, dass Alex mit seinen grauen Augen bis tief in ihr Inneres vordringen könnte, um dort die Antwort auf seine Frage zu finden. Mit seinem Blick löschte er jede Lust, die die Kontrolle über Mels Körper und Gedanken übernommen hatte. Ihr Gedankenkarussell kam erneut ins Rollen. Sie hatte Sorge, David damit zu betrügen. Er war im Grunde noch nicht lange tot.

›Hat Alex mich deswegen aufgehalten? O Gott. Er muss mich ja wirklich für notgeil halten, wenn ich direkt die erste Situation ausnutze.‹ Peinlich berührt schlug Mel ihre Hände vors Gesicht.

»Hey, hör auf zu grübeln. Deine Schuldgefühle existieren nur in deinem Kopf.« Alex tippte leicht an ihre Stirn. »Niemand wird dich für das, was zwischen uns ist, verurteilen. Ich habe dich unterbrochen, weil ich sichergehen wollte, dass du bereit für uns bist.« Er nahm Mels Hände vom Gesicht und hob ihr Kinn an, damit er in ihre strahlendblauen Augen sehen konnte. »So sehr ich dich gerade auch will, möchte ich vermeiden, dass du morgen früh irgendetwas bereust oder dir Vorwürfe machst. Wenn ich dein Schweigen richtig interpretiere, liege ich mit meiner Vermutung goldrichtig, oder?« Er sah sie weiterhin eindringlich an.

»Lass uns das Ganze einfach langsam angehen. Wir haben genug Zeit. Hör aber bitte damit auf, dir ständig über alles Gedanken zu machen. Ich weiß, das ist leichter gesagt, als getan.« Eindringlich, um seine Worte zu bekräftigen, sah Alex Mel tief in die Augen. Er tupfte ihr einen zarten Kuss auf die Stirn.

Sie rutschte von seinem Schoß herunter.

»Ja, du hast recht. Wir sollten uns wirklich Zeit lassen. Es ist nicht so, dass ich das zwischen uns nicht möchte. Ich habe die ganze Zeit das Gefühl, David in einer gewissen Weise zu betrügen. Seit er ermordet wurde, gab es niemanden mehr, den ich auch nur geküsst habe.« Mels Wangen waren heiß.

»Zu sagen, ich wüsste, was du meinst, wäre nicht richtig, weil ich eine solche Situation noch nie erlebt habe. Trotzdem kann ich nachvollziehen, was du sagst. Gib dir und uns einfach Zeit. Es wird sich schon alles fügen. Und vor allem: Hör auf dein Herz.« Alex legte die Hand auf seine Brust. »Nur du triffst die Entscheidung. Keine andere Person hat das Recht dazu. Von daher warte auch nicht auf Verständnis oder die Absolution von Anderen.«

»Woher weißt du eigentlich immer, was ich denke oder fühle? Und vor allem, wie kommt es, dass du immer genau das Richtige sagst, das mich wieder aufbaut?« Mel hatte Alex nicht so viel Einfühlungsvermögen zugetraut.

»Ich habe in meiner Kampfsportausbildung gelernt, die Körperhaltung und Mimik meines Gegenübers zu lesen. Das ist wichtig, um den nächsten Angriff vorauszusehen. Außerdem habe ich inzwischen gelernt, das auszusprechen, was ich denke.« Er stand auf, um das Licht an und den Fernseher auszuschalten, bevor er sich Mel wieder zuwandte.

»In den meisten Situationen hat sich das als sehr nützlich erwiesen. Die Kinder und Jugendlichen merken, wenn ich nicht zu 100 Prozent hinter dem Gesagten stehe. Ich erreiche mehr, wenn ich ehrlich zu ihnen bin.« Er zuckte mit den

Schultern. »Ich muss den Kids vermitteln, dass sie die Konsequenzen tragen müssen und nicht diejenigen, von denen sie beeinflusst werden.« Alex ging auf Mel zu, als er sah, wie sie erneut ein Stück in sich zusammensank.

»Ach, Alex, ich wünschte, das alles wäre viel leichter.« Sie seufzte.

»Einfacher heißt aber nicht unbedingt besser. Oftmals lohnt sich ein Kampf viel mehr, weil man anschließend weiß, was man gewonnen hat.« Er stemmte die Hände in die Hüften, signalisierte ihr, dass es nun Zeit war, sich aufzuraffen, allen Mut zusammenzunehmen.

»Ist an dir ein Guru verlorengegangen? So langsam machst du mir mit deinen ganzen Lebensweisheiten Angst.« Sie sah ihn mit großen Augen und einem leichten Grinsen auf den Lippen an.

»Das nicht, aber mein Leben war sehr steinig. Ich habe aus jedem Rückschlag und jeder Niederlage gelernt.« Alex setzte sich neben Mel und zog sie in eine erneute Umarmung.

»So. Jetzt sollten wir aber wirklich schlafen gehen. Hast du Bettzeug für mich, damit ich mein Nachtlager auf der Couch aufschlagen kann?« Mel war froh, dass er die Entscheidung getroffen hatte, wo er die Nacht verbringen würde. Es wäre ihr schwergefallen, Alex in ihrem Ehebett schlafen zu lassen. Denn da hatte seit Davids Tod nur in Ausnahmefällen Chris gelegen. Sobald Mel eingeschlafen war, hatte er sich wieder zurück auf die Couch gelegt. Außer sie hatte ihn nach einem Albtraum explizit darum gebeten, bei ihr zu bleiben.

Allerdings waren das ganz andere Situationen mit völlig verschiedenen Voraussetzungen gewesen. Auch wenn sie inzwischen fast sicher war, dass Chris Gefühle für sie hatte, die über Freundschaft hinausgingen, war es bei ihr nicht der Fall. Bei Alex hingegen war Mel sich ihrer Gefühle inzwischen bewusst und die waren weit mehr als rein freundschaftlicher Natur. Dennoch hatte sie Sorge, David zu betrügen und zu hintergehen, wenn sie Alex im Bett schlafen lassen würde. Obwohl sie sich nichts sehnlicher wünschte. Als sie ein Räuspern vernahm, zuckte Mel zusammen, bis ihr einfiel, Alex immer noch eine Antwort auf seine Frage schuldig zu sein.

»Klar, wenn du noch einen Moment wartest, gehe ich die Sachen oben holen.« Sie stand auf.

»Ich werde mich nicht vom Fleck bewegen.« Aus dem Augenwinkel sah Mel, wie Alex zwinkerte. Ihr war klar, dass er versuchte, sie aufzuheitern. Doch sie hing mit ihren Gedanken noch zu sehr in ihrem Gespräch fest, um auf seinen Versuch einzugehen.

Nachdenklich ging Mel, nachdem sie Alex mit einem Kissen und einer Decke versorgt hatte, ins Bett. Es dauert trotz des vielen Weins, der sie normalerweise müde machte, sehr lange, bis sie einschlief. Auch im Schlaf drehte sie sich unruhig von der einen auf die andere Seite und wachte dabei immer wieder auf.

»Hilfe! Hilfe!« Panisch schreckte Mel von ihren eigenen Schreien auf. Sie drehte den Kopf in sämtliche Richtungen. Es dauerte nur wenige Sekunden, bis sie bemerkte, dass sie diejenige war, die laut um Hilfe geschrien hatte. Bevor sie über die Situation nachdenken konnte, wurde ihre Zimmertür geöffnet. Ein zerzauster Alex stand breitbeinig und mit durchgedrücktem Rücken kampfbereit in der Tür. Die Hände hatte er in Abwehrhaltung auf Brusthöhe angehoben, bereit, sich jederzeit für sie in einen Kampf zu begeben.

»Mel? Was ist passiert?«

Melissa saß zitternd in ihrem Bett.

»Ich … Ich weiß nicht. Ich muss einen Albtraum gehabt haben. Da waren wieder diese Typen. Einer hat mich festgehalten, während ein anderer mich von vorne bedrängt hat. Er meinte: ›Wir beobachten dich schon sehr lange. Wir haben dir gesagt, wir greifen zu, wenn du am wenigsten damit rechnest.‹ Alex, ich habe solche Angst!« Immer noch vor Angst zitternd, zog

Mel ihre Bettdecke bis an den Hals. Inzwischen saß sie aufrecht im Bett.

»Was ist, wenn sie irgendwann wirklich zugreifen?« Aus dem Zittern wurde ein Beben. Haltlos schluchzend legte sie sich erneut auf die Matratze und rollte sich zusammen, machte sich ganz klein, die Decke fast bis zu ihrer Nase hochgezogen. Mel spürte pure Angst, war gleichzeitig wütend und verzweifelt. Sie wusste nicht, wo sie hereingeraten war. Warum der Überfall und die Drohbriefe ausgerechnet ihr passierten.

»Beruhige dich, Mel. Ich bin hier und so lange wird dir nichts passieren. Das war bestimmt eine unterbewusste Reaktion auf den Drohbrief.« Alex trat näher an sie heran und setzte sich auf die Bettkante. Er zog Mel in eine feste Umarmung und strich ihr beruhigend über den Rücken.

»Kannst … Kannst du dich vielleicht zu mir legen?« Mels zitternder Körper ließ ihre Zähne klappern.

»Na klar.« Alex ging auf die andere Seite des Bettes, schlug die Decke zur Seite und legte sich neben sie. Mel zwang sich dazu, ihre Gedanken zu verdrängen. Wenn sie die Nacht überstehen wollte, dann durfte sie nicht an David denken. Sie brauchte die Konzentration, um ihren Magen zu beruhigen, der sich krampfhaft entleeren wollte. Mels Herz pochte schnell. Viel zu langsam hatte sie das Gefühl wieder Luft zu bekommen. Sie suchte Alex' Nähe, brauchte seinen Halt. Leise rutschte sie an ihn heran und kuschelte sich mit ihrem Rücken an seine Brust. Alex atmete tief ein, bevor er seine Arme langsam um ihren Oberkörper legte und sie noch näher an sich heranzog.

Das Zittern, das Mel nach dem Albtraum nicht losließ, ebbte langsam ab. Zurück blieb nur noch eine Gänsehaut, die durch Alex' Anwesenheit bald verschwand. Auch ihre Atmung wurde ruhiger, während er zärtlich über ihren Arm strich.

ZWÖLF

»Hallo, Chris«, sagte Alex, der gerade die Haustür öffnete, um seinen Kumpel hereinzulassen. Alex hatte darauf bestanden, so lange bei Mel zu bleiben, bis Chris sie zum Treffen mit ihren Eltern abholen würde. Sie fragte sich allerdings, warum ihr Freund klingelte. Vielleicht hatte er seinen Schlüssel vergessen oder wollte sie nicht erschrecken.

Mel saß auf der Terrasse und genoss das herrliche Wetter. Zumindest soweit es ihre Situation zuließ. Denn ihr Kopf war immer noch voller Gedanken über den Brief und den Albtraum. Richtig realisiert hatte sie die ganze Sache noch nicht. Dennoch fürchtete sie sich dabei, gleich mit Chris das Haus zu verlassen. Aber zu Hause zu bleiben, war für sie keine Option. Wenn sie ihr gewohntes Leben wiederhaben wollte, dann musste sie auch etwas dafür tun und über ihren Schatten springen. Sich im Haus einzusperren, war schließlich keine Dauerlösung. Allerdings war es auch keine Lösung, wenn Mel ständig nur in Begleitung das Haus verlassen würde. Aber das würde sie ein anderes Mal mit Alex und Chris besprechen.

»Und du bist dir sicher, dass ich euch nicht begleiten soll?«, fragte Alex nun schon zum dritten Mal.

»Wir werden das schon schaffen. Wie du gestern schon sagtest, wird der Verfasser des Drohbriefes mich sicherlich nicht am helllichten Tag auf einer belebten Straße angreifen. Aber wir sollten besprechen, wie wir danach weiter vorgehen.

Ihr könnt nicht ständig an meiner Seite bleiben.« Mel versuchte, ihrer Stimme so viel Zuversicht zu geben, wie sie nur konnte.

»Na, fürs Erste geht das schon.« Alex sah bei seinen Worten zu Chris, der zustimmend nickte.

»Ich werde dich in dieser Situation sicher nicht alleinlassen. Aber du hast recht, das ist keine dauerhafte Lösung. Ich werde mich darum kümmern, dein Haus und Garten einbruchsicher zu machen. Dafür bräuchte ich deinen Schlüssel, damit ich die entsprechenden Systeme direkt installieren kann.« Alex stemmte selbstsicher seine Hände in die Hüften.

»Was hast du vor?« Mel kniff die Augen zusammen, während sie aus dem Gartenstuhl aufstand.

»Ich werde eine Alarmanlage und Bewegungsmelder anbringen, die ein Signal auf dein Handy schicken, sobald jemand das Haus oder den Garten betritt. Dann kannst du mich oder Chris anrufen und wir kommen sofort zu dir.« Er sah sich im Garten um, als suchte er nach geeigneten Plätzen für die Bewegungsmelder.

»Das ist alles? Ihr werdet mich nicht überwachen?« Skeptisch sah Mel zu Alex. Sie hatte schon zu viele Geschichten darüber gehört, wie Bekannte oder Freunde heimlich überwacht wurden, bis sie es doch bemerkt hatten. Am liebsten wäre sie auf der Stelle ins Badezimmer gerannt. Ihr Magen drehte sich um und ließ Galle in ihrer Speiseröhre aufsteigen. Dass solche Maßnahmen notwendig waren, verdeutlichte ihr nur, in welcher Gefahr sie sich befand. Sie zitterte. Alles in ihr widerstrebte sich.

»Nur, wenn du darauf bestehst.« Mel suchte in Alex' Augen nach einem Anhaltspunkt und fragte sich, ob sie seinen Worten trauen konnte. Alex erwiderte ihre Musterung mit einem festen Blick, gab ihr keinen Anlass zum Zweifeln. Nervös nestelte Mel an ihrem Unterarm.

»Sonst würde ich nie auf die Idee kommen, jemanden zu überwachen und hinter dessen Rücken schon gar nicht.« Alex ging auf Mel zu und legte seine Hand über ihre, hinderte sie daran, den geröteten Arm weiter zu malträtieren. Er warf Chris einen fragenden Seitenblick zu. Dieser zuckte nur mit der Schulter.

»Hat David dich …?« Alex beugte sich zu ihr herunter, suchte Blickkontakt zu Mel.

»Nein, auf gar keinen Fall.« Ihre Stimme überschlug sich, als sie weitersprach. »Das hätte er nie gemacht. Aber ich habe mitbekommen, wie ein paar seiner Freunde das mit ihren Frauen und Freundinnen gemacht haben.«

Alex nickte.

»Ich glaube, wir sollten langsam los.« Chris unterbrach die Unterhaltung mit einem scharfen Unterton. Mel keuchte erschrocken auf, als er sie mit einem Ruck von Alex wegzog. Sie war von seinem plötzlichen Stimmungsumschwung irritiert. Bisher hatte er nichts zum Gespräch beigetragen und jetzt reagierte er so eigenartig. Vielleicht wollte er David verteidigen. Mit zusammengepressten Lippen wand Mel sich aus seinem Griff.

»Ich halte die Idee mit der Alarmanlage und den Bewegungsmeldern für gut. Aber ich würde es für sinnvoll halten, wenn wir auch eine Meldung auf unser Handy bekommen. Nur für den Fall, dass du deines nicht griffbereit hast oder uns gerade nicht Bescheid geben kannst.« Chris wandte sich mit leiser kühler Stimme an Alex.

Ein Schauer lief Mels Rücken hinunter. Ihr widerstrebte der Gedanke, jemand anderes als sie bekäme mit, was rund um ihre Festung geschah. Das war eine Überwachung. Wollte Chris sie im Auge behalten oder war er nur an ihrem Schutz interessiert? Er wusste alles, was in ihrem Leben vor sich ging. Besser als jeder andere und vielleicht auch besser als sie selbst. Mels Atmung beschleunigte sich bei dem Gedanken, dass ihr die Kontrolle über ihr eigenes Leben entglitt. Allerdings wären die Vorkehrungen eine Möglichkeit, sich in ihrer Festung wieder sicherer zu fühlen.

»Ich lasse mir das durch den Kopf gehen. Hier ist der Haustürschlüssel. Meinetwegen installierst du die Systeme und alles Weitere können wir ja dann klären.« Mel fiel der Schlüssel beinahe auf den Boden, so sehr zitterten ihre Finger. Sie hatte das Gefühl, kaum noch einen klaren Gedanken fassen zu können. Wusste nicht mehr, was richtig und falsch war.

...

»Da wären wir.« Mel und Chris kamen an einem beigen Backsteingebäude mit großen zur Straße liegenden Fenstern an. Die Fassade wurde mit einer schwarzen Markiese versehen, auf der mit gelben Buchstaben *Will`s Coffee* stand. Zwei gelbe Tische mit jeweils zwei gleichfarbigen Stühlen säumten den Eingang. Mel musterte intensiv die großen Fenster, die die perfekte Möglichkeit boten, die Menschen im Inneren zu beobachten. Sie zögerte, trat unschlüssig von einem Fuß auf den anderen, während Chris ihr geduldig die Tür aufhielt.

Die Tische waren wie in einer Mensa angereiht und wurden immer wieder durch hohe Topfpflanzen unterbrochen. Schwarze Metalllampen, mit Efeubewachsen, strahlten ein warmes Licht auf die mahagonifarbenen Tische. Sie gingen den schmalen Gang entlang, auf der Suche nach Mels Eltern. Mit jedem Schritt, den sie sich vom Eingang entfernten, fiel es Mel leichter, sich zu entspannen. Die Topfpflanzen verbargen die Sicht von draußen auf die Tische im hinteren Teil des Cafés.

Schließlich fanden sie ihre Eltern an einem abgelegenen Tisch. Auf dem Weg dorthin schritten sie an einer langen Theke, die mit zuckrigem Gebäck überladen war, vorbei. Mel fühlte sich durch die gemauerte Wand neben dem Tisch einigermaßen sicher und setzte sich auf die Bank. Von hier aus war sie nur sichtbar, wenn jemand in unmittelbarer Nähe zum Tisch stand. Chris, der neben ihr saß, hatte den Eingang fest im Blick.

»Da seid ihr ja«, sagte Mels Mutter, als sie mit Chris auf den Tisch zutrat. Ihre Eltern begrüßten sie freudig mit einer kurzen Umarmung über den Tisch hinweg.

»Wie geht's euch?« Ihre Mutter sah zu Mel, die nickte, während sie sich im Café umsah.

»Danke, gut und euch?« Chris antwortete für sie. Mel fühlte sich in ihrer abgeschirmten Ecke sicher, wurde aber das flaue Gefühl im Magen nicht los. Unauffällig stieß Chris sie unter dem Tisch an. Mit weit geöffneten Augen sahen ihre Eltern sie an.

»Was habt ihr gefragt?« Mel schreckte auf.

»Mel, wir glauben, dass du so langsam von Davids Schatten loskommen solltest.« Ihr Vater machte einen direkten Vorstoß.

»Wie meint ihr das? Die Sache mit David ist noch nicht so lange her und immerhin habe ich ja damit angefangen, nach vorne zu sehen. Ich verlasse das Haus wieder, am Donnerstag gehe ich sogar in die Firma.« Sie erwähnte dabei nicht, dass Chris sie begleiten würde. Auch die direkte Flucht in ihre Festung, im Anschluss an das Meeting, verschwieg Mel ihnen. Sie wollte ihren Eltern vermitteln, dass sie so viel Normalität in ihr Leben brachte, wie es ihr nur möglich war.

»Das freut uns.« Ihre Mutter klang zögerlich. »Aber wie sieht es mit Davids Sachen aus?« Sie lehnte sich neugierig vor. »Hast du schon mal darüber nachgedacht, dich von ihnen zu trennen? Du kannst nicht ewig an ihnen festhalten. Es ist alles noch so wie vor dem Überfall. Es hat sich rein gar nichts verändert.« Sie umschloss Mels feuchtkalte Hände. »David kommt nicht mehr zurück, Liebes.« Sanft fuhr sie mit ihrem Daumen über Mels Finger.

Mel schluchzte, begann zu beben. Chris, der dem Gespräch bisher schweigend folgte, legte einen Arm über ihre Schultern, wodurch Mel sofort versteifte. Die Berührung erdrückte sie. Sie versuchte, den Arm wieder loszuwerden.

»Du sollst nicht sämtliche Erinnerungen an ihn auslöschen. Das meinen wir damit nicht.« Sie konnte das Mitleid ihrer Mutter nicht nur hören, sondern sah es auch in ihrem Blick. Sie schaffte es kaum, den Blickkontakt mit ihrer Tochter aufrechtzuhalten. Ihr Atem entwich stoßweise zwischen den einzelnen Worten, ihre Stimme zitterte.

»Aber wie wäre es, wenn du anfängst, seine Kleidung auszusortieren? Wir helfen dir auch gerne dabei.« Mels Mom legte den Kopf schief, hielt immer noch ihre Hände und warf ihr einen flehenden Blick zu. Mels Pupillen zuckten, ihre Atmung beschleunigte sich und doch hatte sie das Gefühl, keine Luft zu bekommen.

»Das …« Mel fühlte sich überrumpelt und brauchte einige Zeit, bevor sie antworten konnte. Zeit, in der sie darüber nachdachte, was es für sie bedeutete, Davids Sachen auszusortieren. Ihre Mutter hatte recht. Alles war immer noch dort, wo er es vor dem Unfall zurückgelassen hatte. Mel hatte nur das Nötigste weggeräumt. Viel mehr hatte sie die Sachen von Chris wegräumen lassen. Es war immer noch so, als würde David jeden Moment aus einem Urlaub nach Hause kommen. Das gab ihr Trost und Sicherheit. Aber Mel wusste nicht, ob sie das noch brauchte.

Sie hatte in den letzten Tagen nicht mehr viel an David gedacht, wenn sie ehrlich zu sich selbst war. Immer nur dann, wenn sie meinte, sie müsste Schuldgefühle haben. Und fühlte sie sich wirklich sicher? Ganz bestimmt nicht, weil Davids Sachen noch da waren. Nichts war sicher angesichts ihrer

Situation. Aber das wollte sie ihren Eltern nicht auf die Nase binden.

»Ich glaube, es wird merkwürdig sein, wenn seine Sachen nicht mehr da sind. Ich bin mir nicht sicher, ob ich sie wirklich schon aussortieren kann. Und vor allem, was soll ich dann mit den Sachen machen? Ich kann sie nicht entsorgen.« Mel versuchte, ihre Gedanken in Worte zu fassen, während sie eine Serviette zerrupfte. Erst als sie fertig war, legte sie diese zurück auf den Tisch und hob den Blick, um ihrer Mutter in die Augen zu sehen. Das Licht spiegelte sich in ihren feuchten Augen.

»Ach, mein Kind.« Ein tiefes Seufzen entfuhr ihr. »Ich helfe dir gerne bei diesem schweren Schritt.« Sie griff erneut nach der Hand ihrer Tochter, in der Hoffnung, ihr Trost zu spenden.

»Ich glaube, das muss ich Stück für Stück allein schaffen.« Mel richtete sich auf und sah ihre Eltern mit entschlossenem Blick an. »Ich kann dir nicht versprechen, dass ich diesen Schritt jetzt schon gehen kann. Aber ich werde es versuchen. Bitte gebt mir Zeit und setzt mich nicht unter Druck.« Sie schluckte ihre eigenen Zweifel herunter und begleitete ihre Worte mit einem Nicken, das, wie sie hoffte, zuversichtlicher herüberkam, als sie sich fühlte. Mehr als deutlich spürte Mel nach wie vor den schweren Klumpen, der sich in ihrem Magen befand. Auch ihre Finger fühlten sich noch immer kalt und feucht an. Ein Zustand, den sie vorerst nicht loswerden würde.

»Wir wollen dich nicht unter Druck setzen. Trotzdem glauben wir, dieser Schritt wird dir guttun und dir ein Stück Freiheit wiedergeben.« Ihre Mutter lächelte sie an.

»Lass dir Zeit, denk aber darüber nach.« Mels Vater hatte sich bisher zurückgehalten. Es war das schon immer die Art ihres Vaters gewesen. Nun legte auch er eine Hand auf Mels. »Und wenn du unsere Hilfe haben möchtest, dann sind wir jederzeit für dich da und helfen dir.« Mel warf Chris, der abwesend zur Tür starrte, einen kurzen Seitenblick zu. Sie konnte nicht erkennen, was er darüber dachte. Sein Verhalten erschien merkwürdig. Sonst hielt er sich mit seiner Meinung nie zurück.

»Danke. Sollte ich es mir mit der Hilfe anders überlegen, melde ich mich.« Damit war das Thema für Mel beendet. Um sich abzulenken, schaute sie sich die Kuchenauswahl an.

Appetit hatte sie zwar nicht, hoffte aber, so weiteren Nachfragen zu entgehen. Sie wollte die Themen rund um den Überfall für den Rest des Nachmittags vergessen. Im Zweifel würde sie über diesen exzellent schmeckenden Kuchen sprechen.

Nach einer weiteren Stunde, die entgegen Mels Befürchtungen recht angenehm wurde, brachte Chris sie nach Hause. Alex war immer noch fleißig dabei, die Alarmanlage anzubringen. Erst als sie wieder im Haus angekommen waren, bemerkte Mel, dass sie sich heute nicht einmal beobachtet oder verfolgt gefühlt hatte. Sicherlich war sie mit ihren Gedanken zu sehr bei David gewesen.

»Ich kann dir übrigens gerne beim Aussortieren von Davids Sachen helfen.« Als Chris das Thema anschnitt, verdrehte sie die Augen.

»Nein, danke. Wie ich es vorhin schon meinen Eltern gesagt habe, möchte ich es allein versuchen. Sonst melde ich mich bei euch.« Mel war sich ihrer schnippisch klingenden Antwort bewusst. Sie war aber zu genervt von dem Thema, um das zu ändern.

»Mel, ich will nur helfen. Bist du dir sicher, dass du das allein schaffst?« Sie wusste nicht, warum Chris ihre Entscheidung nicht akzeptierte. Er war beim Gespräch dabei gewesen. Und das war nicht die einzige Situation, in der er sich heute merkwürdig verhalten hatte. Sie konnte nicht sagen, woran sie das festmachte. Es war nur ein unterschwelliges Gefühl. Chris war im Café ungewohnt ruhig. Dafür war er nun umso aufdringlicher. Lag es an dem Drohbrief? Mel konnte sich sein Verhalten nicht anders erklären.

»Ja, ich bin mir sicher«, antwortete sie nach einer gefühlten Ewigkeit.

»Wobei bist du dir sicher?« Alex, der scheinbar nur den Schluss der Unterhaltung mitbekommen hatte, kam auf sie zu. Dabei ignorierte er Mels genervten Unterton.

»Dass ich es allein schaffen werde, Davids Sachen auszusortieren, wenn ich bereit dazu bin. Und sollte ich es doch nicht allein schaffen, werde ich mich melden.« Damit ließ sie die beiden Männer stehen und ging in ihr Schlafzimmer, um sich etwas Bequemeres anzuziehen. Als sie die Schlafzimmertür hinter sich schloss, atmete sie tief durch.

Aus dem Ankleidezimmer suchte sich Mel eine bequeme Yoga-Hose und ein Top aus. Im Badezimmer spritzte sie sich etwas kaltes Wasser ins Gesicht und zog sich an. Schon bedeutend ruhiger begab sich Mel wieder ins Erdgeschoss. Inzwischen arbeiteten Alex und Chris gemeinsam an den Bewegungsmeldern.

»Hast du dir eigentlich schon Gedanken darüber gemacht, ob wir einen Alarm aufs Handy bekommen sollen?« Chris' Stimme klang ruhig, für Mels Geschmack schon zu ruhig und beiläufig. Dazu mied er den Blickkontakt zu ihr. Stattdessen musterte er ausgiebig den Bewegungsmelder in seiner Hand.

»Nein, habe ich noch nicht. Wann denn auch?« Sie hatte die Hände zu Fäusten geballt und presste ihre Kiefer aufeinander. Mel konnte es sich nicht erklären, aber Chris nervte sie heute immer mehr.

»Das hat ja auch noch Zeit.« Alex versuchte, die angespannte Situation zu beschwichtigen. Ihm schien Mels Stimmung aufgefallen zu sein. Er beobachtete ihre Mimik genau und wollte auf sie zugehen, um sie beruhigend in den Arm zu nehmen. Als er den ersten Schritt auf sie zumachte, schüttelte

Mel nur den Kopf. Alex zog seine Schultern hoch, blieb aber, wo er war.

»Na ja, wie dem auch sei. Komm Alex, wir machen uns auf den Weg.« Chris wandte sich zur Tür, ohne sich von Mel zu verabschieden.

»Möchtest du, dass ich noch eine Nacht bei dir bleibe?«, fragte Alex sie leise.

»Du hast doch gehört, sie will unsere Hilfe nicht und kommt wunderbar allein zurecht.« Chris mischte sich ungefragt ein, bevor Mel irgendetwas sagen konnte. Sie war von seinem Verhalten verwirrt. Sonst war er der Übervorsichtige, der nichts unversucht gelassen hatte, um ihr zu helfen.

»Ich kann für mich allein reden, Chris. Und wenn ich möchte, dass Alex bleibt, dann ist das so. Das hast nicht du zu entscheiden.« Mit vor Zorn zusammengekniffenen Augen drückte sie Chris ihren Zeigefinger auf die Brust.

»Na, wenn du meinst.« Innerlich zerbrach sich Mel darüber den Kopf, warum Chris auf einmal so eingeschnappt war.

›Ist er eifersüchtig, weil ich Alex' Hilfe annehme und seine nicht? Aber das Eine hat doch nichts mit dem Anderen zu tun. Auch Alex werde ich mit Sicherheit nicht beim Aussortieren von Davids Sachen helfen lassen. Da muss ich allein durch‹, dachte Mel. Sie wusste nicht, was sie von seinem Verhalten halten sollte.

Mel war noch dabei die richtigen Worte zu suchen, als Chris wütend und Tür knallend das Haus verließ.

Als sie ihm hinterherlaufen wollte, hielt Alex sie am Ellenbogen zurück. »Lass ihn, der bekommt sich schon wieder ein.«

»Vielleicht hast du recht. Ich kenne ihn so nicht und ich mag keinen Streit.« Mel zuckte mit den Schultern und ließ den Kopf hängen.

»Ich war ja auch nicht wirklich besser. Aber erst haben mich meine Eltern mit dem Thema überfallen und dann akzeptiert Chris einfach nicht, dass ich dabei keine Hilfe haben möchte. Die Diskussion hatte ich schon mit meiner Mutter im

Café. Er saß daneben und hat alles mitbekommen.« Mel war erschüttert über die Reaktion ihres Freundes. So kannte sie ihn nicht. Unruhig tigerte sie im Flur umher, brauchte ein Ventil, um ihre Wut loszuwerden.

»Das wird sich wieder einrenken.« Alex stoppte sie und nahm sie tröstend in den Arm.

»Macht es dir wirklich nichts aus, noch eine Nacht zu bleiben? Der Tag war sehr aufwühlend und es hat letzte Nacht so gutgetan, dich in meiner Nähe zu wissen. Ich habe nach dem Albtraum erstaunlich gut geschlafen.« Mel sah Alex mit einem zaghaften Lächeln an.

Er schmunzelte. »Nein, das ist kein Problem. Ich bleibe gerne bei dir. Auch ich habe es genossen, dich im Arm zu halten.« Er untermalte seine Worte mit einem sanften Kuss auf ihren Scheitel. »Ich wusste gar nicht, wie schön es sein kann, neben einer Frau aufzuwachen. Wenn ich das nur schon früher gewusst hätte …« Mel sah ihn grinsend an. Seine Augen funkelten vor Belustigung und sie erkannte deutlich den Schalk, der sich hinter Alex' rauer Fassade verbarg, darin.

»Du Schleimer.« Grinsend gab Mel ihm einen Klaps gegen seine harte Brust, an die er sie direkt wieder zog. Sie genoss die Umarmung und schmiegte sich näher an Alex heran. Mit einer Zärtlichkeit, die sie ihm gar nicht zugetraut hatte, hielt er sie fest in seinen Armen und gab ihr einen federleichten Kuss auf den Kopf.

»Mel?« Alex schob sie ein wenig von sich, um sie ansehen zu können.

»Hm?«

»Ich habe in der Zeit, in der ihr unterwegs wart, einen Freund von mir angerufen, der bei der Polizei arbeitet. Ich dachte mir, dass du ungern zum Revier fahren möchtest.« Seine Augen ruhten aufmerksam auf ihr, damit ihm keine ihrer Regungen entging. »Er kommt nachher hierher. Ich hoffe, das war okay? Wir hatten ja gestern darüber gesprochen, die Polizei einzuschalten.« Alex strich ihr zärtlich eine Strähne hinters Ohr.

Mel richtete sich ruckartig auf, ein erneuter Schauer lief ihr über den Rücken.

»Mel?«

»Ich … Ja … Nein … Ähm, ja, glaube ich«, stotterte sie, während sie sich mit zitternden Händen an Alex festkrallte.

»Ich bleibe natürlich bei dir. Also … Nur wenn du das möchtest.« Nachdem Mel nickte, schob Alex sie ins Wohnzimmer.

Beim Klingeln der Tür schreckte sie zusammen. Alex bedeutete ihr, dass sie sich setzen sollte, bevor er die Tür öffnete und einen in Jeans und schwarzem Shirt gekleideten Mann in seinem Alter ins Wohnzimmer führte.

Er lächelte Mel freundlich zu. Ohne ihr die Hand entgegenzustrecken, ließ er sich schräg gegenüber in den Sessel sinken.

»Hi! Ich bin Liam. Alex hat mir deine Situation schon ein wenig erklärt. Ich habe mir die Akte zu deinem Fall angesehen.« Mit fest auf den Boden gestellten Beinen saß er im Sessel, er schaute Mel mit seinen braunen Augen an.

»Es sieht alles danach aus, dass der Drohbrief mit der Tat von damals zusammenhängt, allerdings kann es auch nichts bedeuten.« Mel ließ ihre Schultern hängen. Alex, der sich neben sie setzte, legte beruhigend eine Hand auf ihr Knie.

»Trotzdem würde ich die Sache gerne ernstnehmen und den Brief auf Spuren untersuchen.« Mel nickte. Sie war froh darüber, bisher nichts erklären zu müssen. Alex schien schon alles Wichtige mit Liam besprochen zu haben.

»Vielleicht brauche ich eine persönliche Aussage von dir, in dem Fall melde ich mich noch mal.« Liam stand auf, ging zu Alex und nahm den Brief entgegen. Er hatte ihn in eine durchsichtige Tüte gepackt.

»Ich rate dir auf jeden Fall, vorsichtig zu sein. Ich werde einen Kollegen beauftragen, hier regelmäßig vorbeizufahren. Leider können wir bei dem jetzigen Stand noch nicht viel machen.« Er warf Mel einen bedauernden Blick zu.

»Ich finde allein raus.« Liam nickte, bevor er sich umdrehte und im Flur verschwand. Erst als sie kurz darauf die Haustür zufallen hörte, traute Mel sich, tief Luft zu holen.

»Wirklich vielversprechend verlief das nicht.« Sie sah zu Alex, der sie in den Arm nahm.

»Liam wird sich um die Sache kümmern. Er ist einer der Besten. Wenn dir jemand helfen kann, dann er.«

D R E I Z E H N

Während Mel dabei war, die letzten Teller in die Spülmaschine einzuräumen, betrachtete Alex sie von hinten. Er lehnte sich lässig an den Kühlschrank und hatte Mühe, sich zusammenzureißen. Aber er wollte abwarten, bis sie mit ihrem Aufräumwahn fertig war. Wenn es nach Alex gegangen wäre, hätten sie das Abendessen, inklusive Kochen, ausfallen lassen und sich gleich dem Nachtisch widmen können. Sollte Mel dazu bereit sein - und bisher hatte sie ihm sämtliche Signale in diese Richtung gesendet -, wollte er nicht mehr länger warten. Er konnte es kaum erwarten, endlich ihren Körper zu erkunden.

Als Mel den letzten Teller einräumte und sich aufrichtete, um den Geschirrspüler zu schließen, trat Alex dicht hinter sie und umfasste ihre Hüften. Ein Kribbeln ging von der Stelle aus, an der er sie berührte, und breitete sich in ihrem ganzen Körper aus. Er drückte sie mit seinem Körper leicht gegen die Arbeitsplatte. Mel zuckte zusammen, als sich Alex' Härte deutlich gegen ihren Po drückte. Ein wohliger Schauer lief ihr über den Rücken. Während Alex ihr hauchzarte Küsse in den Nacken hauchte, begnügte Mel sich damit, ihre Hände auf die Seinen zu legen, sich fester an seinen Körper zu schmiegen und die Situation zu genießen.

Die Wärme, die er ausstrahlte, umhüllte sie, sein Atem kitzelte sie. Mel entwich ein leises Kichern. Von ihrem Nacken wanderte Alex zu ihrem Ohrläppchen, an dem er zärtlich knabberte. »Hm.« Mel seufzte, wand sich in seinem Griff und rieb ihren Hintern an seiner Körpermitte. Sie spürte bereits das lustvolle Kribbeln zwischen ihren Beinen und wollte mehr von Alex spüren. Von ihren Bewegungen angestachelt, wurde er ungeduldig, konnte es kaum erwarten, ihren Körper zu erkunden. Alex drehte sie um und hob sie auf die Arbeitsplatte, wollte jederzeit die Möglichkeit haben, die Lust und das Verlangen nach ihm in ihren Augen zu sehen.

Mel schlang ihre Beine um seine Hüften und verschränkte ihre Füße an seinem Hintern, zog ihn so wieder näher an sich heran. Stürmisch presste Alex seine Lippen auf ihren Mund und biss in ihre Unterlippe. Mel keuchte auf, öffnete ihre Lippen, während Alex den leichten Schmerz mit einer zarten Berührung seiner Lippen wegküsste. Er nahm ihre geöffneten Lippen als Einladung, sich mit seiner zu Zunge bis zu ihrer vorzuarbeiten. Mel krallte sich an seinen Schultern fest.

Das Verlangen, von Alex berührt und gehalten zu werden, überrannte sie förmlich. Deutlich fühlte sie die Nässe ihrer Lust zwischen den Beinen. Mel fuhr mit ihren Händen zum Saum seines Shirts.

Mit einem Ruck zog sie Alex' Shirt über den Kopf, wollte den störenden Stoff endlich loswerden. Während sie ihren Blick über seine wohldefinierten Muskeln gleiten ließ, leckte Mel sich über die Lippen. Alex konnte seine Augen kaum von ihr abwenden, nutzte seinerseits die Gelegenheit, um auch ihr das T-Shirt auszuziehen und sie mit einem hungrigen Blick zu betrachten. Seine Augen funkelten vor Verlangen. Unwillig, den Kuss noch länger zu unterbrechen, zog Mel seinen Kopf wieder zu sich.

Bevor Alex jedoch seine Lippen erneut auf ihre senken konnte, hauchte er ihr ins Ohr. »Lass uns ins Schlafzimmer wechseln.« Mit einem Nicken stimmte Mel ihm zu. Sie hatte zwar nichts dagegen, ihr Spiel in der Küche fortzusetzen, aber das Bett war doch bequemer. Außerdem hieß das nicht, dass sie das Ganze nicht auch hier wiederholen könnten. Wenn es nach Mel ging, hätten sie noch genügend Gelegenheiten dafür.

Alex hob sie am Po an, trug sie die Treppe hoch ins Schlafzimmer und warf sie aufs Bett.

Hastig zog er seine Hose aus und warf sie achtlos beiseite, bevor er sich zwischen Mels Beine kniete.

»Da hat es aber jemand eilig.« Mel schmunzelte.

Mit gierigem Blick sah er sie an und befreite auch sie von ihrer Hose. Zentimeter für Zentimeter streifte er den Stoff über ihre Beine. Mit seinem Mund liebkoste Alex die freigelegte Haut, was Mel ein wohliges Seufzen entlockte. Sie beobachtete das sinnliche Spiel seiner Muskeln und war darüber erstaunt, wie anregend sie ihn fand. Ihr Körper zerfloss unter seinen Händen, kribbelte bei jeder Berührung. Mels Slip war inzwischen von ihrer Lust durchtränkt. Bisher war sie nie der Typ Frau gewesen, der sich durch Muskeln beeindrucken ließ. Doch Alex hatte nicht nur das zu bieten.

Entgegen ihrer anfänglichen Annahme, er sei ein eingebildeter ungehobelter Klotz und überaus gefährlich, war er empathisch, zuvorkommend und dabei auch noch klug. Nicht lange und Mel hatte sämtliche Gedanken daran, was Alex für sie so attraktiv machte, vergessen. Denn dieser beugte sich über sie und fuhr erst mit seinen Daumen und anschließend mit seinen Lippen von ihrem Hals hinunter zu ihren Brüsten, widmete sich hingebungsvoll ihren Brustwarzen.

Ungeduldig presste Mel ihre triefendnasse Mitte gegen Alex' Beule, die sich unter dem dünnen Stoff seiner Boxershorts abzeichnete. Stöhnend wand sie sich unter ihm, bis er mit seinem Mund weiter an ihrem Körper hinabwanderte.

Mit einem kräftigen Ruck zerriss er ihren Slip, um seine zärtliche Qual fortzusetzen. Mel konnte es kaum noch abwarten, sehnte sich nach der Erlösung, brauchte mehr Druck, mehr Reibung, brauchte mehr Alex. Sie hob ihr Becken entgegen. »Alex, bitte«, flehte sie ihn an, als dieser keine Anstalten machte, ihrer zuvor stummen Aufforderung nachzukommen. Doch Alex dachte gar nicht daran, das Vorspiel zu beschleunigen. Quälend langsam fuhr er mit einem Finger ihre Schamlippen entlang, bevor er mit diesem langsam in sie eindrang.

Mit lustverhangenem Blick beobachtete er, wie Mel sich ihm ungeduldig und stöhnend weiter entgegenstreckte, ihr Becken immer mehr von der Matratze hob. Als er einen zweiten Finger dazu nahm und mit dem Daumen ihren Kitzler stimulierte, krallte Mel die Finger im Bettlaken fest. »Alex«, kam es stockend über ihre Lippen.

Mel befand sich am Rande des Erträglichen, ihre Sicht wurde von kleinen Sternen getrübt.

»Sieh mich an«, forderte Alex sie auf, während sie unaufhaltsam dem Höhepunkt entgegensteuerte. Mel hatte Mühe, ihre Augen offenzulassen, verschmolz ihren Blick mit Alex', während sich alles in ihrem Inneren zusammenzog. Die angestaute Lust entlud sich in einem gewaltigen Orgasmus. Ihr Körper fühlte sich an, als würde er in tausende Einzelteile zerspringen und sich wieder neu zusammensetzen.

Mels Orgasmus war kaum abgeebbt, ihr Puls noch lange nicht wieder beruhigt, da spürte sie Alex' Härte an ihrem Eingang. Er hatte die Zeit, in der sie sich wieder gesammelt hatte, dazu genutzt, sich ein Kondom überzustreifen. Langsam drang Alex Zentimeter für Zentimeter in Mel ein, gab ihr Zeit, sich an seine Größe zu gewöhnen, während er sie mit seinem lustvollen Blick gefangen hielt. Mel stöhnte, konnte nicht genug von ihm bekommen und sehnte sich danach, ihn endlich ganz in sich zu spüren.

Als hätte Alex ihr den Wunsch von den Augen abgelesen, beschleunigte er seine Bewegungen, bis er sie mit schnellen harten Stößen auf einen neuen Höhepunkt zutrieb.

»O Gott, Alex«, keuchte Mel ihm ins Ohr, woraufhin er sie immer weiter in den Strudel ihrer Lust führte. Dabei löste er seine Augen nicht eine Sekunde von ihren. Mel dachte, sie würde jeden Moment platzen, so intensiv empfand sie die Wellen, die über ihr zusammenschlugen. Tränen stiegen in ihre Augen, ihre Gefühle überrannten sie. Sie konnte sich nicht daran erinnern, wann sie jemals einen so heftigen Orgasmus hatte.

Sie war selbst noch nicht wieder in der Gegenwart angekommen, als sie spürte, wie Alex mit zwei weiteren Stößen stöhnend zum Orgasmus kam. Er zog sie in eine feste Umarmung, hielt sie, beschützte sie, so wie er es schon eine ganze Weile tat. Mel vergrub ihr Gesicht an seiner Brust. Atmete seinen hölzernen Geruch ein. Langsam beruhigte sich ihre Atmung. Ihre Gedanken kreisten unaufhörlich um das, was vor wenigen Minuten passiert war. Neue Tränen rannen über ihre Wangen und benetzten Alex' erhitzte Haut. Tränen der Trauer um David, aber auch Tränen des Glücks, ein Stück näher an einer selbstbestimmten Zukunft zu sein.

Die Schuldgefühle, die sie erwartet hatte, blieben aus. Sie war David nichts schuldig. Er hätte nicht gewollt, dass sie ein trauriges und einsames Leben führte, wie sie es bisher getan hatte. Trotzdem wog der Verlust immer noch schwer und Mel brauchte Zeit, um alles zu verarbeiten. Sie drehte sich in Alex' Armen, die sie fest umschlossen hielten. Sein Schweigen zeigte ihr einmal mehr, wie einfühlsam diese harte Schale war. Mel presste ihren Rücken an seinen Bauch und lag noch eine ganze Weile wach, grübelte über David und Alex, bevor sie behütet von Alex' starken Armen in einen tiefen, erholsamen Schlaf fiel.

VIERZEHN

Als Mel am nächsten Morgen wach wurde, fühlte sie sich so erholt wie lange nicht mehr.

Sie konnte sich nicht mehr daran erinnern, wann sie das letzte Mal so tief und fest ohne einen Albtraum geschlafen hatte.

Alex war bereits aufgestanden und unter die Dusche gesprungen. Mel konnte das Wasser durch die Badezimmertür rauschen hören. Sie genoss den Moment allein in ihrem Bett. Genüsslich verspürte sie das wohlige Prickeln zwischen ihren Beinen, das sie an die heiße letzte Nacht erinnerte.

Alex war kein zärtlicher Liebhaber und sie hatte deutlich gespürt, dass er die Kontrolle behalten wollte. Mel war das nur recht, weil sie, außer mit David, nur wenige Erfahrungen gesammelt hatte. Dennoch war er zuvorkommend und penibel darauf bedacht, auch Mel auf ihre Kosten kommen zu lassen. Sie hoffte nur, die letzte Nacht würde die Situation zwischen ihnen nicht merkwürdig machen. Schließlich war er immer noch ihr Trainer. Sie war sich nicht sicher, was Alex in ihnen sah. Ihr ging durch den Kopf, dass er selbst abwarten wollte, wie sich ihre Beziehung entwickelte.

Mel erwartete nicht, dass er sie als One-Night-Stand betrachtete. Dafür bemühte er sich viel zu sehr um sie. Trotzdem hatte sie bedenken, ihren Gefühlen freien Lauf zu lassen, aus Angst verletzt zu werden. Denn ein erneut gebrochenes

Herz, so war sie sich sicher, würde sie nicht überstehen. Sie hatte kaum noch Kraft, den aktuellen Kampf gegen die unbekannte Bedrohung aufzunehmen. Woher sollte sie also die Kraft aufbringen, ein erneut zerbrochenes Herz zu flicken?

Bevor sich Mel weiter den Kopf zerbrechen konnte, trat Alex fertiggeduscht und angezogen aus dem Badezimmer. Wassertropfen lösten sich aus den Haarspitzen und hinterließen dunkle Flecken auf seinem schwarzen Shirt. Sie hatte gar nicht mitbekommen, wie er das Wasser ausgestellt hatte. Intensiv betrachtete sie Alex.

Er sah gut aus. Ein eng anliegendes Achsel-Shirt und kurze Jeansshorts ließen nicht viel Spielraum für Fantasie. Sein Sixpack zeichnete sich unter dem dünnen Stoff ab. Die Arme waren unbedeckt und auch von seinen Beinen blieb in den Shorts nicht viel verborgen. Bei diesem Anblick sammelte sich sofort Feuchtigkeit zwischen Mels Beinen.

»Guten Morgen.« Alex trat ans Bett, beugte sich zu ihr und drückte einen zärtlichen Kuss auf ihre Lippen. Sein holzigerdiger Duft stieg Mel in die Nase. Sie mochte seinen Geruch, der sie an lange Waldspaziergänge erinnerte. »Guten Morgen.«

»Ich gehe schon mal runter und koche Kaffee für die kleine Schlafmütze. Ich muss leider gleich ins Studio.« Alex streichelte über Mels Arm und verließ das Schlafzimmer. Als auch sie frischgeduscht und angezogen die Treppe herunter und Richtung Küche kam, roch es in der unteren Etage nach Kaffee. Alex hatte ihr einen Latte Macchiato mit einem Hauch Vanillesirup, genau wie sie sich ihn manchmal machte, zubereitet.

»Wann hatte ich ihm das denn verraten?«, fragte sich Mel insgeheim und bewunderte, wie aufmerksam Alex scheinbar war. Den Kaffee genossen sie schweigend.

Alex stellte seine Tasse in die Spülmaschine und ging zu Mel.

»Kommst du klar?« Er legte eine Hand auf ihren Rücken und sah sie mit weit geöffneten Augen an.

»Ich muss.« Mel zuckte mit den Schultern und war sich dessen nicht sicher.

»Du meldest dich sofort bei mir, wenn irgendetwas ist, ja?« Alex zog eine Augenbraue in die Höhe.

»Mache ich.«

Er beugte sich zu Mel und gab ihr einen zärtlichen Kuss auf die Lippen. »Ich melde mich spätestens heute Abend bei dir.« Er winkte ihr im Türrahmen noch einmal zu, bevor er das Haus verließ.

Mel entschloss sich, den angebrochenen Sonntag zu nutzen, mit der Vergangenheit abzuschließen. Ihre Eltern hatten recht. Wenn sie schon einmal dabei war, an sich zu arbeiten, dann auch richtig. Sie würde den Tag dazu nutzen, endlich Davids Sachen auszusortieren. Seufzend ging sie zurück ins Schlafzimmer.

...

Mel hatte noch nie in Davids Sachen gewühlt. Als er noch lebte, hatten sie sich bedingungslos vertraut. Sie hatte sie so, wie sie lagen, in den Schränken gelassen. Nur die Sachen, die offensichtlich herumstanden oder einen hohen Erinnerungswert hatten, hatte Chris für sie in Kisten gepackt. Mel konnte diesen Anblick nicht ertragen. Davids Sachen standen nun zum Teil auf dem Dachboden, vereinzelt aber auch in seinem Kleiderschrank.

Jetzt, über anderthalb Jahre nach dem für David tödlichen Überfall, wurde es endlich Zeit, seine Sachen auszusortieren und sich von einem großen Teil zu trennen. Mel kam um diese Aufgabe nicht herum. Sich noch länger davor zu drücken, war keine Option mehr. Nach der Nacht mit Alex war sie es sich und ihm einfach schuldig. Die Fortschritte, die sie trotz aller

Zwischenfälle in den letzten Wochen - mit der Verarbeitung des Überfalls und seinen Folgen - gemacht hatte, waren enorm.

Mel zuckte inzwischen nicht mehr bei jedem Geräusch oder jeder Begegnung panisch zusammen. Aber sie fühlte sich weiterhin beobachtet. Das war einer der Gründe, warum sie bisher nicht mehr versucht hatte, allein vor die Tür zu gehen. Dafür war ihr Zusammenbruch immer noch zu präsent. Zudem war die Bedrohung nicht mehr nur ein Gefühl. Mel hatte immer noch keine Ahnung, wer die Briefe verfasst hatte, und ob sie mit dem Überfall zusammenhingen. Wenn ja, würde das bedeuten, kein willkürliches Opfer gewesen zu sein. Dann musste sich mehr hinter Davids Tod verbergen.

Die Polizei fand es damals merkwürdig, wie skrupellos und brutal die Angreifer vorgingen, als sie David getötet hatten, anstatt ihn einfach nur abzuwehren und wegzulaufen. Zumal sie David und Mel deutlich überlegen waren, wenn man bedachte, dass sich Mel vor Schock nicht hatte bewegen können. Hoffentlich passierte ihr das mithilfe des Trainings kein zweites Mal.

Nun wurde es für sie aber Zeit, den nächsten Schritt zu gehen. Mel saß auf dem Boden – Davids Kisten waren um sie herum verteilt - und versuchte, ihre Gedanken beiseitezuschieben. Seine Kleidung hatte sie schon auf verschiedene Stapel gepackt, die sie Chris für die Kleiderkammer und den Secondhandladen mitgeben wollte. Ein Kleiderhaufen enthielt aussortierte Sachen, die entweder Löcher hatten oder stark verwaschen waren. Es war Mel nicht leichtgefallen, sich von den Sachen zu trennen. Jetzt musste sie beim Anblick der Kleider auf dem *Zu-entsorgen-Stapel* schmunzeln. Sie sah an die Decke.

»Erinnerst du dich noch an unsere Diskussionen über den Zustand deiner Kleidung? Für dich waren die Sachen immer ganz passabel.« Mel lief eine einzelne Träne über die Wange.

Ihr Herz drückte unangenehm in ihrer Brust, als sie begann, mit David zu sprechen. Das Aussortieren seiner Sachen hatte etwas Endgültiges. Wehmütig dachte sie an die Zeit mit ihm zurück. Ihr wurde immer deutlicher, wie sehr sie sich an seine Sachen und dadurch auch an ihn geklammert hatte. Umso schmerzlicher empfand sie es nun, sich davon zu trennen.

»Wehe, wenn ich es gewagt hatte, eine der besonders schäbigen Sachen auszusortieren.« Sie kicherte bei dem Gedanken. »Irgendwann hatte ich dich gar nicht mehr gefragt. Ich hatte die Sachen heimlich entsorgt. Oft ist es dir erst Wochen später aufgefallen. Und ich hatte dann immer behauptet, ich wüsste nicht, wo sie waren.«

Mels Blick fiel auf Davids Hochzeitsanzug. Sie wusste gar nicht, dass er im Schrank hing. Sie hatte gehofft, Chris hätte sich schon darum gekümmert.

Sie zuckte nachdenklich mit den Schultern. Hauptsache, Mel musste ihn nicht mehr sehen. Ihr Kleid hatte sie damals bei ihrer Trauzeugin deponiert. Zum Glück hatte diese das Kleid direkt nach dem Unfall an das Brautgeschäft zurückgeben können. Mel fiel immer wieder in diese Grübeleien über die vergangenen Zeiten. Sie merkte, wie gut es ihr tat, darüber nachzudenken. Mit jedem weiteren Gedanken an David wurde der Druck auf ihrem Herzen weniger und sie konnte befreiter atmen. Mit einem Seufzen wandte sich Mel den weiteren Kisten zu.

Jetzt fing der schwierige und zugleich unangenehmste Teil an. Mel hatte das Gefühl, Davids Vertrauen zu missbrauchen. Schließlich kannte sie seine Kleidung und hatte diese gewaschen und gebügelt. Aber in seinen Unterlagen und persönlichen Sachen zu wühlen, war eine andere Sache. Sie konnte nicht einfach alles in den Müll werfen. In den Kartons waren hauptsächlich Erinnerungsstücke und Unterlagen. »Es tut mir leid. Wärst du jetzt hier, müsste ich nicht in deinen Sachen wühlen.« Zum Vorschein kamen alle möglichen Sachen aus seinem Büro, das sie notgedrungen mit Chris Hilfe in ihr Homeoffice verwandelt hatte. Die Dinge, die Mel benötigte, hatte sie neu gekauft, statt einzelne Teile von David weiter zu nutzen. Auch hier hatten sie seine Sachen nur in eine Kiste gepackt. Zu schmerzhaft waren die Erinnerungen.

Sie wollte Davids Sachen nicht täglich ansehen. Eingestaubte Ordner, zerknittertes Papier und allerhand verstreute Büroartikel lagen vor Mel ausgebreitet und warteten darauf, sortiert zu werden. Jedes Teil enthielt seine eigenen Erinnerungen. Mel nahm den edlen Kugelschreiber in die Hand und fuhr mit ihrem Daumen über den eingravierten Namen. »Den habe ich dir zum Abschluss deines Studiums geschenkt. Erinnerst du dich?« Sie legte den Stift beiseite und stieß auf einen Briefbeschwerer in Form eines Esels. Mel prustete los. »Kannst du dich noch an den Streit erinnern? Ich musste mich so dringend beruhigen und bin in die Stadt gefahren.«

Sie hatte den Briefbeschwerer gesehen und musste sofort an David denken. »Du konntest aber auch wirklich stur wie ein Esel sein.« Sie konnte ihn nicht aussortieren und beschloss, dass es Zeit wurde, einige Dinge wieder ins Büro zu stellen. Damit fiel es ihr etwas leichter, die Sachen zu sortieren und langsam ließ Mels schlechtes Gewissen nach. David hätte nicht gewollt, dass diese Dinge in Kisten verstaubten. Sie fühlte sich befreiter, der Kloß in ihrem Magen wurde kleiner, mit ihm verschwand auch die Übelkeit. Die erste Kiste hatte sie schnell sortiert und konnte sich den anderen widmen.

Die zweite Kiste enthielt etliche Dokumente, die auch aus dem Büro stammten. Die Dokumente wurden noch nicht in die entsprechenden Ordner einsortiert. Das schob David oft lange vor sich hin. Seufzend machte Mel sich daran, auch diese zu sortieren. Einige Papiere waren Werbung von unterschiedlichen Versicherungen oder Banken, die bestimmte Aktien anboten. Daneben fand sie bezahlte Rechnungen und ein kleiner Teil bestand aus Unterlagen zu Davids Brokerge-schäften. Diese musste sie noch aufheben und würde sie spä-ter in den entsprechenden Schrank im Büro legen. Chris hatte sich damals darum gekümmert, Davids Betrieb aufzulösen. Er hatte Davids Kunden an andere Broker vermittelt.

Mel war fast auf dem Boden des Kartons angekommen, als ihr ein merkwürdiger Zettel und ein kleiner Schlüssel in die Hände fielen. Den Schlüssel ignorierend, griff sie nach dem Stück Papier. Er war im Gegensatz zu allen anderen Unterla-gen kein Brief und deutlich kleiner als ein DIN-A4-Blatt.

In großen fetten Buchstaben stand dort:

Ich habe deine Braut gesehen. Ich muss schon sagen, die Schnitte ist echt heiß. Besorge mir bis Donnerstag die Infor-mationen. Du weißt, welche. Ansonsten werde ich mir deine Schnitte mal für ein paar Stunden ausleihen. Ich glaube, wir könnten so richtig Spaß haben!

Mel schlug ihre Hand vor den Mund. Sie bebte am ganzen Körper, erstarrte und ließ den Zettel los, der geräuschlos zu Boden schwebte. Regungslos saß sie da und sah ihm nach. Der Schreibstil ähnelte dem Stil des Drohbriefes.

Mel schluchzte und sank auf dem Boden zusammen. Trä-nen liefen über ihre Wangen, hinterließen dort nahezu eine Pfütze. Sie kauerte sich zusammen, machte sich ganz klein, wollte sich verstecken.

Dieser Brief konnte nur bedeuten, dass David damals er-presst wurde. Ihr wurde kalt und doch schwitzte sie. Bren-nend kroch Galle ihre Speiseröhre hinauf. Mel musste wür-gen, erbrach neben sich, verfehlte nur knapp die um sie herum verstreuten Papiere. Sie war unfähig, sich von der Stelle zu bewegen. Ein weiteres Schluchzen entwich ihrer

Kehle. Mit zitternden Händen tastete sie nach ihrem Handy, ihr Griff ging ins Leere.

Vorsichtig rappelte sie sich, immer noch am ganzen Körper bebend, auf. Mel hatte Mühe, sich aufrecht zu halten. Sie schaute sich um, ihr Blick blieb erneut an dem Zettel hängen.

Die Verbindung zwischen dem Stück Papier und dem Unfall wurde ihr direkt bewusst. Die Drohung an David bestätigte, was ihr damals schon klar war: Der Überfall zielte eigentlich auf sie ab. Zumindest, wenn sie außen vor ließ, dass jemand David damit Schaden zufügen wollte. Bei dem Gedanken kroch Mel erneut die Galle hoch, ihr Magen verkrampfte sich schmerzhaft und ihre Atmung beschleunigte sich. Mühsam versuchte sie, langsam ein- und auszuatmen.

»Ganz ruhig, Mel.« Sie redete so lange auf sich ein, bis sich ihr Magen ein wenig beruhigt hatte.

Nachdem die Täter David lebensbedrohlich verletzt hatten, flohen sie unerkannt.

»Hatten sie Angst, ich könnte sie erkannt haben?« Mel schüttelte den Kopf. Sie konnte sich nicht erklären, warum sie jetzt erst angriffen. Ihr war immer noch nicht klar, welche Rolle David in der ganzen Geschichte spielte und in welche Geschäfte er hineingeraten war.

»Wir haben uns doch immer alles erzählt«, sagte sie mit erneutem Blick an die Decke. Sie konnte sich nicht vorstellen, dass er ihr etwas so gravierendes verschwiegen hatte. Erneut wurde ihre Brust schwer und sie holte schluchzend Luft.

Es war, als hätte man ihr Herz in zwei Teile gerissen. »Hast du mich überhaupt geliebt?« Sie schlang sich schluchzend die Arme um den Oberkörper und fragte sich, ob David überhaupt der war, für den sie ihn gehalten hatte.

Ob Chris ihr weiterhelfen konnte, stand in den Sternen. Er war schließlich sein bester Freund.

»Irgendwem musst du dich ja anvertraut haben, wenn du schon nicht mit mir darüber geredet hattest.« Mel wurde bewusst, warum Chris Tag und Nacht für sie erreichbar war und ihr ständig bei allem half. Vielleicht hatte er ein schlechtes Gewissen … oder er verheimlichte ihr etwas. Er war früher sehr besorgt um sie gewesen und seit dem Drohbrief verhielt er sich merkwürdig. Mit wackeligen Beinen stand Mel auf und suchte nach ihrem Handy.

»Das muss hier irgendwo sein«, murmelte sie vor sich hin, während sie die Kleiderstapel auf ihrem Bett durchwühlte. Als sie es endlich gefunden hatte, drückte sie mit zitternden Fingern die Tasten. Sie musste ihn einfach zur Rede stellen, allerdings nicht am Telefon.

Hallo, Chris. Meine Kaffeemaschine spinnt irgendwie. Du weißt ja, wie abhängig ich von dem Zeug bin ;-) Und gerade jetzt bräuchte ich dringend einen ☹. Kannst du mir einen besorgen und evtl. mal nach der Maschine sehen?

…

Mel hatte den Zettel inzwischen in einen Plastikbeutel gepackt und wartete im Wohnzimmer auf Chris. Nervös spielte sie an der Tüte herum, der Zettel war schon ganz zerknittert. Das Knistern der Tüte schmerzte in ihren Ohren. Es verstärkte ihre Unsicherheit nur noch mehr. Fieberhaft dachte sie darüber nach, wie sie Chris auf ihren Fund ansprechen sollte.

Als sie hörte, wie er den Schlüssel in der Haustür umdrehte und das Haus betrat, hatte Mel immer noch nicht die richtigen Worte gefunden. Sie hielt es aber für klüger, nicht direkt mit der Tür ins Haus zu fallen und legte den Zettel zur Seite, damit Chris ihn nicht direkt sah.

»Hallo, Mel.« Er zog sie in eine feste Umarmung, die heiß auf ihrer Haut brannte. Als wäre gestern rein gar nichts passiert.

»Hey.« Mel versteifte sich, zögerte, die Umarmung zu erwidern. Sie konnte Chris' Verhalten nicht einschätzen.

»Wo ist denn das gute Stück?« Chris ließ sie los und ging Richtung Küche.

»Warte!« Mel sah auf den Fußboden, sammelte sich, bevor sie weitersprach. »Die Kaffeemaschine ist vollkommen in Ordnung. Ich wollte mit dir reden.« Sie sah ihn nun direkt an, wollte seine Reaktion nicht verpassen.

»Du wolltest mit mir reden? Was gibt es?« Chris' Stimme klang im ersten Moment locker, doch Mel kannte ihn zu gut, um den angestrengten Unterton, der seine Stimme normal klingen lassen sollte, nicht zu überhören.

»Ich wollte mit dir über den Überfall reden. Ich glaube, wir haben noch nie bewusst darüber gesprochen. Jetzt, da ich, wie du weißt, einen Drohbrief erhalten habe, denke ich, dass der richtige Zeitpunkt gekommen ist.« Bei jedem Wort, das Mel sprach, verdunkelte sich Chris' Blick. Seine Pupillen zogen sich zusammen, was eine Gänsehaut auf Mels Rücken auslöste.

»Was möchtest du denn besprechen? Ich war ja nicht dabei?« Der letzte Satz klang mehr nach einer Frage als einer Aussage.

Inzwischen war sich Mel sicher, dass Chris ihr etwas verheimlichte. Das Auftreten passte nicht zu seiner sonst so ruhigen und gefassten Art. Die Frage war nur, wie er in der Sache drinsteckte.

»Ich wollte wissen, ob David Schwierigkeiten hatte.« Sie sah ihn mit weit geöffneten Augen an und so entging ihr auch nicht, wie Chris zusammenzuckte.

»Du warst sein bester Freund. Mir gegenüber hat er nie etwas erwähnt.« Mel legte eine Pause ein. Wartete, ob Chris ihr antwortete. Doch er blieb still, sah sie mit vor der Brust verschränkten Armen an.

»Ich finde es sehr merkwürdig, dass ich bedroht werde. Ausgerechnet jetzt, wo der Überfall doch schon anderthalb Jahre zurückliegt. Ich habe mich die ganze Zeit zurückgezogen.« Erneut legte sie eine Pause ein. Chris' häufiges Blinzeln unterstütze Mels Annahme, er würde etwas verbergen.

»Wer steckt hinter den Drohbriefen? Du weißt doch etwas!«

»Ich … Ich habe keine Idee, wer … wer d-d-dahintersteckt. David hat mir gegenüber ni-i-i-e-e etwas erwähnt. Du warst seine Verlobte. Wenn er Feinde hatte, dann musst du das doch wohl wissen.« Chris errötete bei seinen gestammelten Worten. Mel konnte genau sehen, dass er sich zunehmend unwohl fühlte, obwohl er alles dafür tat, dies zu verstecken. Inzwischen hatte er seine Hände in die Hosentaschen gesteckt.

Die tiefe Falte auf seiner Stirn verriet Chris' Unsicherheit. So tief war sie zuletzt, als er Mel aus dem Krankenhaus geholt hatte. Seine Fäuste beulten die Taschen aus.

Mels Puls raste, ihre Atmung wurde zusehends schneller. Sie richtete sich auf, machte einen großen Schritt auf ihn zu und sah ihren Freund mit verengten Augen an. Ihr platzte langsam der Kragen. Erst sein merkwürdiges Verhalten gestern und jetzt log er ihr direkt ins Gesicht. Nicht darüber nachzudenken, dass er sie seit anderthalb Jahren anlog, wenn sie mit ihrer Vermutung recht behielt.

»Du weißt doch etwas!«, platzte es aus Mel heraus. Ihr Gesicht war vor Wut gerötet. Sie beugte sich vor und bohrte ihren Zeigefinger in seine Brust.

»Mel, bitte! Woher sollte ich was wissen?« Chris versuchte, sich weiter aus der Sache herauszureden. Er nahm ihre Hand von seiner Brust. Seine Finger bohrten sich schmerzhaft in ihr Fleisch.

»Das habe ich in Davids Sachen gefunden. Ich will eine Erklärung haben.« Mel riss sich von ihm los und warf Chris den Drohbrief, den sie vorhin gefunden hatte, vor die Füße.

Ihm wich sämtliche Farbe aus dem Gesicht. »Das solltest du nie finden.« Mel zuckte bei diesem unfreiwilligen Geständnis zusammen. Mit offenem Mund rang sie damit, ihre Stimme wiederzufinden.

»Warst du gestern deswegen so eingeschnappt darüber, dass ich deine Hilfe nicht wollte?«

»Ja … Nein … Ich meine … Ach, ist ja jetzt auch egal.« Chris fuhr sich mit beiden Händen durch die Haare und zog an ihnen.

»Mel, hör zu. Einige Wochen vorher hatte David einen neuen Kunden an Land gezogen. Der wollte eine hohe Summe investieren, was für beide ein gutes Geschäft gewesen wäre.« Chris holte tief Luft.

»Der Kunde wollte unbedingt in eine sehr riskante Anlage investieren, von der David ihm abgeraten hatte. Er wollte den Kunden unbedingt von diesem Geschäft abbringen. Aber er bestand darauf. Der Deal wurde abgeschlossen.« Er kniff seine Augenbrauen zusammen.

»Ich hatte David dazu geraten, den Vertrag mit dem Kunden nicht einzugehen, doch scheinbar siegte die Gier über das Geld.« Chris rieb sich den Nacken, druckste immer wieder bei seinen Worten herum. Seine Augen ließ er rastlos durch den Raum wandern. Alles an ihm zeigte Mel, dass er sie anlog, dass er versuchte, sich aus der Situation herauszureden.

»Der Kunde verlor mehrere Tausend Euro. Erst fing er an, David zu beschimpfen. Er wollte sein Geld wiederhaben. Als David nicht drauf einging, wurde er richtig ungemütlich.« Er legte eine Pause ein, warf Mel einen kurzen Blick zu. Mit vor Zorn hochrotem Kopf blickte sie ihm aus zusammengekniffenen Augen an. Mit jedem seiner Worte wurde sie wütender.

»Zunächst lauerte er David nur auf, dann bedrohte er ihn mit einem Messer und hin und wieder schlug er zu. Als all das nichts half, bekam David diese Drohbotschaften.« Chris schnaufte, bevor er weitersprach. Mel hatte sich inzwischen auf die Couch gesetzt, konnte kaum glauben, was sie hörte.

»Schließlich hat der Kunde wohl ernst gemacht und seine Lakaien auf dich gehetzt.«

»Du weißt genau, dass David nicht geldgeil war.« Mel war von dieser Geschichte geschockt. Im ersten Moment war sie sprachlos und musste ihre Gedanken sortieren. Sie wollte diese Aussage so nicht stehen lassen. Denn damit tat Chris ihrem toten Verlobten Unrecht.

»Er hätte diesem Deal nie zugestimmt!« Sie sprang auf, baute sich vor ihm auf und ballte die Hände zu Fäusten.

»Da muss noch mehr hinter stecken. Außerdem hätte David nie im Leben die ganzen Drohungen ignoriert. Ich hätte doch etwas mitbekommen, wenn das wirklich alles so gewesen ist.« Mel raufte sich die Haare, brauchte ein Ventil für ihre Wut.

»Es ist aber so gewesen!« Er sah sie mit zusammengekniffenen Augen an.

»Ich glaube immer noch nicht, dass die Drohnachricht etwas mit der Sache zu tun hat. David ist tot. *Ihn* wollte man mit der Geschichte treffen. Sein Kundenstamm ist aufgelöst. Du hattest mit der Sache nichts zu tun und hast die Täter noch nicht mal erkannt.« Chris machte einen Schritt auf sie zu. Hob die Arme, als wollte er sie in eine Umarmung ziehen. Mel wich zurück.

»Hm. Ich kann das immer noch nicht fassen. David hätte sich auf sowas nie eingelassen! Außerdem hätte ich von alldem doch etwas mitbekommen müssen.« Mel war von Davids Unschuld an der Sache überzeugt. Er war zwar Broker, aber seine Risikobereitschaft hielt sich in Grenzen. Außerdem hätte er nie etwas gemacht, womit er sie in Gefahr bringen würde.

»Und warum hat er nach dieser Drohung nicht reagiert?!«
Ihre Stimme überschlug sich fast, als sie Chris die Frage
entgegenbrüllte.

»Weil er so viel Geld nicht hatte.« Immer wieder rieb er
sich den Nacken.

»Er hätte mich unter diesen Umständen niemals abends allein diesen Weg gehen lassen.« Mel versuchte, Chris weiter
aus der Reserve zu locken. Sie hatte das Gefühl, dass er ihr
noch immer nicht die ganze Wahrheit erzählte. Seine Stimme
war zu ruhig. Seine Antworten kamen schnell, fast schon
hastig und seine Hände waren in Bewegung.

»Er hatte das Ganze immer abgetan, wenn wir darüber geredet hatten. Er hatte die Gefahr nicht realisiert, davon bin ich
überzeugt.« Er mied ihren Blick, stattdessen wanderte sein
Blick unruhig im Wohnzimmer umher.

»Warum hast du mir das damals nicht direkt gesagt? Hast
du wenigstens mit der Polizei darüber gesprochen?« Mels
Stimme bebte.

»Nein, das habe ich nicht. Ich habe keine Ahnung, wer dieser Kunde war. Das hat David mir nie verraten. Und dir habe
ich nichts erzählt, weil ich nicht wollte, dass du schlecht über
David denkst. Schließlich ist die Sache abgeschlossen.« Chris
zuckte mit den Schultern, als konnte er die ganze Geschichte
damit abtun.

»Da ist gar nichts abgeschlossen! Vielleicht hätte die Polizei
mit dieser Info mehr anfangen können und akribischer nach
den Tätern gesucht. Dann wäre er vielleicht gefasst worden.«
Wütend drehte Mel sich zum Fenster um. Sie fühlte sich verraten, konnte Chris nicht länger ansehen.

»Das hätte keinen Unterschied gemacht.« Seine Stimme
überschlug sich, während er sich immer weiter verteidigte.

»Dann lass uns wenigstens jetzt zur Polizei gehen. Die
Drohbriefe stammen wahrscheinlich von derselben Person.«

Mel wandte sich Chris zu, versuchte, ihn erneut aus der Reserve locken.

»Auf gar keinen Fall, Mel! Hörst du mich? Du darfst unter gar keinen Umständen zur Polizei gehen.« Chris ging auf Mel zu, fasste sie an den Schultern und schüttelte sie leicht. Er kniff die Augen zusammen, sah sie ernst an.

Mel wollte unbedingt die ganze Wahrheit wissen. »Was verheimlichst du mir? Kennst du den Täter doch? Auf welcher Seite stehst du eigentlich?« Sie wich vor Chris zurück, war sich ihrer Freundschaft nicht mehr sicher. Sie schlang ihre Arme um den Körper, versuchte so, den Schmerz, den sein Verhalten auslöste, einzudämmen. Sie fragte sich, wo ihr bester Freund hin war. Es deutete weiterhin alles darauf hin, dass er ihr mehr verheimlichte.

»Ich stehe auf deiner Seite. Aber der Täter ist einfach zu gefährlich.« Chris atmete stoßweise, rieb sich vor Verzweiflung über die Augen.

»Also weißt du doch, wer es war!« Mel schnappte nach Luft, riss die Augen weit auf.

»Die laufen immer noch da draußen rum und wenn du irgendwas weißt, bitte ich dich, es mir jetzt zu sagen oder zur Polizei zu gehen.« Mel hoffte, so zu Chris durchzudringen. Sie wollte die Wahrheit wissen, endlich in Sicherheit sein und ein ganz normales Leben in Frieden und Freiheit leben. Sie hatte es satt, ständig auf der Hut zu sein oder dauernd das Gefühl haben zu müssen, beobachtet zu werden.

»Ich weiß nichts!«, schrie Chris, drehte sich zur Seite und schlug seine Faust in die Wand, die unter der Wucht nachgab. Als er seine Faust zurückzog prangte ein klaffendes Loch in der zuvor makellosen Wand. Mel zuckte zusammen, wich einen weiteren Schritt zurück.

»Dann verschwinde einfach und wage es nicht, hier noch mal aufzutauchen. Leg den Schlüssel auf den Tisch.« Mel wurde leiser, ihre Stimme nahm einen kühlen Tonfall an. Mel konnte Chris vor Enttäuschung nicht weiter ansehen. Sie drehte sich zum Fenster. Scheinbar waren ihm ihre Bedürfnisse und ihre Sicherheit egal. Es musste auch in seinem Interesse sein, dass der Täter gefasst wurde und sie nicht weiter in Gefahr schwebte. Oder ist er wirklich der Überzeugung, der neue Drohbrief wäre ein Scherz und keiner hinter ihr her?

Mel hörte, wie Chris langsam auf den Tisch zuging und den Schlüssel darauflegte.

»Mel, ich wollte dich wirklich nicht verletzen. Bitte überleg dir das noch mal. Du kannst mich doch nicht einfach rausschmeißen. Ich bin dein bester Freund. Ich möchte doch nur das Beste für dich.« Er ließ seine Schultern und den Kopf sinken, fiel förmlich in sich zusammen. Seine Stimme wurde sanft, klang verzweifelt.

Mel spürte, wie Chris näher an sie herantrat. In der Spiegelung im Fenster sah sie, wie er die Arme hob, als wolle er sie auf ihre Schultern legen. Mel versteifte sich und wich einen weiteren Schritt Richtung Fenster aus. Chris ließ die Arme wieder sinken und trat zurück.

»Geh jetzt, bitte.« Mels Stimme war leise und zitterte. Nur mit Mühe brachte sie die Worte hervor. Die ersten Tränen lösten sich aus ihren Augenwinkeln, hinterließen salzige Spuren. Nur noch am Rande bekam sie mit, wie Chris das Wohnzimmer und anschließend das Haus verließ. Als sie die Haustür hinter ihm ins Schloss fallen hörte, brach sie in Tränen aus. Ihre Beine gaben nach und sie sank auf den Fußboden im Wohnzimmer. Haltsuchend umklammerte Mel ihren Oberkörper, die Knie zog sie eng an die Brust, ihr Körper bebte.

FÜNFZEHN

Das Klingeln ihres Handys riss Mel aus dem Schlaf. »Ahhh.« Sie stöhnte, fühlte sich gerädert und hatte das Gefühl, jeden einzelnen Knochen und Muskel in ihrem Körper zu spüren. Orientierungslos sah sie sich im dunklen Raum um, bis sie realisierte, dass sie nach ihrem Streit mit Chris und dem Zusammenbruch auf dem Boden im Wohnzimmer eingeschlafen war. Mühsam richtete Mel sich auf, um nach ihrem Handy zu tasten, das erneut angefangen hatte zu klingeln.

Sie musste gar nicht auf das Display schauen, um zu wissen, wer anrief und wusste genau, wer versuchte, sie zu erreichen. Mel tat es trotzdem und wurde in ihrer Vermutung bestätigt. Chris. Genervt drückte sie den Anruf weg. Ihr wurden bereits fünfzehn verpasste Anrufe angezeigt. Sie schaltete ihr Handy aus.

Bei dem Gedanken an eine ganze Nacht auf dem Boden pochten Mels Gliedmaßen schon von allein. Sie war froh darüber, dass sie aus ihrem unbequemen Schlaf geweckt wurde.

Sie wollte nicht mit Chris reden. Außerdem war jetzt, wo sie wach war, ihr Gedankenkarussell wieder aktiv. Fieberhaft dachte sie darüber nach, was sie unternehmen sollte. Mel fragte sich, warum Chris sie so ausdrücklich davor gewarnt hatte, zur Polizei zu gehen. Gedankenverloren nahm sie ihr Handy und ging ins Badezimmer, um sich ein heißes Bad einzulassen. Die Tür ließ sie für etwas frische Luft offen stehen. Sie hoffte, mit einem Bad ein wenig für Entspannung zu sorgen, sowohl für ihre Muskeln als auch für ihren Kopf.

Dabei dachte Mel darüber nach, ob und wie sie die Polizei über ihren Fund informieren sollte. Die Nummer der damaligen Ermittler hatte sie aus Wut zerrissen und entsorgt. Sie hatte nie verstanden, warum sie den Fall zu den Akten legten. Den Notruf wollte sie nicht belästigen und allein vor die Tür traute sie sich auch nicht. Mel zitterte bei dem Gedanken, das Haus zu verlassen. Ihr Puls und ihre Atmung beschleunigten sich. Sie dachte an Alex. Er war ein Freund von Chris. Sie war sich nicht sicher, ob sie ihm noch trauen konnte, fragte sich, was Chris ihm erzählt haben könnte. Gestern schien es, als wenn er Chris' Verhalten auch merkwürdig fand. Aber konnte Melissa sich wirklich sicher sein, dass er nicht auch in der ganzen Sache drinsteckte?

Sie wusste es nicht, beschloss, auch bei ihm auf Abstand zu gehen.

Klirr!

Mel wurde unsanft aus den Gedanken gerissen, als sie das Geräusch von zerbrechendem Glas hörte. Erschrocken sprang sie aus der Badewanne und schnappte sich ein Handtuch vom Haken an der Badezimmertür. Als sie in das angrenzende Schlafzimmer trat, wäre sie beinahe in die Scherben getreten, die über den Fußboden verstreut lagen.

»Woher …?« Abrupt blieb sie stehen und schlug sich die Hand vor den Mund, um einen spitzen Aufschrei zu unterdrücken. Mels Blick wanderte wie in Zeitlupe über den mit Scherben übersäten Boden. Ein kalter Luftzug erreichte sie und ließ sie frösteln. Zitternd sah sie zum Schlafzimmerfenster. Von der Scheibe war nicht mehr viel übrig. Am Rand hingen noch einzelne spitze Scherben, der Rest war zerborsten. Mel zitterte, brachte keinen Ton mehr über die Lippen. Viel zu hektisch atmend, starrte sie auf einen Stein, der mitten im Scherbenmeer lag. Ihr Sichtfeld verengte sich, sie sah nichts anderes mehr. Ein weißer Zettel war mit einem Gummi um den Stein gebunden. Mels Blick schnellte erneut zum Fenster, dann wieder zum Stein zurück. Sie runzelte die Stirn.

Ihr war schleierhaft, wie er in ihr Zimmer gelangen konnte. Das Schlafzimmerfenster lag zum Garten und es war unmöglich, einen Stein über diese Distanz über die Hecke zu werfen. Die einzige Möglichkeit war: Jemand war in ihren Garten eingedrungen. Mel fragte sich, warum sie das nicht mitbekommen hatte. Alex hatte das System doch so programmiert, dass sie über ihr Handy sofort benachrichtigt wurde, sobald jemand den Garten betrat. Ihr Handy … Mel schlug sich die Hand vors Gesicht. In ihrem Ärger über Chris hatte sie es ausgestellt. So konnte sie nicht vor Eindringlingen gewarnt werden. Schnell ging sie zurück ins Bad, um es zu holen.

Vorsichtig ging Mel danach durch ihr Schlafzimmer in Richtung Flur, achtete penibel darauf, in keine Scherbe zutreten. Sie war es gewohnt, im Sommer keine Hausschuhe zu tragen, weshalb sie auch heute keine in Reichweite hatte. Kurz vor der Tür - sie hatte es fast geschafft - trat sie doch in ein kleines Stück Glas.

»Autsch.« Mel sah das Blut aus ihrem Fuß tropfen, spürte jedoch keinen Schmerz. Humpelnd erreichte sie die Tür. Bevor sie weiterging, schaltete sie ihr Handy ein. Eine bedrohlich wirkende rote Warnung blinkte auf dem Display, zeigte an, dass jemand in ihrem Garten gewesen war. Mel überlegte fieberhaft, ob sie heute Vormittag die Terrassentür geschlossen hatte. So sehr sie auch darüber nachdachte, sie konnte sich nicht daran erinnern.

In dem Moment klingelte ihr Handy erneut. Dieses Mal war es Alex. Sie war sich unsicher, ob sie den Anruf entgegennehmen sollte. Sie fürchtete sich davor, er könnte sie, genau wie Chris, angelogen haben und mit ihm zusammen hinter den Drohungen stecken. Selbst der Gedanke, dass die beiden etwas mit dem Überfall zu tun gehabt haben, schoss ihr in den Sinn. Langsam wurde Mel paranoid. Verzweifelt tigerte sie den Flur auf und ab. Sie spürte vor lauter Adrenalin immer noch keinerlei Schmerzen im Fuß und hatte ihre Verletzung bereits vergessen. Erst als ihr Blick nach unten auf den blutverschmierten Fußboden fiel, blieb Mel stehen und ließ sich an der Wand hinuntersinken. »Okay, Mel. Ganz ruhig bleiben. Du denkst jetzt darüber nach, was du tun musst.«

Sie hatte keine Ahnung, wie sie aus dieser Situation entkommen sollte. Niemand war da, um sie zu retten. Weder ihre Eltern noch Chris schienen für sie eine Option zu sein. Blieben nur noch Alex oder die Polizei als einzige Möglichkeit. Noch bevor sie sich entscheiden konnte, klopfte es an ihrer Haustür. Mel stieß einen spitzen Schrei aus und zuckte zusammen. Sie blieb an Ort und Stelle stehen und kauerte sich dicht an die Wand.

»Mel, ich bin es. Bitte mach die Tür auf.«

Alex' Stimme ließ sie erleichtert aufatmen. Sie verharrte trotzdem in ihrer Position, kaute auf den Fingernägeln und überlegte fieberhaft, ob sie ihm trauen konnte.

»Was willst du?!«, rief Mel nach unten.

»Chris hat mich eben angerufen und mir gesagt, er habe Scheiße gebaut. Geht's dir gut? Du hattest die ganze Zeit dein Handy ausgeschaltet. Ich habe mir Sorgen gemacht.« Seine Stimme wurde weicher, klang nahezu besorgt. Mels Puls beruhigte sich.

»Was hat Chris dir noch alles erzählt? Steckt ihr zusammen unter einer Decke?« Auch wenn Alex sich nicht danach anhörte, dass er etwas mit der Sache zu tun hatte, musste sie die Frage stellen. Aufgerichtet und mit angehaltenem Atem wartete Mel auf seine Antwort.

»Was? Ich weiß noch nicht einmal, was genau vorgefallen ist. Aber ich kann dir versprechen: Ich würde nie etwas tun, das dir schadet oder dich in Gefahr bringt. Bitte mach jetzt die Tür auf.« Alex' Stimme klang ernsthaft schockiert.

Mel atmete tief ein. Aber herausfinden, ob auch er log, konnte sie nur, wenn sie ihm beim Gespräch in die Augen sehen konnte. Wenn er sie verletzen wollte, hätte er schon mehr als einmal die Gelegenheit dazu gehabt. Und nun, wo das Adrenalin langsam aus ihrem Blut verschwand, pochte Mels Fuß doch.

Mühsam zog sie sich an der Wand hoch und humpelte die Treppe hinunter, unsicher ob unten nicht doch noch jemand anderes auf sie wartete. Mit noch immer zitternden Fingern öffnete sie die Tür.

»Was ist denn mit dir passiert?« Alex schaute Mel mit weit aufgerissenen Augen an. Sein Blick wanderte an ihrem Körper auf und ab.

»Ich bin in eine Glasscherbe getreten.«

»In der Badewanne?« Alex zog seine Augenbrauen hoch.

Ein Schauer rollte über Mels Rücken. Sie versuchte, ein Schütteln zu unterdrücken. Alex konnte gar nicht wissen, dass sie in der Badewanne gewesen war. »Du bist noch klitschnass, tropfst den ganzen Boden voll und hast das Handtuch nur sehr notdürftig um dich geschlungen.« Alex wirkte zu Recht besorgt, als er ihre unausgesprochene Frage beantwortete.

Mel schaute an sich herunter.

»Oh!« Sie senkte den Blick. »Das ist peinlich«, murmelte sie in ihre Hände, mit denen sie versuchte, ihr vor Scham errötetes Gesicht zu verdecken.

Der Knoten am Handtuch löste sich langsam. Es hing nur noch locker über ihren Brüsten und zeigte mehr als es verbarg. Alex' tiefes Lachen ertönte und riss sie aus ihrer Starre. Schnell richtete Mel das Handtuch wieder, bevor sie erklärend hinzufügte:

»I-i-i-ich war in der Badewanne. Da habe ich ein Krachen gehört. Ich habe mir schnell ein Handtuch geschnappt und wollte nachsehen. Der ganze Boden liegt voller Scherben.« Ein tiefer Schluchzer stahl sich aus ihrer Kehle. »Das Fenster wurde mit einem Stein eingeschlagen. Einem verdammten Stein.« Die letzten Worte kamen wimmernd aus ihr heraus. Mit den Händen schlug sie auf Alex' Brust ein, brauchte ein Ventil für den aufgestauten Druck. »Ich hatte mein Handy ausgestellt, wollte nicht mehr sehen und hören, dass Chris versuchte, mich zu erreichen. Ich habe den Alarm nicht gehört.« Sie sank schluchzend zusammen. Alex zog sie an seine harte Brust.

»Jemand war in meinem Garten.« Mel richtete sich plötzlich auf, schlug sich eine Hand vor den Mund. »D-d-da … Da w-w-war j-j-jemand in meinem Garten. W-w-w … Was, wenn derjenige auch im Haus war?« Vor lauter Schluchzen bekam sie die Worte kaum über die Lippen. Mels Körper fing an zu beben. Sie schmiegte sich wieder schutzsuchend in Alex' Arme.

»Schhhh. Ich bin hier. Ich glaube nicht, dass jemand im Haus ist. Ich muss wissen, was dann passiert ist.« Er strich ihr tröstend über den Rücken.

»I-ich.« Mel holte tief Luft. »Ich bin ins Bad zurück, habe mein Handy geholt und wollte runtergehen.« Sie machte eine erneute Pause, in der sie sich noch weiter sammelte. »Ich bin in eine Scherbe getreten, bin bis in den Flur gekommen. Mir ist eingefallen, dass ja noch jemand im Haus sein könnte. Dann habe ich mich nicht mehr weiter getraut. Und da standest du schon vor der Tür.«

»Warum hast du dich denn nicht gemeldet?«, fragte Alex mit zusammengezogenen Brauen und hielt Mel mit seinen starken Armen eng an seinen Körper gedrückt.

»Wann ist das passiert?«

»Gerade eben. Ich hatte noch darüber nachgedacht, was ich machen sollte.«

»Ich werde jetzt kurz das Haus absuchen. Werde schauen, ob sich hier jemand versteckt. Ich glaube es zwar nicht, möchte aber auf Nummer sicher gehen.« Alex löste die Umarmung und sah sich im Flur um. Er griff nach einem Regenschirm und hob ihn wie einen Baseballschläger über seinen Kopf.

Dass Mel nicht mehr wusste, ob sie ihm überhaupt trauen konnte, ließ sie außen vor. Jetzt gab es erst mal Wichtigeres. Schließlich konnte immer noch jemand im Haus sein und Alex sah ernsthaft besorgt aus. Sie traute sich keinen Schritt weiterzugehen.

»Hier unten versteckt sich niemand. Hattest du die Alarmanlage eingeschaltet, nachdem Chris gegangen war?« Alex' Stimme hatte einen strengen Tonfall. Er trat gerade aus der Küchentür. Mel zuckte zusammen. Den Regenschirm hatte er dort gegen ein Fleischmesser getauscht, das er kampfbereit vor sich hielt. Ein eiskalter Schauer lief ihr den Rücken hinab, ließ sie zittern. Mel schlang schützend die Arme vor den Körper.

Alex ließ das Messer sinken.

»Ganz ruhig. Ich tue dir nichts. Wenn ich dir etwas antun wollen würde, hätte ich das doch schon längst getan, oder?« Er sprach leise und mit sanfter Stimme auf sie ein, hatte das Messer auf den Boden gelegt und seine Hände erhoben. Langsam ging er auf sie zu.

Mel atmete tief durch und versuchte sich zu beruhigen.

Alex zog sie erneut in seine Arme.

»Hast du hinter Chris die Alarmanlage eingeschaltet?« Er wiederholte die Frage, die Mel immer noch nicht beantwortet hatte.

»Ähm … Ich vermute, auch das habe ich vergessen.« Sie senkte verschämt den Blick. Ihre Wangen färbten sich rot. »Okay. Du solltest unbedingt darauf achten, wenn du allein bist. Ansonsten war meine Mühe unnötig.« Alex schob sie ein Stück von sich und sah sie mit verengten Augen an. Seine stahlgrauen Augen wirkten im dämmrigen Licht des Flurs fast schwarz. »Jetzt setz dich erst mal hin. Dein Verbandskasten ist oben im Bad. Hast du dort auch eine Pinzette?«

»Unterm Waschbecken in der ersten Schublade ist die Pinzette und darunter der Verbandskasten.« Kaum hatte Mel den Satz beendet, ging er los.

»Fuck!«, hörte sie ihn fluchen. Sie vermutete, dass er ihr Schlafzimmer erreicht hatte.

Als Alex wieder zu ihr kam, hatte er neben dem Verbandskasten auch den Stein und den Zettel mitgebracht. Er reichte Mel die Sachen, hob sie hoch, trug sie ins Gästebad und ließ sie auf dem Toilettendeckel nieder. Er kniete sich auf die weißen Fliesen und nahm sanft ihren Fuß auf sein Knie. Zärtlich strich er mit seinem Daumen über ihren Fußrücken.

Mit geübten Handgriffen öffnete Alex den Verbandskasten und holte das Desinfektionsmittel heraus.

»Es wird jetzt kalt, nicht erschrecken.« Mit einem leichten Lächeln auf den Lippen blickte er zu Mel, bevor er das Spray auf ihren Fuß richtete. Sie zuckte zusammen, als das kalte Nass auf ihre verletzte Haut traf. Ihr Fuß brannte.

Mit verengten Augen – die Zunge war zwischen seine Lippen geklemmt - konzentrierte Alex sich darauf, die kleinen Splitter aus ihrem Fuß zu ziehen. Er wirkte dabei sehr routiniert, als würde er das nicht zum ersten Mal machen.

Mel beobachtete, wie er die Pinzette zur Seite legte, die Wunde erneut mithilfe eines Tupfers und dem Desinfektionsmittel reinigte und mit geübten Bewegungen den Verband anlegte.

Alex ließ ihren Fuß sinken, sammelte den Müll auf und richtete sich wieder auf.

»Du scheinst öfter den Retter zu spielen.« Vergeblich versuchte Mel, die Stimmung ein bisschen aufzulockern.

Alex reagierte nur mit einem Kopfschütteln auf ihren nicht sehr angebrachten Spruch. Seinen Arm stützend um sie geschlungen, half er ihr dabei, ins Wohnzimmer zu gehen. Erst als sie sicher auf der Couch saß, löste er den Zettel vom Stein und sie lasen ihn gemeinsam.

Du hast etwas entdeckt? Mach dich ruhig auf die Su-
che nach mehr!
Dann wollen wir unser Geld zurück!
Dich werden wir am Ende auch bekommen.
Keine Polizei!

Sonst wirst du es noch bereuen.

Mel wich jegliche Farbe aus dem Gesicht, ihr Körper bebte. Kälte kroch in ihre Glieder, als wäre die Raumtemperatur plötzlich um mehrere Grad gesunken. Ihre Beine gaben nach und sie sank in sich zusammen. Das weiche Polster der Couch gab ihr den letzten Halt. Ein Schluchzen drang aus ihrer Kehle, Schweiß rann ihr trotz der Kälte über den Rücken, hektisch sah sie sich im Raum um. Das konnte er doch unmöglich wissen. Chris musste irgendetwas mit der ganzen Sache zu tun gehabt haben. Anders konnte sie sich den neuen Drohbrief nicht erklären.

Sie hatte bisher mit keinem anderen über ihren Fund gesprochen.

So viele Fragen gingen durch Mels Kopf und sie hatte auf keine eine Antwort. Sie war sich nur über eines im Klaren: Sie fühlte sich nun selbst in ihrer persönlichen Schutzzone, ihrem Paradies mit ihren geliebten Rosen im Garten nicht mehr sicher. Vielleicht hatte Chris vorsorglich ihren Schlüssel nachgemacht …

»Was …?« Weiter kam sie nicht, denn Alex hatte einen Finger auf seinen Mund gelegt, um sie zum Schweigen zu bringen. Er schüttelte den Kopf, bevor er sein Ohr an ihren Mund hielt.

»Ich dachte … Ich dachte, du hast schon alles abgesucht. Sind wir etwa doch nicht allein?« Alex richtete sich wieder auf, zuckte die Schultern. Er nahm Mel fest in den Arm und flüsterte ihr zu: »Wir gehen jetzt in dein Schlafzimmer, du packst deine Sachen und dann kommst du erst mal mit zu mir. Ich werde dich hier keinen Augenblick länger lassen.«

»Aber …«, setzte Mel an, wurde jedoch von Alex' Zeigefinger, den er auf ihre Lippen drückte, unterbrochen.

»Nicht hier. Ich vermute, dass Kameras versteckt wurden. In dem Fall sollten wir uns an einem anderen Ort unterhalten.« Mel zuckte, verharrte dann einen Moment in ihrer Bewegung. Alex hatte ihr bisher keinen Anlass dazu gegeben, ihm nicht zu trauen. Er war hier, hatte sie verbunden, sie getröstet und ihr so viel beigebracht. Gerade hatte er sie darauf hingewiesen, dass Kameras im Haus waren.

Das alles musste dafürsprechen, dass er auf ihrer Seite stand. Mel nickte zögerlich. Hier konnte sie nicht bleiben. Er war ihre einzige Möglichkeit, aus dieser Situation herauszukommen. Alex half ihr von der Couch, hielt sie am Unterarmen fest, bis sie sich sicher war, wieder auf ihren wackeligen Beinen stehen zu können. Vorsichtig löste er seinen Griff und nahm ihre Hand, bereit sie jederzeit aufzufangen, wenn sie ihr Gleichgewicht verlor.

Humpelnd ließ Mel sich nach oben führen. Ohne sich im Schlafzimmer umzusehen, wandte sie sich dem angrenzenden Ankleidezimmer zu. Das Erstbeste, was sie greifen konnte - ein graues eng anliegendes T-Shirt - streifte sie sich über den Kopf. Aus dem Fach darunter holte sie Jeansshorts und zog sich auch diese an.

Mel hob gerade eine blaue Reisetasche aus dem obersten Fach ihres Kleiderschrankes, als Alex mit ihrer Zahnbürste und ihrem Shampoo das Zimmer betrat. Sie warf die Sachen und ein paar Wechselsachen in die Tasche und stopfte aus dem Arbeitszimmer noch einige Notizen und ihren Laptop hinein.

Alex nahm Mel die Tasche ab und hing sie sich lässig über die Schulter. Den anderen Arm legte er an ihren Rücken und schob sie zu seinem Auto. Auf dem Weg dorthin sah sie sich mehrfach hektisch um.

»Wenn wir bei mir sind, dann erzählst du mir in Ruhe, was heute genau passiert ist und was es mit der dritten Drohung auf sich hat. Ich habe die Briefe eingesteckt und ein Foto vom Schlafzimmer gemacht. Danach überlegen wir, was wir jetzt machen.« Alex öffnete ihr die Beifahrertür und schob sie ins Wageninnere. Sie wartete, bis auch er saß und die Tür geschlossen hatte.

»Bist du so etwas wie ein Undercover-Cop? Warum denkst du an solche Sachen?« Mel musterte Alex von der Seite. Sie wusste nicht, wie er in dieser Situation so überlegt handeln konnte und war froh, endlich aus dem Haus zu sein. Alex atmete ruhig und fädelte das Auto in den Verkehr ein. Nicht ein einziges Zittern, kein Schweißtropfen deutete darauf hin, dass er unsicher oder nervös war. Er handelte ruhig und bedacht und ließ sich nichts anmerken.

Alex reagierte auf Mels nur halb scherzhaft gemeinte Frage mit einem Schmunzeln. Dann sah er wieder auf die Straße und konzentrierte sich auf das Fahren. Seine häufigen Blicke in den Rückspiegel brachten Mels Puls zum Rasen. Ihre Finger verkrampften sich um den Griff ihrer Handtasche. Alex bemerkte ihre Reaktion und legte beruhigend eine Hand auf Mels Oberschenkel.

»Es ist alles gut. Ich will nur sichergehen, dass wir nicht verfolgt werden. Aber danach sieht es gerade nicht aus.«

Den Rest der kurzen Fahrt verbrachten sie schweigend. Alex bog in eine mit hellgrauen Steinen gepflasterte Einfahrt ein, an deren Ende ein braunes verklinkertes Haus stand. Die mit Stauden versehenen Beete waren penibel gepflegt. Mel hatte Alex nicht für den Typ Mann eingeschätzt, der so viel für Pflanz- und Gartenarbeit übrighatte, aber scheinbar hatte sie sich getäuscht.

Alex steuerte seinen Wagen an den Beeten vorbei zur angrenzenden Garage. Sobald er den Motor abgestellt hatte, stiegen sie aus dem Auto aus. Erst als das Tor vollständig geschlossen war, öffnete er eine versteckte Tür, die direkt ins Haus führte. Sie gingen hindurch und betraten einen hellen geräumigen Flur.

Er drückte auf ein Tastenfeld neben der Tür. »Falls uns doch jemand gefolgt ist. Sonst ist die Anlage nur eingeschaltet, wenn ich nicht zu Hause bin.«

Mel sah sich neugierig im Hausflur um, blieb jedoch neben Alex stehen. Nervös knetete sie ihre Unterarme.

»Womit möchtest du anfangen? Erst die Hausführung oder erst reden?« Froh, nicht direkt wieder mit den Ereignissen konfrontiert zu werden, wählte Mel die Hausführung. Sie brauchte eine Pause, musste Luft holen und ihre Gedanken ordnen. Alex führte sie zunächst durch den Flur, dann die Treppe hoch in die oberste Etage. Er öffnete die erste Tür, die sein Arbeitszimmer enthielt und blieb stehen. Mel lugte an ihm vorbei in den Raum. Ein dunkler Schreibtisch dominierte den penibel aufgeräumten Raum. An den Wänden reihten sich aus dunklem Holz gefertigte Regale, die eine Menge Bücher enthielten. Aus der Entfernung konnte sie die Aufschriften nicht erkennen.

»Ich glaube, wir sollten mit dem Badezimmer weitermachen«, sagte Alex, als er die Tür ins Schloss zog und abschloss. Den Schlüssel steckte er sich in die Hosentasche.

›Merkwürdig, erst lässt er mich nicht ganz in den Raum, dann schließt er ab‹, dachte Mel und ein Funken Misstrauen erwachte erneut in ihr zum Leben.

Bevor sie weiter darüber nachdenken konnte, öffnete er die Tür gegenüber und trat beiseite, sodass Mel in den hellen Raum eintreten konnte. Das Bad war wie alles, was sie bisher gesehen hatte, sehr ordentlich und sauber. Die stilvolle Einrichtung wurde auch hier von dunklen Möbeln geprägt, die einen starken Kontrast zu den weißen Wänden bildete. Verschiedene Bilder lockerten das Ganze mit ein bisschen Farbe auf. Entgegen ihren Erwartungen hatte Alex einige Deko-Figuren, Vasen und Schalen platziert, die geschmackvoll in die Einrichtung integriert waren.

Im Schlafzimmer erweckte eine große Leinwand über dem Boxspringbett Mels Aufmerksamkeit. Der Affe in Boxhandschuhen spiegelte Alex' Hobby sehr gut wider. Gegenüber vom Bett nahm ein großer grauer Kleiderschrank mit Spiegeltüren einen Großteil des Zimmers ein. Mels Körper wurde von einem wohligen Schauer erfasst. Sie fühlte sich in seinen vier Wänden auf Anhieb wohl.

Alex, der hinter ihr ins Zimmer getreten war, stellte ihre Tasche auf das Bett. »Ich denke, jetzt wird es Zeit zu reden. Auspacken kannst du später. Möchtest du einen Kaffee?« Alex sah sie mit hochgezogener Augenbraue an. Mel konnte anhand seiner Körpersprache nicht erkennen, was er von ihrer Anwesenheit hielt.

»Ein Tee wäre mir gerade lieber, wenn du welchen hast, sonst nehme ich ein Glas Wasser.«

»Klar. Kräutertee?«

»Gerne.«

Alex bog in die Küche ab, während Mel ins Wohnzimmer ging und ihre Gedanken sammelte. Fieberhaft überlegte sie, wo sie anfangen sollte.

»Chris hatte mir am Telefon kurz von eurem Streit erzählt, aber nicht, worum es ging. Möchtest du da anfangen? Oder ist vorher schon etwas passiert? Am besten fängst du der Reihe nach an.« Alex stellte ihren Tee auf den Tisch vor ihr.

»Ich habe diese Drohung in Davids Sachen gefunden. Danach habe ich Chris angerufen, um ihn zur Rede zu stellen. Ich glaube, er hat mir nicht nur die Drohung gegen David verheimlicht, und ich bin mir inzwischen sicher, dass er genau weiß, wer hinter allem steckt.« Mel hielt sich mit beiden Händen an der Teetasse fest und sah Alex aus den Augenwinkeln an. Dieser saß aufrecht neben ihr und hörte konzentriert zu, sein Blick ruhte auf Mel.

»Um ehrlich zu sein …« Sie schaute ihm kurz in die Augen, schaffte es jedoch nicht, den Blickkontakt aufrecht zu erhalten. Es war ihr unangenehm, wie sie von ihm gedacht hatte.

»Na ja.« Mel atmete hektisch. »Ich weiß nicht mehr, was ich noch denken soll, wem ich noch vertrauen kann, ob ich dir vertrauen kann.«

Sie hatte ihre Augen inzwischen fest auf den Tee gerichtet, weshalb sie Alex' Nicken nicht sehen konnte. Erst als von ihm keine Antwort kam, drehte sie langsam den Kopf in seine Richtung. Er hatte sich nicht bewegt. Sah sie weiterhin mit einer hochgezogenen Augenbraue an.

»Ich kann dir keinen Beweis dafür geben, dass ich nichts mit der Sache zu tun habe.« Alex sah Mel mit weitgeöffneten Augen an, behielt Abstand zu ihr, damit sie sich nicht bedrängt fühlte.

»Ich habe schon mehrfach das Gefühl gehabt, dass hinter der ganzen Sache mehr steckt. Auch was Chris betrifft. Er verhält sich schon länger merkwürdig. Auf der einen Seite ist er äußerst besorgt um dich, auf der anderen muss er oft plötzlich weg. Dazu diese häufigen Anrufe, die er nur führt, wenn wir außer Hörweite sind. Dabei wirkt er angespannt.« Auf Alex' Stirn bildete sich eine tiefe Falte, als versuchte er, Mels Beobachtungen in einen Zusammenhang zu bringen.

»Was mich betrifft, kann ich dir sagen: Ich habe mit der ganzen Sache nichts zu tun. Ob du mir glaubst und traust, musst du selbst entscheiden. Aber ich denke, die Entscheidung hast du schon getroffen. Schließlich wärst du sonst wohl kaum hier, oder?«

Mel nickte, straffte entschlossen die Schulter und ein leichtes Lächeln erschien auf ihren Lippen.

›Ich vertraue Alex wirklich. Sonst wäre ich nicht einfach mit ihm mitgefahren‹, überlegte sie.

Sie spürte dem leichten Kribbeln, das ihren Entschluss bestätigte, in ihrem Bauch nach.

»Ich denke, man überwacht dich genau. Für Chris wäre es leicht gewesen, Kameras in deinem Haus zu verstecken. Er konnte sich frei bewegen und hatte sogar einen Schlüssel. Zudem wusste er immer, wo und mit wem du unterwegs warst, so musste dir niemand folgen. Das erklärt auch, warum ich nie etwas bemerkt habe.« Mel war über Alex' Vermutung geschockt. Sie hatte noch nie über Kameras nachgedacht.

»Glaubst du wirklich, Chris würde so weit gehen? Er war sowohl Davids als auch mein bester Freund. Bis heute Morgen war ich fest davon überzeugt, er könnte mir nie etwas antun.« Mel wollte und konnte nicht glauben, dass Alex mit seiner Vermutung recht haben könnte. Sie sah ihn mit Tränen in den Augen an.

»Wer soll es denn sonst gewesen sein? Chris muss den Unbekannten direkt nach deiner Konfrontation informiert haben. Schließlich wusste derjenige, dass du den ersten Drohbrief an David gefunden hattest.« Alex musterte sie mit seinen grauen Augen und deutete dabei auf den Drohbrief, den er auf dem Wohnzimmertisch abgelegt hatte.

»Er wusste auch von deinen Überlegungen, zur Polizei zu gehen. Nicht nur das. Er muss auch von den Sicherheitsmaßnahmen wissen. Ich glaube, das mit dem Fenster diente nur dazu, dich weiter einzuschüchtern.« Alex rutschte näher an Mal heran und nahm sie in die Arme. Er konnte sich gut vorstellen, was sie gerade durchmachte, seine harten Worte machten die Sache nicht einfach. Trotzdem musste er sie aussprechen, konnte nur hoffen, sie trösten zu können.

»Ich bin mir sicher, derjenige wusste auch, dass dein Handy ausgestellt war. Und das, meine Liebe, kann nur jemand wissen, der versucht hat, dich anzurufen. So konntest du nicht vorgewarnt werden und ihn unter Umständen auf frischer Tat ertappen.« Alex schob Mel ein Stück von sich, um ihr ins Gesicht sehen zu können. Ihre vor Entsetzen weit aufgerissenen Augen waren von den Tränen der letzten Stunden rot unterlaufen.

»Chris hat die Briefe nicht selbst verfasst oder dich verfolgt. Inwiefern er darin verwickelt ist, kann ich dir nicht mit Sicherheit sagen. Es sind alles nur Mutmaßungen. Das kann er uns nur selbst sagen.« In Mels Augen sah Alex neben der Trauer auch ihre Verzweiflung. Er sorgte sich um sie. Die Ereignisse der letzten Tage und Wochen waren schon für einen nichttraumatisierten Menschen kaum auszuhalten. Er konnte nur erahnen, wie schlecht es ihr wirklich ging.

»Was soll ich denn jetzt machen? Ich kann mich hier nicht ewig verkrümeln, das Fenster muss repariert werden und am Donnerstag steht der Termin in der Firma an.« Mel versteckte ihr Gesicht in den Händen. »Ich … Ich kann nicht mehr! Ich habe solche Angst! W-w-w-wenn Chris wirklich mit in der Sache drinsteckt, dann werden sie mich auch hier finden, oder?« Ein eiskalter Schauer ließ Mel beben. Alex zog sie schützend in seine Arme.

»Lass uns Schritt für Schritt vorgehen. Bei mir wird dir nichts passieren. Ich passe auf dich auf.« Beruhigend versuchte er, auf sie einzureden, während er sie einfach nur hielt. Alex sprach erst weiter, als er spürte, wie sich ihre Atmung beruhigte. »Als Erstes sollten wir Liam informieren.«

»Was? Nein, auf keinen Fall!« Mel sprang auf, tigerte unruhig durch das Wohnzimmer. Alex stellte sich vor sie und stoppte sie. Mit seinem Zeigefinger hob er ihr Kinn an und zwang sie so, ihn anzusehen. Die Augen noch immer vor Schreck geweitet, sah sie ihn ängstlich an.

»Ganz ruhig. Ich werde Liam informieren. Er wird die Sache diskret behandeln. Es wird keiner mitbekommen. Aber wir müssen das weitergeben. Nur so besteht die Möglichkeit, dass die Kerle geschnappt werden.«

»Aber … Was ist, wenn sie das doch mitbekommen?« Mel zitterte.

»Das wird nicht passieren. Ich werde dich nicht mehr allein lassen. Ein Freund von mir ist Personenschützer, den werde ich gleich informieren. Außerdem werde ich mit ihm zusammen dein Haus auf Wanzen absuchen.« Alex führte sie zurück zur Couch und zog sie auf seinen Schoß. »Dann werde ich versuchen, mehr aus Chris herauszubekommen.«

»Was ist, wenn derjenige meine Eltern in die Sache reinzieht? Er hatte keinen Skrupel, mich anzugreifen, um David unter Druck zu setzen.«

»Ich werde mit Liam und meinem Kumpel darüber reden und nach einer Lösung suchen, wie wir auch deine Eltern schützen können. Montags hat das Studio geschlossen und mein Training werde ich absagen. Während ich dein Haus absuche, werde ich dich zu meinen Eltern bringen. Dort bist du in Sicherheit.« Alex' Worte zeigten ihre Wirkung. Langsam fasste sich Mel wieder und stimmte ihm nickend zu.

Er nahm sein Handy und schrieb seinem Freund eine Nachricht.

»Jetzt sollten wir aber erst mal schlafen gehen. Schläfst du bei mir im Zimmer?«

»Dazu muss ich überhaupt schlafen können.« Mel wischte sich die Tränen aus dem Gesicht, sie hatte tatsächlich aufgehört zu weinen. Alex' ruhige Atmung, seine Wärme und die Kraft, die er ausstrahlte, übertrugen sich auf sie. Er fand nicht nur die richtigen Worte, sondern wusste auch genau, was zu tun war. Alex nahm Mel wichtige Entscheidungen und Aufgaben ab, vermittelte ihr Vertrauen. Manche Entscheidungen machten ihr Angst, ließen den ihr inzwischen schon so bekannten Klumpen im Magen weiter anwachsen. Es gefiel ihr nicht, ihre Eltern in Gefahr zu bringen. Sie könnte es sich nicht verzeihen, wenn ihnen etwas zustieß. Auch auf ihre ständige Anwesenheit in ihrer Nähe würde sie lieber verzichten. Aber Alex war sich seiner Sache so sicher, dass sie ihm nicht widersprach.

SECHSZEHN

»Guten Morgen, Schlafmütze.« Der aromatische Duft von Kaffee gemischt mit Alex' tiefer Stimme weckten Mel aus ihrem tiefen und traumlosen Schlaf. Mit einem Schmunzeln reichte er ihr eine Tasse Kaffee, als sie sich gähnend aufgesetzt hatte. Die Sonne, die sich ihren Weg durch die Rollläden bahnte, warf kleine tanzende Lichtpunkte an die Decke.

Mel dachte darüber nach, wie geborgen sie sich in Alex' Gegenwart fühlte. Sie hatte nicht damit gerechnet, dass sie sich, trotz der kurzen Nacht, so erholt fühlen würde. In Alex' starke Arme gehüllt, blieben die Albträume fern, als konnte er sie von ihr abschirmen. Mit geschlossenen Augen trank sie einen großen Schluck der hellbraunen Flüssigkeit.

»Wir sollten so langsam los. Mein Kumpel Andy trifft sich gleich mit mir an deinem Haus. Dich bringe ich in der Zwischenzeit, wie besprochen, zu meinen Eltern. Dort bist du bestens aufgehoben.« Alex holte Mel mit seinen Worten in die Gegenwart zurück. Sie öffnete die Augen und sah ihn an.

»Bist du sicher? Ich will deine Familie und Freunde nicht in die ganze Sache mit reinziehen.« Mels Stimme war kratzig. Ihre Stirn hatte sie in Falten gezogen, nervös nestelte sie an der Bettdecke.

»Wir können alle wunderbar auf uns aufpassen. Allein dir gilt im Moment meine Sorge.« Alex umfasste ihre kalten Hände mit leichtem Druck. Mel ließ die Bettdecke los und sah ihn an.

»Danke«, sagte sie nur, da sie nicht wusste, was sie anderes antworten sollte. Alex tat so viel für sie. Dabei kannten sie sich noch nicht lange. Erneut stiegen Mel Tränen in die Augen. Diesmal jedoch nicht aus Verzweiflung oder Angst.

Auf dem Weg zu Alex' Eltern wurde Mel mit jedem Meter, den sie zurücklegten, nervöser. Sie fragte sich, was er ihnen über sie und ihre Situation erzählt hatte. Die ganze Sache fühlte sich merkwürdig an. Sie hoffte, seine Eltern würden sie mögen. Immerhin brachte sie ihren Sohn in Gefahr. Dabei wollte Mel doch nur in Frieden in ihrem Haus leben. Die Frage, was sie verbrochen hatte, dass ihr Leben plötzlich diese Wendung nahm, kreiste wie ein Geier, der auf seine Beute wartete, über ihr.

Mel merkte nicht, wie die Zeit verging. Erst als Alex das Auto vor einem Haus parkte, registrierte sie ihre Ankunft. Seine Eltern standen bereits in der Haustür.

»Hallo, du musst Mel sein. Alex hat uns schon viel von dir erzählt. Ich bin Avery und das ist Brian, mein Mann.« Alex' Mom zog Mel in eine feste Umarmung. Überrascht schaute Mel ihn an, aber er zuckte nur mit den Schultern. Anschließend wurde auch er von seinen Eltern herzlich umarmt.

»Kommt doch rein!«, forderte Brian sie auf.

»Ich wollte mich direkt auf den Weg machen. Andy wartet sicher schon auf mich. Ich wollte Mel nur kurz bei euch absetzen.« Alex warf seiner Mutter ein entschuldigendes Lächeln zu.

»Wenn ich wieder da bin, komme ich gerne noch mit rein.« Er umarmte Mel zum Abschied und gab ihr einen zarten Kuss auf den Scheitel. Winkend wandte er sich ab und ging auf sein Auto zu. Mit aufheulendem Motor und quietschenden Reifen fuhr Alex von der Einfahrt und fädelte sich im wenigen Verkehr auf der Straße ein.

»Typisch Alex«, kommentierte seine Adoptivmutter das Verhalten. »Er ist immer viel zu schnell unterwegs. Wir hätten ihm nie einen Sportwagen schenken sollen. Ein Auto mit weniger PS hätte es sicherlich auch getan. Ein Wunder, dass er immer noch im Besitz seines Führerscheins ist.« Kopfschüttelnd sah sie ihren Mann an, der in die Richtung schaute, in die Alex verschwunden war.

Mel war über diese Aussage verwundert, denn mit ihr war er noch nie derart schnell gefahren. »So, dann komm mal rein.«

Der Duft von frisch gebackenem Schokoladenkuchen stieg Mel in die Nase und löste ein Grummeln in ihrem Magen aus, das sie lange nicht mehr gespürt hatte.

›Ich habe heute Morgen noch nichts gegessen‹, fiel ihr peinlich berührt auf. In der Hektik hatten sie das Frühstück schlicht und einfach vergessen. Sie waren beide schon in Gedanken beim heutigen Tag gewesen.

»Da hat aber jemand Hunger, setz dich und iss etwas.« Mit diesen Worten drückte Avery sie sanft auf die Eckbank in der Küche und stellte ein dickes Stück von dem selbstgebackenen Kuchen auf den Tisch.

»Danke. Es ist eigentlich noch etwas früh für Kuchen, aber bei dem Duft kann ich nicht widerstehen.« Mit einem Lächeln rieb Mel sich über den noch immer grummelnden Bauch.

»Ach, was. Kuchen geht doch immer.« Avery zwinkerte ihr zu, bevor sie sich zu ihr an den Tisch setzte.

»Du bist also Alex' Freundin. Er hat noch nie eine Frau mit zu uns gebracht.« Averys Gesicht nahm einen entzückten Ausdruck an.

»Na ja, so weit sind wir, glaube ich, noch nicht. Ich glaube eher, ihm ging es mehr darum, mich in Sicherheit zu bringen, als uns einander vorzustellen.« Mels Antwort kam zögerlich. Ihre Wangen wurden heiß. Sie legte sich die Hände darüber, um die verräterische Röte zu verdecken. Sie wollte Avery nicht enttäuschen.

»Und genau das zeigt mir, wie wichtig du ihm bist, ansonsten hätte er dich zu einem seiner Freunde gebracht. Außerdem habe ich genau gesehen, wie er dich ansieht.« Mit schräggelegtem Kopf lächelte Avery sie an.

Mels Gesicht nahm die Farbe einer reifen Tomate an. Nach dieser herzlichen Begrüßung war es ihr unangenehm zu hören, wie sehr Alex sie mochte. Sie war sich selbst noch nicht im Klaren darüber, wie es mit ihnen weitergehen würde und war gerade erst dabei, David hinter sich zu lassen. Sie wollte das mit Alex langsam auf sich zukommen lassen.

»Hey, ich wollte dich nicht überfordern. Es tut mir wirklich leid.« Avery spürte, dass Mel sich in die Ecke gedrängt fühlte. Eine unangenehme Stille breitete sich zwischen ihnen aus. Genüsslich aß sie den ihren Kuchen und dachte über ein unverfängliches Thema nach, über das sie mit Alex' Mutter sprechen konnte. »Der Kuchen ist wirklich sehr köstlich.« Mel nestelte an ihrem Oberteil.

»Vielen Dank! Den habe ich damals gebacken, als wir Alex aus dem Heim abholen durften. Du hättest sein Gesicht sehen sollen. Er hat sich gefreut wie ein Schneekönig.« Lächelnd dachte Avery an den Moment zurück. »Seither ist das sein Lieblingskuchen. Ich musste ihn zu allen möglichen Anlässen backen.« Sie nahm sich nun selbst ein Stück.

»Ich hoffe, er nimmt sich später noch einen Moment Zeit, um auch davon zu essen. Für mich ist das heute ein besonderer Tag.« Sie sah Mel freundlich an.

»Das ist er! Auch wenn ich nicht als seine Freundin hier bin. Ich freue mich so sehr, dich und deinen Mann kennenzulernen. Wo ist er eigentlich?« Mel strich sich verlegen eine Haarsträhne hinter das Ohr.

»Na ja, Brian hat es nicht so mit Weibertratsch, wie er es nennen würde.« Sie zwinkerte Mel zu, die sich angesichts Averys Wortwahl ein Schmunzeln nicht verkneifen konnte. »Er ist bestimmt entweder in seinem Fitnessraum und drischt auf seinen Sandsack ein. Oder er ist in seiner Werkstatt und bastelt wieder an irgendeiner neuen Idee herum. Er entwirft Dinge aus Holz, sowas wie Figuren-Lampen oder auch kleinere Möbel.« Mit ihrer Hand wies Avery in die Richtung, in der sie ihren Mann vermutete.

»Ihr Mann betreibt auch Kampfsport?« Erstaunt riss Mel ihre Augen auf.

»Ist Alex auch handwerklich begabt? Dass er sich mit elektronischen Dingen auskennt, habe ich schon festgestellt.« Sie hatte Tausend Fragen im Kopf und wollte so viel über ihn erfahren, wie es nur möglich war.

Avery schmunzelte, als sie antwortete: »Ja, das macht er leidenschaftlich gerne. So kam er damals auch auf die Idee, Kampfsport könnte Alex wieder auf die richtige Bahn bringen.« Sie hatte ihren Blick fest auf den Tisch gerichtet, als sie mit einem leichten Zittern in der Stimme fortfuhr.

»Alex hatte eine sehr schwere Kindheit, bis er mit acht Jahren schließlich zu uns kam. Ich hoffe, wir konnten ihm eine bessere Zeit bieten.« Eine einzelne Träne hatte sich aus ihrem Augenwinkel gelöst und hinterließ eine nasse Spur auf Averys Wange.

»Zunächst war er aber so jähzornig und wütend, er beschädigte ständig irgendetwas oder prügelte sich ohne erkennbaren Grund. Ich kann gar nicht mehr zählen, wie oft ich in die Schule oder sogar zur Polizei musste. Ich war kurz davor, ihn wieder ins Heim zu bringen, konnte es aber nicht übers Herz bringen.« Sie stockte, holte tief Luft und führ dann mit festerer Stimme fort.

»Als mein Mann dann mit dem Vorschlag kam, war ich zunächst skeptisch. Ich hatte Angst, der Schaden, den er anrichtete, würde nur noch größer werden. Er erzählte mir dann vom Club seines Freundes, wo es mehrere solcher Kinder und Jugendliche gab, die ihre Wut kanalisieren konnten.« Sichtlich um Fassung ringend, aß sie ein Stück des Kuchens.

»Also haben wir einen letzten Versuch gewagt und es hat zum Glück geholfen. Schon nach wenigen Trainingsstunden war Alex nicht mehr wiederzuerkennen.« Averys' Augen spiegelten das Lächeln auf ihren Lippen wider. »Ich glaube, von da an hat er alles gemacht, um sein altes Verhalten zu entschuldigen. Alex fand sogar Freunde, mit denen er Sachen machte, die nichts mit Randale und Pöbeln zu tun hatten.« Avery richtete ihren Blick in die Ferne und erinnerte sich an diese Zeit zurück.

»Ab dem Zeitpunkt fing er an, sich auch für das Lesen und handwerkliche Dinge zu interessieren. Es war so schön zu beobachten, wie Alex mit Brian zusammen neue Ideen entwarf und diese dann umsetzte. Er war so unfassbar stolz, als er seine erste Lampe selbst gebaut hatte.« Mit stolz geschwellter Brust zeigte sie auf eine aus Eichenholz gefertigte Stehlampe in der Ecke hinter ihnen.

»Mir half er gerne bei der Gartenarbeit, was mich umso mehr freute, denn ich liebe unseren Garten und die Blumen.«

»Von dem Spaß, den Alex am Gärtnern hat, konnte ich mich gestern bereits überzeugen. Ich muss zugeben, dass mich das echt überrascht hatte, als ich sein Grundstück das erste Mal sah. Schon der Vorgarten wurde mit so viel Liebe gestaltet.«

»Ja. Mich macht das jedes Mal, wenn ich ihn besuche, stolz.« Avery strahlte bei dem Gedanken daran, wie gut sich ihr Adoptivsohn entwickelt hatte. Stolz und Zufriedenheit lagen in ihrem Blick.

»Das glaube ich dir gerne. Ich liebe meinen Garten, vor allem meine Rosen. Ich habe mir einen Pavillon gebaut, um den ich rundherum Rosen gepflanzt habe. Wenn sie dann ab Juli in voller Blüte stehen, duftet es dort so herrlich. Ich genieße es dann immer, draußen zu arbeiten und zu lesen.« Mel geriet ins Schwärmen.

»Wow! Das hört sich toll an.« Avery klang begeistert.

Mel musste aufpassen, nicht zu weit zu gehen. Sie war kurz davor, Alex' Eltern zu sich einzuladen, wusste aber nicht, ob ihm das recht war. Schließlich hatten sie sich darauf geeinigt, das zwischen ihnen langsam angehen zu lassen. Sie fand Avery sympathisch und fühlte sich in ihrer Gegenwart sehr wohl. Zudem war sie froh, erste Gemeinsamkeiten gefunden zu haben, über die sie sich unterhalten konnten.

Der Vormittag verging äußerst schnell. Mel fachsimpelte mit Alex' Mutter über verschiedene Rosenarten und deren Anbau. So bemerkte sie nicht, wie die Zeit verging, bis er plötzlich in der Küche stand.

»Na, ihr scheint euch aber gut zu verstehen«, sagte Alex mit einem Lächeln, während er zunächst Mel einen kurzen Kuss auf den Scheitel gab und dann seine Mutter umarmte. Mel entging das zufriedene Lächeln auf ihrem Gesicht dabei nicht.

Ihr entfuhr ein spitzer Aufschrei, als sie Alex näher betrachtete. Sein Gesicht war angeschwollen, wurde von einer schiefen Nase geziert, die selbst im dämmrigen Licht der Küchenlampe rot und blau schimmerte. Sein Auge hatte die gleiche Farbe.

Avery reagierte nur mit einem Kopfschütteln und seufzte tief.

»Was ist passiert?« Mels Stimme klang hysterisch. Sie sprang auf und eilte zu Alex.

Seine Mutter reichte ihm wortlos einen Kühlakku.

»Es ist alles in Ordnung, Mel.« Er stoppte sie in ihrer Bewegung. Seine ruhige und gelassene Stimme machte sie rasend vor Wut.

»Wie kannst du sagen, dass alles in Ordnung sei, wenn du mit einer gebrochenen Nase hier auftauchst?«

Alex schmunzelte.

»Avery! Jetzt sag du doch auch mal was. Er kann das nicht einfach so abtun!« Mit hochrotem Gesicht wedelte Mel mit ihrem Finger durch die Luft.

»Mel«, erwiderte Avery. Auch ihre Stimme klang gelassen.

Mel hielt in ihrer Bewegung inne, konnte nicht begreifen, wie Alex' Mutter so ruhig und fast schon desinteressiert reagierte.

»Wenn ich jedes Mal einen halben Herzinfarkt bekäme, wenn einer meiner Männer mit einem blauen Auge oder einer gebrochenen Nase nach Hause kommt, dann läge ich jetzt schon mehrfach unter der Erde.« Avery lächelte sie an und zuckte mit der Schulter.

»Bitte, was?« Mel schlug sich die Hand vor den Mund.

»Wir sind Kampfsportler. Ich mache MMA und das auf Wettkampfniveau. Ich habe ständig eine gebrochene Nase.«

Mel sank, unfähig darauf etwas zu antworten, auf die Sitzbank hinter ihr.

»Wie ist das Wetter draußen? So warm wie angesagt?« Avery wechselte belanglos das Thema, während sie Alex ein Stück Kuchen in die Hand drückte. Das Leuchten in seinen Augen, als er ihn entgegennahm, war mit nichts in der Welt zu vergleichen. Mel sah den achtjährigen Alex im Geiste vor sich, wie er mit ebendiesem Strahlen in den Augen den Kuchen seiner Adoptivmutter bestaunte. »Ist denn heute ein besonderer Anlass?«

»Natürlich.« Das kam so überzeugt aus Averys Mund, dass Alex das Gefühl hatte, er musste wissen, was für ein besonderes Ereignis heute stattfand.

»Ach, ja? Habe ich was vergessen?« Er rieb sich das Kinn, ganz so, als überlegte er angestrengt, ob er nicht einen Termin vergessen hatte.

»Na, es kommt ja schließlich nicht alle Tage vor, dass du uns deine Freundin vorstellst, wobei es nicht sehr nett war, sie hier allein zu lassen.« Avery hatte einen scherzenden Unterton in der Stimme.

»Ich bin nicht …« Mel wollte antworten, als Alex sie unterbrach.

»Ich weiß, aber ich hatte es eilig. Andy hat schon auf mich gewartet, damit wir Mels Haus sichern konnten. Außerdem ist sie bei euch in den besten Händen.« Alex sagte kein Wort davon, dass Mel nicht seine Freundin war. Womit er Avery ein erneutes Lächeln auf die Lippen zauberte. Sie hatte Mels Widerspruch sehr wohl wahrgenommen und grinste ihr nun mit einem Augenzwinkern zu.

»Ich weiß! Deine Besorgnis um ihre Sicherheit ehrt dich sehr.«

Nachdem Alex den Kuchen aufgegessen hatte, verabschiedeten sie sich von seinen Eltern und gingen zum Auto. Mel hielt es genauso lange aus zu schweigen, bis Alex eingestiegen war und die Autotür hinter sich geschlossen hatte.

»Du warst auf keinem Fight. Wo kommt deine gebrochene Nase her?« Die Frage platzte förmlich aus ihr heraus.

»Ich habe Chris, nachdem wir bei dir Kameras gefunden und entsorgt hatten, zur Rede gestellt.« Alex hatte schon wieder ein Grinsen auf den Lippen. Mel schnaubte.

»Du solltest ihn mal sehen!« Er klatschte in die Hände. »Er hatte mir nur gesagt, dass du nicht zur Polizei gehen solltest. Dann habe ich ihm eine verpasst … und daraus wurde eine kleine Prügelei. Nichts Wildes. Aber er sieht auf jeden Fall schlimmer aus.« Den letzten Satz betonte Alex mit einem freudigen Unterton.

Mel wusste nicht, was sie mehr schockte: die Sache mit der Kamera, die Prügelei oder die Tatsache, wie Alex das Ganze so herunterspielte.

»Hast du damit wenigstens etwas erreicht?« Sie wandte ihren Blick ab und sah aus dem Fenster.

»Nein. Der Idiot schweigt wie ein Grab. Entweder ist er es selbst gewesen oder er hat wirklich schiss vor dem Täter.« Alex knurrte gefährlich, Mel zuckte zusammen. Sie hatte ihn noch nie so außer sich erlebt. »Ich glaube fast schon, er wird auch bedroht oder erpresst. Ich glaube nicht, dass er dir absichtlich schaden will.« Alex, der ihre Reaktion bemerkt hatte, senkte seine Stimme, um ihr nicht noch mehr Angst einzujagen.

»Aber was könnte derjenige, der hinter all dem steckt, nur wollen?« Mel überlegte fieberhaft, ob sie irgendetwas übersehen hatte. »David ist tot. Geht es hier immer noch ums Geld? Es kann gar nicht so viel sein. Der Aufwand steht in keinem Verhältnis. Da muss doch mehr hinter stecken.«

»Ich habe keine Ahnung, gebe dir aber recht. Langsam bekomme ich ein ganz mieses Gefühl. Lass uns in Davids Sachen weiter nach Hinweisen suchen.« Alex klang vorsichtig, als er diesen Vorschlag unterbreitete. Schließlich hatte er vor zwei Tagen mitbekommen, wie Mel auf Chris' Hilfsangebot reagiert hatte. Er warf ihr einen kurzen Seitenblick zu. Ihre Armmuskulatur spannte sich an, war nun durch das intensive Training deutlich zu erkennen. Anzeichen einer Panikattacke, mit der er insgeheim gerechnet hatte, blieben aus.

»Das wird wohl das Beste sein. Obwohl es mir immer noch nicht gefällt, in seinen Sachen herumzuwühlen und schon gar nicht mit einem für ihn Fremden. Irgendwie habe ich das Gefühl, ihn zu verraten und zu hintergehen.« Mel glaubte, sich erklären zu müssen. Ihr war jedoch klar: Wenn sie herausfinden wollte, in welche Situation sie geraten war, brauchte sie Unterstützung. Und dass sie Chris nicht darum bitten konnte, war auch ihr bewusst. Irgendetwas musste sich in Davids Sachen verbergen, sonst wäre er nicht so sauer gewesen, als sie seine Hilfe abgelehnt hatte. Allmählich ergab sein

Verhalten in der letzten Zeit einen Sinn. Nur den genauen Grund musste sie noch herausfinden.

»Das glaube ich dir. Aber es muss noch mehr Hinweise geben. Schließlich war Chris zu sehr darauf aus, dir zu helfen. Als ob er nichts verheimlichen würde …« Alex sprach das aus, was Mel dachte.

Die beiden saßen immer noch im Auto, das er inzwischen auf Mels Einfahrt geparkt hatte. Sie stiegen aus, zügig und ohne sich umzusehen, gingen sie ins Haus.

»Das Gleiche habe ich gerade auch gedacht. Dann wollen wir mal. Fangen wir im Arbeitszimmer an? Schließlich soll es etwas mit seiner Arbeit zu tun haben.«

Alex stimmte mit einem Nicken zu und gemeinsam machten sie sich daran, die Ordner in den verschlossenen Aktenschränken zu durchwühlen. Der Schlüssel, der neben dem Drohbrief an David lag, passte in die Schränke im Büro.

»Wonach suchen wir hier eigentlich?«, fragte Mel nach einer gefühlten Ewigkeit. Bisher hatten sie immer noch keinen Hinweis gefunden. Immer mehr Ordner fanden den Weg aus dem Schrank und türmten sich auf dem Boden um sie herum. Mehr als die Hälfte hatten sie schon geschafft. Mels Hoffnung auf Antworten schwand.

»Weitere Drohbriefe. Notizen, die auf irgendwelche krummen Geschäfte hindeuten oder auch alles andere, was auffällig ist.« Alex sah kurz von der Akte, die er gerade durchsah, auf und zuckte mit den Schultern.

»Das hat doch keinen Zweck, wenn wir nicht wissen, wonach wir suchen sollen.« Mel schlug sich die Hände über dem Kopf zusammen. Seufzend stand sie auf, um sich ihre eingeschlafenen Beine zu vertreten.

»Ich brauche einen Kaffee. Möchtest du auch einen?« Sie fuhr sich müde über die Augen und wandte sich der Zimmertür zu.

»Gute Idee. Vielleicht sollten wir eine Pause machen und dann mit neuem Elan fortfahren.«

Mel ging in die Küche, um den Kaffee zuzubereiten. Als sie gerade die zweite Tasse unter die Maschine gestellt und den Knopf für ihren Lieblingskaffee gedrückt hatte, hörte sie Alex' aufgeregtes Rufen. »Ich glaube, ich habe etwas gefunden!«

Mels Puls und ihre Atmung beschleunigten sich vor lauter Adrenalin. Aufgeregt eilte sie zurück ins Arbeitszimmer, in dem Alex immer noch inmitten von Ordnern auf dem Boden saß.

»Hier, sieh selbst!« Er hielt ihr einen aufgeschlagenen Ordner hin. Auf den ersten Blick sah er nicht anders aus als die anderen Ordner. Das Deckblatt wurde von innen mit einer Haftnotiz versehen, auf der in roter Schrift stand:

Kunde ist sehr risikobereit.

»Das würde auf jeden Fall zu dem passen, was Chris mir erzählt hatte«, sagte Mel.

»Schau mal, die Gesprächsprotokolle zeigen auf, dass David diesen Kunden tatsächlich erst gewarnt und anschließend versucht hatte, ihn loszuwerden.« Alex runzelte irritiert die Stirn, als er das Protokoll weiterlas.

»Hier stimmt er dann plötzlich doch zu.« Er sah sie aus zusammengekniffenen Augen an. Mel nahm Alex die Akte aus der Hand und las den Vertrag.

»Auf solch einen Vertrag hätte sich David nie im Leben freiwillig eingelassen.« Neugierig suchten sie in den anderen Akten nach den jeweiligen Unterlagen.

»Hier ist kein weiterer Vertrag, der sich von den anderen abhebt. Allesamt sind sie zu Davids Sicherheit abgeschlossen.« Mit Wucht klappte Alex die Akte auf seinem Schoß zu. Durch den Schwung flog diese hinunter und landete polternd auf dem Fußboden. »Sagt dir der Name Andrew Jones aus dem Vertrag etwas?«

Mel schüttelte den Kopf.

»Wie konnte David sich nur darauf einlassen? Ich meine, 250.000 Dollar! Hallo? Er kann doch keinen Vertrag eingehen, bei dem er für den Verlust des Geldes aufkommen muss.« Ihre Stimme überschlug sich beinahe.

»Merkwürdig. Es sieht fast so aus, als wenn David schon vor der Vertragsunterzeichnung erpresst wurde. Aber womit?« Alex sah erneut zu Mel. Tiefe Furchen gruben sich in seine Stirn. Mel nahm sich die Akte des besagten Andrew Jones erneut vor. Langsam blätterte sie sich durch die Seiten, ihr Magen zog sich schmerzhaft zusammen. Sie fand jedoch keinen Hinweis darauf, wie das Geschäft zustande kam.

»Selbst den Gewinn sollte er zurückzahlen. Hier steht, dass zwanzig Prozent erwartet wurden. Darauf lässt sich doch keiner ein.« Mel schüttelte den Kopf. An die Decke gerichtet sagte sie dann: »Was zur Hölle war nur in dich gefahren? Hattest du den Verstand verloren?!«

Alex lag eine Hand auf ihren Rücken, streichelte sachte darüber. »Ich glaube, da hilft es nur weiterzusuchen.«

Nachdem sie noch mehr Ordner erfolglos durchgewühlt hatten, war der Schrank inzwischen leer.

»Das kann doch nicht sein. Irgendwo müssen doch Hinweise zu finden sein.« Fluchend warf Mel die letzte Akte zurück in den Schrank. *Klonk!*

»Warte mal.« Mit seiner Hand auf ihrem Arm hielt Alex sie davon ab, den Schrank zu schließen. Er klemmte seine Zunge zwischen die Lippen und tauchte mit dem Oberkörper halb in den Schrank. Langsam klopfte er den Schrankboden Millimeter für Millimeter ab.

»Was machst du da?« Mel verrenkte sich fast bei dem Versuch, einen Blick in den Schrank zu werfen. Allerdings nahm Alex' Oberkörper fast die komplette Tür ein.

»So hört sich ein Schrankboden normalerweise nicht an. Es sieht so aus, als hätte er einen doppelten Boden.« Seine Stimme war nur gedämpft zu hören.

»Bitte, was?« Mel riss die Augen weit auf, konnte kaum glauben, was Alex ihr erzählte. Ihr war klar, das, was sie nun finden würden, war vermutlich nicht legal. Oder David hatte etwas vor ihr verheimlicht. Sie knetete ihre Hände, tigerte im Zimmer umher. Ihr ging Alex' Suche nicht schnell genug, sie wollte ihn aber nicht drängen.

Tastend arbeitete er sich auf der Suche nach einem Schließmechanismus über den Schrankboden. Immer wieder vernahm Mel ein leises Klopfen.

»Da! Ich habe was gefunden.« In der hintersten Schrankecke versteckt, befand sich ein kleiner Haken. Begleitet von einem lauten Knarzen, holte Alex eine mit Metall verstärkte Holzplatte aus dem Schrank.

»Das hat das Geräusch verursacht, als du den Ordner darauf geworfen hattest.« Er hielt Mel die Platte unter die Nase und klopfte kurz auf das Holz. Mel ließ sich nicht davon abhalten, sich in den Schrank zu beugen und den Inhalt des Geheimverstecks zu erkunden. Mit einer dicken Staubschicht bedeckt, fand sie weitere Akten. Sie wischte mit der Hand den Staub ab und holte sie aus dem Schrank.

»Bitte nicht!« Sie seufzte gequält, als sie die Namen der jeweiligen Mappen verschiedenen Aktienkursen zugeordnet hatte. Mel malte sich in ihren Gedanken die schlimmsten Szenarien aus, die sich kurz darauf bewahrheiten sollten.

Sie setzten sich wieder auf den Boden vor dem Schrank, um sich die Unterlagen genauer anzusehen. Bunte Notizzettel, die zum Teil Diagramme zur Kursentwicklung auf den darunterliegenden Papieren verdeckten, leuchteten ihnen entgegen. In krakeliger Schrift, als wurden die Notizen während eines Gesprächs aufgeschrieben, wurden darauf vertrauliche Inhalte festgehalten, die David nicht hätte haben dürfen.

»Offenbar hatte David Kontakte zu unterschiedlichen Börsen und - oder – Firmen. Er wusste demnach genau, wann welche Aktie fiel oder stieg.« Alex murmelte etwas, das Mel nicht ganz verstand. Lediglich die Worte »*die Sache … mehr Sinn*« konnte sie ausmachen. Bevor sie nachhaken konnte, sprach Alex weiter.

»Damit hat er sich wohl erpressbar gemacht. Die Frage ist nur, wer ihn zuvor erpresst oder verraten hatte, und wie das Ganze so schiefgehen konnte. Es ist offensichtlich, dass der Kunde das Geld verloren hatte und es sich von David wiederholen wollte.« Fassungslos, die Hand vor dem Mund geschlagen, saß Mel neben Alex.

»Aber wie kann das sein? Wenn David wirklich wusste, wie sich die Kurse entwickelten …« Mel hatte ihre Sprache wiedergefunden, versuchte, sich nun einen Reim zu den Geschehnissen zu machen.

»Er hätte dem Geschäft doch nie zugestimmt, wenn er gewusst hätte, dass die Aktie fiel.« Sie raufte sich die Haare. »Vor allem, was habe ich mit der ganzen Scheiße zu tun?« Langsam verzweifelte sie, sprang auf und lief im Raum auf und ab.

»Jetzt lass uns doch erst mal vergleichen, in welche Aktie der Kunde investiert hatte und was dazu in Davids Akten zu finden ist. Vielleicht wissen wir dann mehr.« Mit ruhiger Stimme versuchte Alex, zu Mel durchzudringen. Selbst fassungslos über ihre Entdeckung konnte er sich nicht ausmalen, wie es in Mel aussah. Mit seinem Vorschlag wollte er sie beschäftigen, um einen Zusammenbruch zu vermeiden.

Sie gingen gemeinsam in die Küche, wo Alex ihnen einen Kaffee zubereitete.

»Weißt du, was ich nicht verstehe? Warum lässt David in eine Aktie investieren, bei der er den Informanden nicht traut? Vor allem unter diesen Bedingungen?« Dankbar nahm Mel eine Tasse von Alex entgegen und trank einen großen Schluck des Kaffees. Mit großen fragenden Augen sah sie ihn an, als wenn er eine Antwort darauf haben müsste.

»Wenn doch schon mehrfach Absprachen über Entscheidungen nicht eingehalten wurden, dann nehme ich doch Abstand davon, oder?« Mel hatte das Gefühl, als ob sie irgendetwas übersah, konnte die ganzen Hintergründe noch nicht richtig begreifen.

»Na ja. Die Aktie ist sehr vielversprechend. Wenn sie steigt, dann richtig. Ich kann schon nachvollziehen, warum der Kunde darin investieren wollte.« Alex ging auf sie zu. Mitfühlend zog er sie in eine feste Umarmung.

SIEBZEHN

»Lass uns erst mal was essen. Danach können wir immer noch überlegen, was wir mit den neuen Informationen machen.« Alex legte Mel eine Hand auf die Schulter. Sie saßen an ihrem Schreibtisch und versuchten, mehr Informationen über den Aktienkurs und Jones herauszufinden.

Mels Augen wurden immer schwerer. Sie sah Alex dabei zu, wie er sein Handy aus der hinteren Hosentasche zog.

»Mir ist es ein Rätsel, wieso ihr Männer eure Handys dort deponiert. Es muss doch unbequem sein, jedes Mal darauf zu sitzen.« Mel hoffte, die gedrückte Stimmung dadurch aufzulockern. »Ich glaube, mir ist der Appetit vergangen, aber bestell du dir ruhig etwas.« Sie richtete den Blick in die Ferne und konnte immer noch nicht fassen, was für eine schwerwiegende Entdeckung sie gemacht hatten.

»Kommt gar nicht infrage. Du musst auch was essen.« Alex setzte sich über ihren Einwand hinweg und bestellte für beide chinesisches Essen.

Mel wartete ab, bis er seine Bestellung aufgegeben hatte, dann platzte die Frage aus ihr heraus, auf die sie immer noch keine Antwort gefunden hatte.

»Was hat Chris mit dieser Sache zu tun und woher kennt er diesen Jones?« Angespannt spielte sie mit einem Kugelschreiber. »Sollen wir ihn erneut zur Rede stellen?«

»Auf gar keinen Fall. Solange wir nicht wissen, welche Rolle er in der ganzen Sache spielt, werden wir ihn nicht weiter konfrontieren. Wer weiß, ob sich Jones unter Druck gesetzt fühlt, wenn er erfährt, was wir herausgefunden haben? Es ist schon gefährlich genug, dass wir die Kameras entfernt haben, und nur eine Frage der Zeit, bis er das bemerkt.« Alex hob den Zeigefinger.

Mel zuckte bei der Erwähnung der Kameras zusammen. Ihr lief ein eiskalter Schauer den Rücken hinunter, ihre Nackenhaare richteten sich auf. Schnell brachte sie das Thema wieder in eine etwas andere Richtung.

»Über Andrew Jones werden wir im Internet nichts finden. Den Namen gibt es einfach viel zu oft. Wir haben ja nicht einmal ein Foto oder Informationen, die die Suche eingrenzen könnten.« Mel machte eine vage Handbewegung zum Laptop, der inzwischen in den Ruhemodus geschaltet hatte. Seufzend stand sie auf. Sie brauchte eine Pause. Alex folgte Mel ins Wohnzimmer und balancierte dabei den Aktenberg auf seinen Armen.

»Der Vertrag war also in mehr als nur einer Hinsicht nicht rechtskräftig.« Mel sprach ihre Gedanken laut aus. »Allerdings interessierte das Jones wohl kaum. Für ihn schienen andere Gesetze zu gelten.«

Alex breitete die Akten auf dem Wohnzimmertisch aus.

Mel tigerte unruhig durch den Raum und konnte sich nicht hinsetzen. Alex hingegen hatte sich auf die Sofakante gesetzt. Dabei hatte er seine Arme auf den Beinen abgestützt und wirkte wie die Ruhe selbst. »Ich glaube, es ist besser, wenn wir etwas mehr über diesen Jones herausfinden könnten. Ich beauftrage damit schnell jemanden.« Noch während er die Worte sagte, verließ Alex den Raum. Als er zurückkam, ließ auch er den Kopf missmutig hängen.

»Selbst mein Kumpel Ethan kann uns nicht helfen. Er hat aber versprochen, sich umzuhören.« Alex schüttelte gedankenversunken den Kopf.

Kaum hatte er den Satz ausgesprochen, wurden sie von der Türklingel abgelenkt. Alex richtete sich auf. Die Hand erhoben, signalisierte er Mel, dass er zur Tür gehen würde, vor der der Lieferdienst mit dem bestellten Essen wartete.

Beim Essen stocherte Mel nur in ihrem herum. Der Appetit versteckte sich hinter einer unüberwindbaren Mauer in ihrem Magen. Nur Alex zuliebe zwang sie sich dazu, wenige Gabeln herunterzuwürgen. Das Essen wog schwer und ihr wurde übel. Mit dem Bein wippte sie unruhig auf und ab und fühlte sich in ihren eigenen vier Wänden nicht mehr sicher. Ihre Festung, ihr Zufluchtsort war ihr genommen worden.

»Komm! Wir fahren zu mir. Du bist nur unruhig und nervös und mir ist bei dem Gedanken, hier noch länger zu bleiben, auch nicht wohl.« Alex stand mit einem kurzen Seitenblick zu ihr auf und räumte die Verpackungen zusammen. Mit den Unterlagen auf dem Arm folgte sie ihm in den Flur, packte sie in eine Tasche und verließ das Haus.

...

»Dieses Mal gewinne ich!« Mel lachte, als sie versuchte, Super Mario auf seinem Kart an Alex' Luigi vorbeizusteuern.

»Yes!« Jubelnd hielt sie den Kontroller in die Höhe, als sie es endlich geschafft hatte, an ihm vorbeizufahren.

»Na, warte!« Alex sprang von der Couch auf, stellte sich breitbeinig, mit dem Oberkörper nach vorne gebeugt, vor den Fernseher. Dabei klemmte er sich die Zunge zwischen die Lippen und versuchte, Mel einzuholen.

»Nimm das!« Sie ließ Mario Bananen auf die Straße werfen, auf denen Luigi ausrutschte. Als sie vor Alex über die Ziellinie fuhr, führte sie einen Tanz passend zur Siegesmusik hin. Lachend sah sie ihn an und hauchte ihm einen Kuss auf die Lippen, während sie sich langsam wieder beruhigte.

»So, jetzt brauche ich aber noch einen Kaffee.« Sie legte den Kontroller zur Seite und ging, ohne Alex' Antwort abzuwarten, mit schwingenden Hüften in die Küche. Mit dem Rücken zur Tür bediente sie sich noch immer summend an der Kaffeemaschine.

Plötzlich fühlte Mel Alex' raue Lippen auf ihrem Nacken. Sein Atem sorgte für ein Prickeln, das sich über ihren Rücken ausbreitete. Sie hatte nicht mitbekommen, dass er ihr in die Küche gefolgt war. Den Kaffee vergaß sie und drehte sich mit einem Lächeln langsam zu ihm um. Ihre Lippen kollidierten in einem stürmischen hitzigen Kuss, dessen Feuer ihre Lust entfachte. Mel schlang ihre Hände um seinen Nacken und zog sein Gesicht näher zu sich heran.

All ihre Sinne waren auf Alex ausgerichtet, er nahm jeden Winkel ihrer Gedanken ein. Mels Verlangen wuchs ins Unermessliche, deutlich konnte sie die Nässe zwischen ihren Beinen spüren. Von ihrem Verlangen angespornt, hob Alex sie ohne die geringste Anstrengung auf den Rand der Arbeitsplatte. Polternd fiel eine Tasse auf den Boden und zersprang.

»Ups!« Alex setzte den stürmischen Kuss fort und dämpfte damit Mels Kichern. Er stellte sich dicht zwischen ihre Beine, ließ Mel seine beachtliche Erektion deutlich an ihrem Oberschenkel spüren. Gierig presste sie sich fester an ihn heran. Mit vor Ungeduld fahrigen Bewegungen wanderte Alex mit seinen Händen von ihren Hüften zu Mels T-Shirt-Saum, das er ihr mit einem Ruck über den Kopf zog. Der durch die Bewegung ausgelöste kühle Luftzug ließ Mels erhitzte Haut kribbeln. Ihre Brustwarzen zogen sich vor Erregung zusammen, lösten ein Prickeln in ihrem Inneren aus. Allzu deutlich war sie sich Alex' gierigem Blick, mit dem er sie musterte, bewusst.

Er löste Mels Haargummi und fuhr mit seinen Händen so lange durch ihre Haare, bis diese locker um ihre Schultern fielen. Zärtlich platzierte er eine Spur federleichter Küsse von ihrem Ohrläppchen hinab bis zu ihrem Dekolleté. Seufzend wand sich Mel unter seinen Berührungen. Weiter angestachelt, öffnete Alex ihren BH, streifte die Träger über die Schultern und warf ihn achtlos beiseite. Er konnte es kaum abwarten, jede Stelle ihres Körpers zu liebkosen. Mit seinen Lippen umschloss Alex Mels aufgerichteten Nippel. Abwechselnd biss er hinein und leckte zärtlich darüber, während er den anderen zwischen Daumen und Zeigefinger zwirbelte. So stark, dass es gerade an der Schmerzgrenze war und sie immer weiter erregt wurde.

Mel konnte es inzwischen kaum noch abwarten, ihn in sich zu spüren, brauchte das Gefühl, vollkommen von ihm ausgefüllt zu werden. Sie zog an seinem T-Shirt. Alex unterbrach seine süße Folter nur widerwillig und trat einen winzigen Schritt zurück. Mel nutzte den Platz, um von der Arbeitsplatte herunterzurutschen, kniete sich vor ihn und öffnete seine Hose. Fahrig schob sie diese samt seiner Boxershorts über den Hintern. Dabei konnte sie es sich nicht verkneifen, seine Gesäßmuskeln zu ertasten. Mel leckte sich voller Vorfreude über die Lippen, während sich ihr eigener Saft immer mehr zwischen ihren Beinen sammelte und ihr Höschen durchnässte. Mit der rechten Hand umfasste sie Alex' Schaft, während sie die linke an seine Hüfte wandern ließ. Anfangs noch recht zögerlich, fuhr sie mit ihrer Zunge seine Härte entlang, bevor sie seine Spitze zwischen ihre Lippen führte. Sie schmeckte den salzigen Geschmack seiner Lust und konnte ein gedämpftes Stöhnen nicht unterdrücken. Unsicher hob sie ihren Blick, um in Alex' lustverhangenen Augen zu schauen. Mel hatte kaum Erfahrungen darin, einen Mann mit dem Mund zu verwöhnen. Sie sorgte sich, dass sie Alex mit ihrem Handeln abschrecken würde. Dennoch wollte sie ihm etwas Gutes tun.

Als hätte Alex ihr Zögern und ihre Unsicherheit gespürt, fasste er mit beiden Händen um ihren Kopf und gab einen sachten Rhythmus vor. Dabei spürte sie deutlich seinen intensiven Blick auf ihr ruhen. Immer wieder streichelte er mit seinen Daumen über ihre Wangen.

Von seinem Griff bestätigt, nahm Mel ihn nun so weit in den Mund, wie sie konnte, ohne würgen zu müssen. Nur um ihn anschließend wieder fast komplett aus ihrem Mund gleiten zu lassen. Als sie in ihrem Rhythmus immer schneller wurde, konnte Alex das Stöhnen vor Lust nicht mehr zurückhalten. Er musste sich zusammenreißen, nicht wie ein Teenager direkt zu kommen. Als er befürchtete, seinen Orgasmus nicht mehr länger aufhalten zu können, sollte sie so weitermachen, stoppte er Mel, nahm ihr Gesicht zwischen beide Hände und zog sie zurück auf die Beine. Hastig - er konnte es kaum noch erwarten, sie ebenfalls nackt vor sich stehen zu haben - zog er ihr die Hose samt Slip aus.

Mit einer federleichten Bewegung fuhr er über Mels Mitte und stellte zufrieden fest, dass sie mehr als bereit für ihn war. Er setzte sie auf die Kante der Arbeitsplatte und drückte sie sanft nach hinten. Seufzend stützte Mel sich ab, formte ein Hohlkreuz und präsentierte Alex ihre prallen Brüste. Er spreizte ihre Beine, platzierte sich an ihrer Mitte und stieß mit einem kräftigen Stoß mit voller Länge in sie hinein. Mel keuchte auf und biss sich auf ihre Lippe, versuchte so, ein lustvolles Stöhnen zu unterdrücken. Alex entging ihre Reaktion nicht. Langsam zog er sich aus ihr zurück, nur um sofort erneut in sie zu stoßen. Mel beugte ihm ihre Hüften entgegen, in der Hoffnung, dass Alex das Tempo steigerte. Aber er dachte gar nicht daran.

»Oh, bitte. Alex.« Mel flehte ihn an.

Unbeirrt fuhr er in einem langsamen Rhythmus mit seiner süßen Qual fort. Dabei beobachtete er Mel genau.

Als auch er es nicht mehr länger aushielt, wurde Alex in seinen Bewegungen schneller. Mels Körper schien in Flammen zu stehen, drohte, jeden Moment in einem gewaltigen Orgasmus zu explodieren. Ihre Muskeln zuckten um seinen Schwanz, als Alex seinen Daumen auf ihren Kitzler presste. Mel wurde augenblicklich von ihrem Höhepunkt überrannt, schien beinahe ihr Bewusstsein zu verlieren. Alex pumpte zwei weitere Male in sie hinein und genoss das Spiel ihrer Muskeln während des Orgasmus. Ein ersticktes Knurren drang aus seiner Kehle. Pulsierend kam auch er mit einem weiteren Stoß zum Höhepunkt.

Alex ließ seine Stirn auf Mels Brust, die sich schnell auf und ab bewegte, sinken und wartete, bis sich ihre Atmung wieder beruhigt hatte. Dann zog er sich ganz aus ihr heraus, hob sie hoch und trug sie nach oben in sein Badezimmer. Dort platzierte er sie unter der Dusche und stellte das Wasser an. Seinen Körper presste er dicht an Mel heran und schob zärtlich ihre Haare über die linke Schulter. Ein Gefühl von Geborgenheit breitete sich in ihr aus, während Alex ihr mit seinen Lippen immer wieder hauchzarte Küsse auf den Nacken drückte. Langsam wanderte er mit seinen Händen über ihren Bauch bis zu ihrer Mitte, wo er vorsichtig an ihrem Kitzler spielte. Mel, die sich gerade erst von ihrem Orgasmus erholt hatte, spürte, wie sich neue Lust zwischen ihren Beinen aufbaute. Deutlich spürte sie Alex' Härte, der genau wie sie für eine zweite Runde bereit war, an ihrem Rücken.

Bevor sie noch weiter darüber nachdenken konnte, hatte er Mel umgedreht und erneut hochgehoben. Eine Gänsehaut überzog ihren Körper, als ihre erhitzte Haut auf die kalte harte Wand traf, gegen die Alex sie presste. Mel schlang ihre Beine fest um seine Hüfte, zog ihn näher an sich heran, konnte es kaum erwarten, Alex endlich wieder in sich zu spüren. Ohne weiteres Vorspiel drang er in sie ein. Das Wasser perlte in kleinen Tropfen an seiner Haut ab. Mel bohrte ihre Fingernä-

211

gel in Alex' Rücken, hinterließ rote Striemen auf seiner makellosen Haut, brauchte ein Ventil für ihre angestaute Erregung. Mit schnellen Stößen drang er immer wieder tief in sie ein. Der nächste Tsunami überrollte Mel, zuckte durch ihre Mitte und brachte sie dazu, sich fest in seine Arme zu krallen. Alex entlud sich kurz darauf mit einem lauten Stöhnen.

ACHTZEHN

»Stell doch endlich deinen Wecker aus!«, murrte Mel nach der dritten Wiederholung.

»Sind wir etwa ein Morgenmuffel? Im Übrigen ist das *dein* Wecker. Ich war schon im Bad«, sagte Alex in scherzhaftem Ton. Belustigt hob er eine Augenbraue.

»Hmpf.« Mel drehte sich erneut im Bett um und zog sich die Bettdecke übers Gesicht.

Als Alex ihr diese plötzlich wegriss, riss sie empört die Augen auf, fröstelnd schlang sie sich die Arme um den Körper. Mit einem Mal war sie hellwach. »Was zum Teufel …?«

Er stand lachend neben dem Bett und hielt die Bettdecke außer Reichweite.

»Du solltest langsam aufstehen, wenn du pünktlich zu deinem Meeting erscheinen möchtest.« Alex lachte immer noch.

»Sehr lustig … Nicht!«, sagte Mel sarkastisch, während sie die Augen verdrehte.

»Steh einfach auf, ich mach schon mal Kaffee.« Immer noch über das ganze Gesicht grinsend, verließ Alex das Schlafzimmer. So früh am Morgen gut gelaunt zu sein, war für Mel unverständlich.

Mit einem Blick auf ihr Handy stellte sie fest, dass Alex recht hatte. Wenn sie noch rechtzeitig zum Meeting in der Firma sein wollte, musste sie sich beeilen. Vor allem, wenn sie den Kaffee vorher noch trinken wollte.

Mit einem Seufzen stand Mel auf und eilte ins Bad. Sie hatte in der Nacht wieder tief und fest geschlafen. Was sie angesichts der Ereignisse um sie herum verwunderte. Scheinbar fühlte sie sich in Alex' Nähe wirklich sicher.

Als Mel in die Küche kam, stand der Kaffee trinkfertig auf der Anrichte. Daneben lag ihr BH, den Alex ihr gestern ausgezogen hatte. »Soll das eine Anspielung auf irgendetwas sein?«, fragte sie leicht irritiert.

»Der hing über der Kaffeemaschine. Ich dachte, ich lege ihn zur Seite, bevor ich ihn mit Kaffee versaue«, sagte Alex mit einem Augenzwinkern.

»Vielen Dank!« Mel schlang den Kaffee hinunter, als wäre es der letzte, den sie je bekommen würde. »Wir sollten los.« In ihrem Kopf ging sie die Präsentation noch einmal durch, die sie nachher halten würde. »Du wartest wirklich in der Empfangshalle auf mich?«

»Ich würde dich ja gerne hoch begleiten. Aber ich bin weder ein Mitarbeiter noch als Besucher angemeldet.« Achselzuckend ging Alex mit ihr zur Garagentür.

»Und deswegen wird es auch nicht notwendig sein, dass du mit nach oben kommst.« Die tiefhängenden Schultern und das nervöse Nesteln an ihrem Oberteil widersprachen allerdings Mels Worten.

Sie hatte sich in den Kopf gesetzt, allen zu zeigen, wie weit sie schon gekommen war.

Mit schweißnassen Händen, einem bleischweren Magen und einem inzwischen ganz zerknitterten Oberteil trat Mel an den Empfang. Sie sah sich immer wieder hektisch im Eingangsbereich um, hatte Mühe, ihre Panik zu unterdrücken. Pförtner Joe, der schon etliche Jahre für Mark arbeitete, schenkte ihr ein Lächeln. »Schön, dich wiederzusehen.«

»Danke. Es fühlt sich merkwürdig an, hier zu sein.« Mels Unwohlsein wuchs ins Unermessliche. Trotz des Stolzes, den sie tief in sich verspürte, fiel es ihr schwer, einen Schritt vor den anderen zu setzen. Ihre Tasche hielt sie dabei fest umklammert.

»Das wird schon wieder.« Joe versuchte, sie aufzumuntern, bevor er sich dem nächsten Mitarbeiter, der nach ihr eingetreten war, zuwandte.

Mel winkte Alex ein letztes Mal zu, bevor sie in den Aufzug stieg und den Knopf für die Chefetage drückte.

Oben angekommen, wurde sie von Mark bereits erwartet. »Mel, du hast es wirklich geschafft!« Er nahm sie in den Arm.

»Hallo, Mark. Ich habe es tatsächlich geschafft.« Sie wiederholte seine Worte und war selbst darüber erstaunt, dass sie im Büro stand. Der große Stein auf ihrer Brust verschwand. Das Atmen fiel ihr leichter, als sie sich die Hände an der Hose abwischte.

»Komm, wir bereiten das Meeting schon mal vor, die Herren sollten jeden Augenblick kommen.« Mark führte sie in den entsprechenden Meetingraum. »Ich werde die ganze Zeit an deiner Seite bleiben.« Das war in der Regel nur bei großen und wichtigen Kunden und Kundinnen der Fall. Sonst leiteten die Mitarbeiter und Mitarbeiterinnen, die die Projekte betreuten, die Meetings ohne den Chef.

Mel fühlte sich, als hätte sie nie im Homeoffice gearbeitet. Sie startete die Präsentation und bekam von Mark noch letzte Informationen über den Kunden.

»Wie du schon weißt, sind die Verkaufszahlen von Möbel Drew im letzten Geschäftsjahr deutlich gesunken. Darum planen sie nun eine neue Möbellinie. Hierfür fahren sie eine ganz neue Werbekampagne inklusive neuem Internetauftritt auf. Jones, der CEO dieser Möbelmarke, erhofft sich damit eine deutliche Umsatzsteigerung.«

Mel erbleichte, war kaum mehr von der weißen Wand hinter ihr zu unterscheiden. Ihr Kopf schoss ruckartig nach oben. Alle Luft entwich ihrer Lunge, als sie Mark schockiert ansah. Jones? Das konnte kein Zufall sein … Mels Nackenhaare stellten sich auf, alles in ihr schrie nach Flucht, doch ihre Beine wollten ihr nicht mehr gehorchen. Mel konzentrierte sich auf ihre Atmung, versuchte bewusst, tief ein- und auszuatmen, um sich zu beruhigen.

»Wie heißt denn dieser Jones mit Vornamen?« Sie hoffte, mit ihren Befürchtungen danebenzuliegen. Es gab schließlich viele Menschen, die Jones hießen.

»Andrew, warum? Kennst du ihn?«

Mel klammerte sich an die Tischkante. Ihr Blickfeld schrumpfte immer weiter zusammen, ihre Ohren rauschten. Nur aus weiter Ferne hörte sie Marks Stimme. »Mel, ist alles in Ordnung mit dir?«

Doch bevor sie ihm eine Antwort geben oder gar abhauen konnte, betrat ein großer stämmiger Mann mit langen Haaren, die er am Hinterkopf zu einem Zopf gebunden hatte, den Raum. Somit war Mels Fluchtweg versperrt. Hinter ihm traten zwei weitere Männer in den Raum.

Mark stellte sie einander vor, während Jones Mel mit einem schmierigen Lächeln bedachte. Darunter kamen zahlreiche Zahnlücken zum Vorschein, die sich mit krummen und gelb-verfärbten Zähnen abwechselten.

›Wie zum Teufel kann Mark mit so jemandem Geschäfte machen? Der riecht doch schon zehn Meilen gegen den Wind nach Ärger‹, dachte Mel. Sie konnte sich gerade so davon abhalten, ihren Chef beiseitezunehmen, um ihm ihre Gedanken mitzuteilen. Was ihr jedoch noch mehr aufstieß, war, dass David solche Kontakte hatte.

»Freut mich, sie kennenzulernen, Miss«, sagte Jones anzüglich.

Fieberhaft überlegte Mel, was sie unternehmen sollte. Wenn sie das Meeting verließ, würde Jones wissen, dass sie etwas herausgefunden hatte. Zudem wäre sie ihren Job sofort los, denn das würde sich Mark unter gar keinen Umständen gefallen lassen. Für ihn war Jones ein bedeutender Kunde.

Sie wollte sich vorerst zusammenreißen und danach würde sie noch ein bisschen Trödeln. Dann war Jones mit Sicherheit schon weg, bevor sie zu Alex ging. So hätte Mel auch Möglichkeiten, mehr über Jones herauszubekommen.

Sie versuchte, sich nichts anmerken zu lassen und ignorierte Marks fragenden Blick. Stattdessen setzte sie ein falsches Lächeln auf und deutete auf die freien Plätze.

»Sollen wir dann anfangen, Mr. Jones?« Mel legte einen freundlichen Tonfall in ihre Frage, verbarg das Zittern in ihrer Stimme mit einem Räuspern. Hoffentlich merkte Jones nicht, dass sie genau wusste, wer er war.

»Sehr gerne. Ich bin auf dieses Meeting schon äußerst gespannt.«

Mel wusste nicht, wie sie ihn das ganze Meeting über ertragen, ihre Panik verbergen und konzentriert bei der Sache bleiben sollte. Sie traute Jones durchaus zu, ihr vor Marks Augen etwas anzutun, wenn sie sich etwas anmerken ließ. Für den Moment konnte sie hoffen, dass er sie nur einschüchtern wollte. Mel versuchte, sich nichts anmerken zu lassen, und hangelte sich an ihrer Präsentation entlang.

Wenn sie Jones' wahlweise anzügliche oder schleimige Kommentare und Blicke außer Acht ließ, verlief das Meeting sehr gut. Er hatte an der Kampagne nichts auszusetzen und war von Mels Ideen begeistert. Dennoch wollte sie es um jeden Preis vermeiden, ihn ein zweites Mal zu treffen. Eine eisige Gänsehaut zog sich über Mels Körper. Die Erinnerung an seine Blicke löste ein Zittern bei ihr aus.

Sie war froh, als das Meeting beendet war und Jones mit seinen Assistenten den Raum verließ.

Erschöpft ließ sie den Kopf auf die Tischplatte sinken. »Hey, was ist denn mit dir los? Du bist schon die ganze Zeit so merkwürdig.«

»Verdammt!« Mel schlug mit der Faust auf den Tisch. »Hast du gesehen, wie er mich mit seinen Blicken ausgezogen hat? Und was sollte dieses ganze schmierige Gehabe? Ich habe mich richtig unwohl gefühlt.« Obwohl sie vermutete, dass er genau der Jones war, der hinter allem steckte, wollte sie Mark noch nicht einweihen. Mel wusste nicht, ob Jones diesen Raum verwanzt hatte.

»Ja, das habe ich auch schon gemerkt, komischer Kerl. Aber er ist immer noch ein Kunde, Mel. Dazu noch ein sehr guter. Ich verspreche mir hiervon viele Folgeaufträge. Ich glaube, du bist im Moment einfach noch ein wenig empfindlich.« Mark schien ihre Sorgen nicht ernst zu nehmen. Kopfschüttelnd starrte sie ihn an.

Sein Verhalten kam ihr merkwürdig vor. Das Wohl seiner Mitarbeiter und Mitarbeiterinnen stand für ihn immer an erster Stelle und er hätte jede Person in die Schranken gewiesen, die nicht angemessen mit ihnen umging.

»Reiß dich bitte zusammen. Nach diesem Auftrag werde ich versuchen, ihn von einem anderen unserer Mediendesigner zu überzeugen. Aber so lange möchte ich, dass du dich ihm gegenüber professionell verhältst. Verstanden?«

Mel erkannte ihren Chef nicht wieder.

»Wenn du meinst. Ich gehe dann, wenn wir sonst nichts weiter zu besprechen haben.« Mel sah Mark an, musste überprüfen, ob er seine Worte ernst meinte. Sie fühlte sich von ihm verraten. Wie könnte er so ein Verhalten von einem Kunden akzeptieren? Enttäuscht wandte sie den Blick ab.

»Nein, ich glaube, wir haben alles Notwendige besprochen. Ansonsten telefonieren wir einfach.« Mark öffnete seinen Mund, als wenn ihm noch etwas auf der Zunge lag, ließ es dann aber bei den gesagten Worten.

»Mach's gut.« Er zog Mel kurz in seine Arme und verließ den Raum.

Sie packte eilig ihre Sachen zusammen, damit Alex nicht mehr länger auf sie warten musste. Sie wollte, so schnell es ging, aus diesem Gebäude raus. Jones musste inzwischen längst weg sein. Und neben Alex wartete draußen noch Andy, der sie aus der Ferne bewachte.

Auf Beinen, die sich wie Wackelpudding anfühlten, trat Mel einen Schritt aus dem Raum heraus. Sie hielt die Luft an und sah sich hektisch zu allen Seiten um, der Flur war wie leergefegt. Weder Jones noch seine Angestellten waren zu sehen. Mel atmete erleichtert aus. Beruhigt ging sie zum Aufzug und wartete ungeduldig, von einem Bein auf das andere wippend, darauf, dass er endlich in der obersten Etage ankam.

Es dauerte ewig. Mit jedem Stockwerk, an dem der Aufzug hielt, stellten sich bei Mel mehr Nackenhaare auf. Sie erwischte sich selbst dabei, wie sie leise den Aufzug hinaufbeschwor. »Jetzt komm schon!«

Plötzlich wurde ihr von hinten etwas auf den Mund gedrückt. Hektisch versuchte Mel, das Tuch vor ihrem Gesicht loszuwerden, versuchte, zu schreien, aber es schluckte jeden Ton. Nicht ein einziger Mensch schien etwas von ihrer Notlage mitzubekommen. Sie schlug um sich, wollte ihren Angreifer erwischen. Verzweifelt suchte sie nach einem Ausweg, fand keinen, erinnerte sich nicht mehr daran, wie sie sich wehren konnte. Mels Augen wurden schwer, panisch versuchte sie weiter, sich irgendwie zu wehren, kratzte ihren Angreifer, schlug ihn in der Hoffnung, vielleicht doch noch einen schmerzhaften Treffer zu landen.

Mels Beine sackten weg, ihr Körper fühlte sich unfassbar schwer an. Sie wurde müde, das Gehirn war wie vernebelt. Mel sank in sich zusammen, erwartete einen Aufprall auf dem Boden, doch er kam nicht. Nur noch am Rande bekam sie mit, wie sie von zwei muskulösen Armen aufgefangen wurde, bevor sie vollends das Bewusstsein verlor.

...

Mel blinzelte benommen, versuchte sich umzusehen, zu erkennen, wo sie sich befand. Der Raum war stockdunkel, sie sah nicht einmal die eigene Hand vor den Augen. Entweder war er fensterlos oder vollständig verdunkelt. Nicht ein einziger Lichtschein drang in das Zimmer. Mel tastete um sich, kam aber nicht sonderlich weit.

Ein schmerzhafter Ruck ging durch ihren Arm, kühle glatte Ringe befanden sich um ihre Handgelenke. Sie ertastete den Rand einer Matratze. Ein Dröhnen in ihrem Kopf erschwerte Mel das Nachdenken. Das Letzte, an das sie sich erinnern konnte, war, dass sie nach dem Meeting auf den Aufzug gewartet hatte, nicht sonderlich erfreut, über die Aussicht, dem Kunden erneut zu begegnen. Ihr fiel es wie Schuppen von den Augen.

Der Kunde! Jones musste sie entführt haben. Wie war er an Alex vorbeigekommen? Mit diesem Gedanken nahm die Panik erneut von ihr Besitz. Mel wurde schlecht, die Galle kam ihr hoch. Ihr ganzer Körper bebte. Die Frage danach, was er mit ihr Vorhaben würde, kreiste unaufhaltsam in ihren Gedanken. Verzweifelt versuchte sie, selbst Antworten zu finden, konnte sich diese Entführung aber nicht erklären.

Geld würde sie ihm nicht beschaffen können und eingeschüchtert war sie schon genug. Mel unterdrückte ein Schluchzen, wollte keinen darauf aufmerksam machen, dass sie wach war. Brauchte noch Zeit. Zeit sich zu beruhigen, einen klaren Gedanken zu fassen.

Die Dunkelheit erschwerte Mels Orientierung, machte sie absolut blind. Sie hatte keine Ahnung, wie lange sie bewusstlos gewesen war. Fragte sich, ob Alex bereits nach ihr suchte.

Auch ihr Mund fühlte sich staubtrocken an. Sie hatte das Gefühl, als würde ihre Zunge am Gaumen festkleben. Begleitet von einem bitteren, fauligen Geschmack im Mund, hatte Mel das dringende Bedürfnis, etwas zu trinken. Sie konnte sich unmöglich von den Handfesseln befreien. Ihre Ahnungslosigkeit darüber, wo sie sich befand und wer hinter der Tür oder sogar auch in diesem Raum auf sie wartete, ließ ihren Puls rasen. Ihre Atemfrequenz wuchs rapide an. Mit geschlossenen Augen lehnte Mel ihren Kopf gegen die Wand hinter ihr.

»Ganz ruhig, Mel. Alex wird bestimmt schon nach dir suchen. Jones will dich nur in Angst versetzen, damit du das Geld schneller besorgst. Oder hatte er mitbekommen, dass wir die Polizei eingeschaltet haben?« Die Panik, die sich in ihr ausbreitete, machte Mel verrückt. Sie führte schon Selbstgespräche.

»Ah, da ist ja endlich jemand aus seinem Dornröschenschlaf erwacht.«

Mel erstarrte. Im dunklen Raum erklang plötzlich eine bekannte Stimme. Sie konnte sie aber keinem Gesicht zuordnen.

»Du hast dir ja schnell einen neuen Bettgefährten gesucht.« Sie wussten also von ihr und Alex, aber das war nicht verwunderlich. Schließlich wurde sie mithilfe von Kameras in ihrem Haus überwacht. Wer wusste schon, ob Alex wirklich alle gefunden hatte?

Ein grelles Deckenlicht blendete Mel und zwang ihre Augen dazu, sich krampfhaft zu schließen. Die Person, zu der die Stimme gehörte, blieb ihr weiterhin verborgen.

Erst als sich ihre Augen allmählich an das Licht gewöhnten, zeichnete sich auch Mels Umgebung mehr und mehr ab. Ihr Gefängnis entpuppte sich als ein dunkler Kellerraum mit verbarrikadiertem Fenster. Sie ließ den Blick durch den Raum wandern, auf der Suche nach der Person, die gerade mit ihr gesprochen hatte. In einer Ecke saß ein junger Mann. ausgeprägte Muskeln zierten seine Arme, zeigten ein regelmäßiges Training. Seine Haare waren kurz geschoren, gaben den Blick auf ein Tattoo frei, das auf seiner Kopfhaut eingestochen war.

Sofort hatte Mel wieder die Bilder von vor anderthalb Jahren im Kopf. Sie wusste sofort, woher ihr die Stimme so bekannt vorkam. Die Stimme, die Statur und das Tattoo an seinem Handgelenk erkannte sie eindeutig wieder. Vor ihr saß einer der Kerle, die versucht hatten, sie anzugreifen. Ihr lief ein eiskalter Schauer den Rücken hinab.

»Ah, ich sehe schon, so langsam kommt die Erinnerung zurück. Schade, dass das mit uns damals nicht geklappt hat.« Während der Typ Mels schlimmste Befürchtung andeutete, grinste er sie höhnisch an.

»Leider bist du jetzt direkt beim Boss. Ich hoffe, er lässt mir von dir noch etwas übrig.« Er fasste sich in den Schritt, als wenn er seine Kronjuwelen richten musste. Mel erschauderte, sah beschämt zur Seite, vermied es, ihm in sein Gesicht zu sehen. Angst kroch ihr den Rücken hinauf, sie versuchte erfolglos, die Bilder, die sich in ihren Geist brannten, zu verdrängen.

»Was sind wir denn so still? Freust du dich gar nicht, mich wiederzusehen?« Damit trat der Mann näher an sie heran und fuhr ihr mit der gleichen Hand, mit der er sich eben noch in seinen Schritt gefasst hatte, durch die Haare. Angewidert zog Mel ihren Kopf zurück. Das schallende Lachen des Kerls hallte durch den Keller. Der Geruch nach Tabak gemischt mit Alkohol erreichte sie. Mel würgte, Galle stieg ihre Speiseröhre hinauf.

»Schade, dass der Boss dich für sich haben möchte. Du könntest mir gefallen«, flüsterte er ihr ins Ohr. Mel konzentrierte sie sich darauf, ein erneutes Würgen zu unterdrücken. Die Nähe zu dem Kerl gepaart mit der Duftwolke, die zu ihr wehte, machte es ihr nicht einfach, die Übelkeit im Zaum zu halten.

Der Typ ließ wieder von ihr ab, löschte das Licht und verließ kommentarlos den Raum.

Die Dunkelheit, die Mel umhüllte, erdrückte sie. Fluchend riss sie an den Fesseln. Diese gruben sich schmerzhaft in ihre

Haut und scheuerten ihre Handgelenke auf. Sie stöhnte und ließ mutlos den Kopf auf die Brust sinken.

›Ich muss hier so schnell wie möglich raus.‹ Das war der einzige klare Gedanke, den sie fassen konnte.

Die Zeit hatte nicht ausgereicht, um sich in ihrer Zelle genauer umzusehen. Sie konnte noch nichts ausmachen, was ihr bei einer möglichen Flucht helfen konnte. Denn das, was dieser Kerl angedeutet hatte, klang alles andere als gut. Jones wollte sie unter diesen Umständen auf keinen Fall gegenübertreten müssen. Obwohl sie sich nicht ganz sicher war, ob er der Boss war.

»Ich schaffe das! Ich werde von hier entkommen.« Während Mel diese Worte wie ein Mantra immer wieder vor sich her flüsterte, versuchte sie, ihre Panik in den Griff zu bekommen. Sie achtete darauf, bewusst langsam ein- und auszuatmen und ordnete dabei ihre Gedanken. Sie konnte sich keine Panikattacke leisten, wenn sie hier rauskommen wollte. Die Schmerzen in ihrem Kopf und die Müdigkeit, die ihr Gehirn immer noch vernebelte, halfen ihr nicht weiter.

Mel blieb, an die Wand angelehnt, sitzen und schloss ihre Augen. Alex würde inzwischen alle Hebel in Bewegung setzen, um sie aufzuspüren. Die notwendigen Kontakte hatte er.

NEUNZEHN

»Ah!« Mel wurde von hellem Licht aus dem Schlaf gerissen. Blinzelnd öffnete sie die Augen. Nur langsam nahm sie ihre Umgebung wahr. Mit einer verschlossenen Flasche Wasser und einem trockenen Stück Brot in der Hand stand der gleiche Typ von vorhin vor ihr.

Achtlos wurde ihr beides vor die Füße geworfen. »Guten Hunger.« Er lachte hämisch auf, verzog sein Gesicht zu einer gruseligen Fratze, verließ den Raum und ließ das grelle Licht an der Decke brennen.

Mel versuchte verzweifelt, mit ihren Händen das hingeworfene Brot und die Flasche zu erreichen. Ihre Fesseln ließen ihr jedoch nicht genügend Spielraum. Jedes Mal, wenn sie einen Arm nach vorne streckte, wurde der andere von der Kette nach hinten gezogen. Mühsam richtete sie sich weiter auf, um die Sachen mit ihrem Bein neben sich zu schieben.

»Ah, verdammt.« Mel versuchte eine Verrenkung nach der anderen, ihre Sehnen und Muskeln schmerzten, so sehr musste sie sie beanspruchen. Ihr Mund war staubtrocken, alles in ihr schrie danach, sich mehr anzustrengen. Unzählige Male schaffte sie es mit den Fingerspitzen bis zur Flasche, bis sie den Hals endlich umfassen konnte.

Erleichtert atmete Mel auf. Sie hatte die Flasche zwar in der Hand, wusste aber nicht, wie sie diese mit auf dem Rücken gefesselten Händen öffnen sollte. Die Ketten ließen ihr ein wenig Spielraum, was aber nicht ausreichte, um beide Arme vor den Oberkörper zu bekommen.

Es kostete sie erneut einige Minuten, bis sie auch das schaffte. Bei dem Versuch, die offene Flasche vor ihren Körper zu bringen, verschüttete Mel einen kleinen Teil des Wassers. Gierig trank sie einen großen Schluck. Endlich konnte sie diesen muffigen, bitteren Geschmack aus ihrem Mund spülen.

Mel sah sich im Kellerraum um, suchte nach geeigneten Gegenständen, die sie als Waffe nutzen würde. Weitere schwere Eisenringe, die an Ketten an der Wand befestigt waren, erweckten den Eindruck, dass der Raum zu diesem Zweck eingerichtet wurde. Die fleckige Matratze unter Mel sah nicht nur aus, als hätte sie ihre besten Tage bereits lange hinter sich gelassen, sie roch nicht gerade angenehm. Außer einem Stuhl, einem Tisch und einem leeren Regal neben dem vernagelten Fenster waren keine weiteren Möbel im Kellerverlies. Mel sah keine Möglichkeit, einen dieser Gegenstände als Waffe zu nutzen. Der graue Betonboden war mit dunklen Flecken übersät, von denen Mel die Herkunft nicht weiter hinterfragen wollte.

Tiefe Kratzspuren zierten die kalten weißen Steinwände, abgebrochene Fingernägel steckten in den Fugen und lagen auf dem Fußboden, bewiesen, dass eine Flucht auf diesem Wege unmöglich war. Die Ketten ihrer Fesseln waren wohl ihre einzige mögliche Waffe. Mel musste nur abwarten, bis sich der Kerl wieder so nah zu ihr herunterbeugte. Dann würde sie ihm gegen den Kopf schlagen und irgendwie an seine Schlüssel kommen. Eine andere Möglichkeit sah sie nicht.

»Verdammt!« Mel trat mit ihren Fersen in die Matratze. »Vielleicht bekomme ich ihn ja auch dazu, meine Fesseln zu lösen, um auf die Toilette zu gehen.« Sie lehnte den Hinterkopf an die kalte, harte Mauer in ihrem Rücken. »Ich hätte nicht so viel Wasser trinken sollen.«

Mel nahm sich vor, die nächste Gelegenheit zu nutzen, um nach einer Toilette zu fragen. »Dafür muss der Kerl mich von den eisernen Ketten befreien. Dann muss ich nur noch einen geeigneten Zeitpunkt abwarten, um ihn anzugreifen und einen Weg aus dem Haus finden.«

Blieb nur noch die Frage, ob weitere Personen im Gebäude waren. Mel hatte zu wenige Informationen. Sie wusste nicht, was man mit ihr machen würde, wenn sie beim Fluchtversuch gefasst wurde. Alle möglichen Szenarien durchzuspielen, brachte sie nicht weiter. Aber so konnte sie sich wenigstens von ihrer Panik ablenken.

Ein dunkelhaariger Mann betrat den Raum. Seine definierten Armmuskeln und sein breites Kreuz waren das Erste, was Mel auffiel, als er durch die Tür trat. Sie sah von seinem Oberkörper zum Gesicht. Ihr Blick blieb an seiner krummen Nase hängen. Durch den geöffneten Mund erkannte sie eine große Zahnlücke.

Mel war sich sicher: Mit dem Mann wollte sie sich nicht anlegen.

»Du hast ja gar nichts gegessen.« Zu ihrer Überraschung klang der Mann recht freundlich. Im Gegensatz zum anderen Kerl - oder auch Jones - hörte er sich weder anzüglich an noch hatte er einen höhnischen oder gar herablassenden Tonfall. Man könnte meinen, er sorgte sich um sie.

»Keinen Hunger.« Mel grummelte die Antwort leise vor sich hin. Schulterzuckend nahm er das Brot von der Matratze. »Das würde ich, ehrlich gesagt, auch nicht runterbekommen«, sagte er mit einem Lächeln. Sie kam sich vor wie in einem Guter-Cop-Böser-Cop-Spiel. Mel war bewusst, dass es sich bei den Männern um keine Cops handelte, fragte sich jedoch, ob dieser hier sie nur in Sicherheit wiegen wollte. Sein Aussehen stand in einem starken Kontrast zu seinem Verhalten.

»Ich müsste mal … Na, du weißt schon«, stammelte Mel.

»Mach ja keine Faxen!« Er ging einen Schritt auf sie zu, bevor er leise hinzufügte: »Du kommst hier ohne Hilfe nicht raus. Und die Konsequenzen, die ein Fluchtversuch hat, möchtest du nicht erfahren. Glaub es mir.« Der Mann warf einen kurzen Blick hinter sich, trat einen Schritt weiter auf sie zu. Als er sich zu ihr hinunterbeugte, hielt Mel den Atem an. Sie wollte nicht erneut in den Genuss von stinkenden Männern kommen.

»Ich werde dir so schnell wie möglich helfen, aber ich brauche noch etwas Zeit«, flüsterte er ihr ins Ohr.

»Wie? Warum?« Mel konnte nicht verstehen, warum er ihr helfen wollte. Trotz der Irritation keimte ein Funke Hoffnung in ihrem Inneren auf.

»Psst! Ich kann dir das jetzt nicht erklären. Verhalte dich einfach ruhig, unauffällig und lass dir nichts anmerken. Tue gleich einfach so, als hättest du Angst vor mir, wenn uns jemand über den Weg laufen sollte.« Seine Anweisungen deuteten darauf hin, dass er ihr wirklich helfen wollte. Mel konnte in diesem Moment nur nicken. Sie wurde aus dem Verhalten des Mannes nicht schlau. War jedoch froh, als er ihre Fesseln löste.

»Nimm deine Arme auf den Rücken. Ich bringe dich zur Toilette.«

Mit einem sanften Griff hielt er ihre Arme auf dem Rücken fest. Mel war sich sicher, sich ohne Probleme daraus lösen zu können. Sie konnte einfach nicht glauben, dass einer von Jones' Handlanger auf ihrer Seite stand. Alles roch danach, dass er versuchte, sie herauszufordern, nur um sie im Anschluss bei Jones zu verpetzen. Wer wusste, was der Boss ihnen versprochen hatte.

Mel senkte den Kopf und tat, als würde sie den Fußboden anstarren. In Wirklichkeit versuchte sie, sich im Flur so weit wie möglich umzusehen. Dort waren zahlreiche geschlossene Türen. Am anderen Ende des Ganges befand sich eine Treppe, die nach oben führte. Doch noch bevor sie in die Nähe kamen, bogen sie nach links in einen weiteren Gang ein. Hier machte Mel noch mehr Türen aus, die auch allesamt verschlossen waren. Sie steuerten die erste Tür zu ihrer Rechten an.

Noch bevor sie einen Blick durch sie werfen konnte, strömte Mel der penetrante Geruch nach Fäkalien in die Nase. Sie verzog angewidert das Gesicht, bevor der Kerl sie weiter durch die Tür schob. Zum Vorschein kam ein kleines dreckiges Badezimmer. Mel betrachtete eine halb aus den Angeln gehobene Türe, die zur Toilettenkabine führte. Das Waschbecken daneben wirkte, als würde es bei der nächsten Benutzung von der Wand fallen, so locker hing es. Der Spiegel darüber bestand nur noch aus einzelnen Fragmenten, die ihren Zweck kaum noch erfüllten.

Mels Magen drehte sich förmlich um. Mit angehaltenem Atem ging sie weiter und hatte keine andere Möglichkeit, wenn sie sich erleichtern wollte. Sie zog die Arme an ihren Körper und berührte so wenig wie möglich, während sie sich bis zur Toilette vorarbeitete.

»Hey, Randy! Musste die Schlampe mal?«, hörte sie den Kerl, der ihr vorhin das Wasser gebracht hatte, auf dem Flur fragen.

»Ja. Sie hat so richtig gejammert.«

»Bei mir hat sie keinen Ton von sich gegeben. Warum hast du sie hergebracht? Ich hätte ihr den Eimer gegeben und sie zu gerne beobachtet.« Mel lief ein Schauer über den Rücken. Scheinbar vergnügte sich der Kerl auf ihre Kosten.

»Du bist ja auch ein Arsch!« Sie vernahm die Stimme des Kerls, der sie zur Toilette geführt hatte und offenbar Randy hieß.

»Du musst noch viel lernen. Du hättest damals dabei sein sollen. Sie hatte sich vor lauter Angst in die Hose gepisst. Und als wir dann mit ihrem Typen gekämpft hatten, hatte sie wie ein kleines Mädchen nach Mama geschrien.« Sein höhnisches

Lachen hallte schallend über den Flur. Mel biss die Zähne zusammen, um ihre immer weiterwachsende Wut auf diesen Kerl zu unterdrücken. Sie fühlte sich bei seinen Worten erniedrigt und die Bilder von damals schossen ihr in den Kopf. In Gedanken ging sie alles durch, was sie bei Alex gelernt hatte, und malte sich aus, wie sie ihn für alles, was er ihr und David angetan hatte, büßen ließ. Vor ihrem inneren Auge lag er, sich den Schritt haltend, zusammengekauert auf dem Boden und wimmerte, dass sie aufhören sollte.

»Das kann ich mir vorstellen«, kam es von Randy. Mel hatte das Gefühl, dass er seine Wut auch unterdrückte. Zumindest klang seine Stimme angespannt.

Ein lautes Klopfen an der Tür ertönte. »Hey, bist du langsam mal fertig? Der Boss verlangt nach dir.« Das kam eindeutig von dem Ekel. Mel beeilte sich, ihre Hose hochzuziehen.

»Ich bin ja schon da«, erwiderte sie kleinlaut und ging zu den Männern zurück.

»Ich werde sie zum Boss ihm bringen. Geh du ruhig noch eine rauchen«, schlug Randy vor.

»Echt? Danke dir!«

»Klar. Mach schon.«

Damit ging der Ekel den Gang entlang und zog seinen Schlüssel aus der hinteren Hosentasche. Scheinbar gab es am Ende des Flurs eine Tür, die nach draußen führte. »Vergiss es!«, wandte Randy sich an Mel, als er ihren sehnsüchtigen Blick bemerkte.

»Mach jetzt gleich bloß alles, was Jones von dir verlangt! Ansonsten kann er unangenehm werden.« Er verpasste Mel einen Stoß in den Rücken und führte sie die Treppe nach oben.

Als sie die letzte Stufe erreicht hatten, öffnete Mels Begleiter eine Tür mithilfe eines Schlüssels und führte sie in eine pompöse Eingangshalle. Hinter ihnen verschloss er sie wieder sorgfältig. Neugierig blickte sich Mel in der Halle um. An den Wänden hingen zahlreiche Landschaftsbilder. Die Decke wurde von einem riesigen goldenen Kronleuchter eingenommen, dessen Lichter sich im glänzenden Marmorboden spiegelten. Die Krönung des ganzen Protzes bildete ein roter Teppich, der vom Eingang die Treppe hinaufführte. Das Treppengeländer glänzte durch die auf Hochglanz gewienerten Goldverzierungen.

Hier stank es förmlich nach Reichtum und Asche. Einmal mehr fragte sich Mel, warum zum Teufel Jones so einen großen Aufwand wegen des an der Börse verzockten Geldes machte. Bevor sie weiter darüber nachdenken konnte, spürte sie einen sanften Stoß in ihrem Rücken. Scheinbar war das ihr Zeichen, sich wieder in Bewegung zu setzen.

Sie wurde zu einer weiteren verschlossenen Tür geführt. Randy öffnete ihr diese und beförderte sie mit einem kräftigen Stoß in den Raum. Mel landete der Länge nach auf dem kühlen Boden. Sie wollte gerade protestieren, als ihr Blick auf zwei schwarz polierte Lederschuhe fiel. Mit der Schuhspitze wurde ihr Kinn angehoben, sodass sie nach oben blicken musste.

»Wie liebreizend«, hörte Mel die bekannte Stimme von Jones, noch bevor sie sein Gesicht sehen konnte.

Jones kniete sich hin, umfasste mit seiner Hand ihr Kinn und strich ihr sanft die Haare aus dem Gesicht.

»So ein hübsches Gesicht«, säuselte er. »Schade, dass ich es damals nicht haben konnte. Jetzt muss ich es wohl ein bisschen bearbeiten, damit ich meine Kohle zurückbekomme. Ich glaube, dein Freund wird nicht lange fackeln, um mir das Geld zu besorgen. Er hat schon genügend Respekt vor mir. Nicht wie dein vermeintlich sauberer David.«

Mel verstand nicht ganz, von welchem Freund Jones sprach. Alex konnte es kaum sein. Chris war die einzige Möglichkeit, die ihr einfiel.

Der Boss gab irgendjemandem hinter Mel ein Handzeichen und richtete sich wieder auf.

Jemand packte ihre Haare mit einem festen Griff. Mel spürte einen stechenden Schmerz auf ihrer Kopfhaut. Um den Schmerz zu entgehen, richtete sie instinktiv ihren Oberkörper auf, bis sie auf den Knien saß. Als sich der Zug auf ihrer Kopfhaut legte, spürte sie einen kalten Gegenstand an der Kehle. Aus dem Augenwinkel blitzte Mel die strahlende Klinge eines Messers entgegen, die ihr an den Hals gedrückt wurde.

Sie traute sich nicht, sich auch nur einen Zentimeter zu bewegen. Panisch versuchte sie, langsam und oberflächlich durch die Nase zu atmen, ihren Körper dabei bloß nicht zu viel zu bewegen. Ihre Augen suchten hektisch die Umgebung ab. Sie traute Jones zu, dass er seinem Handlanger, ohne mit der Wimper zu zucken, den Befehl geben würde, ihr die Kehle durchzuschneiden. Ihre Hände waren inzwischen nassgeschwitzt.

Verzweifelt ging Mel in Gedanken durch, was Alex ihr beigebracht hatte, aber ihr Kopf war leer. Einzig der Gedanke daran, sich ganz still zu verhalten, tauchte immer wieder auf. Sie war bestimmt Jones' Druckmittel und sich sicher: Alex würde alle Hebel in Bewegung setzen, um sie zu retten.

Mels Blick fiel auf Jones, der schief grinsend mit einem Handy in der Hand vor ihr stand. Sie erschauderte bei seinem Anblick.

»Ich glaube, es wird Zeit für einen kleinen Videoanruf.« In seiner Stimme schwang eine Vorfreude mit, die Mels Nackenhaare aufrichten ließ. Er wählte eine Nummer, sein Grinsen wurde immer breiter.

Sie erkannte Chris' heisere Stimme kaum wieder, als dieser den Anruf annahm.

»Jones, was gibt es?«, krächzte er in den Hörer.

»Hast du das Geld?« Jones schaute bedrohlich in die Handykamera, die Augenbrauen zusammengekniffen. Das schmierige Grinsen, das eben noch sein Gesicht zierte, war verschwunden.

»Ich brauche noch ein bisschen Zeit. Das habe ich doch schon gesagt.« Chris' flehende Stimme klang leise und piepsig, deutlich konnte Mel die Panik in seinem Tonfall wahrnehmen.

»Nimm dir so viel Zeit, wie du möchtest. Ich werde so lange an deinem Geschenk basteln.« Jones' schmieriges Grinsen erschien wieder auf seinem Gesicht. Seine fast schon liebevolle Stimmlage passte nicht zu seinen Worten.

»Wovon redest du?«

»Davon, dass die Kameras plötzlich nichts mehr aufzeichnen. Als wenn du geplaudert hättest«, erwiderte Jones mit scharfer, wütender Stimme. »Mit jedem Tag, den du dir mehr Zeit lässt, werde ich deine kleine Freundin hier …« Jones drehte die Kamera, sodass Mel Chris' geschocktes Gesicht auf dem Bildschirm sah. »… immer weiter verzieren.« Chris' Lippen formten ein stummes Nein, seine Augen waren weit aufgerissen.

»Andrew, bitte!«, flehte er. »Du bekommst dein Geld. Ich habe alles in die Wege geleitet. Wie du weißt, werden meine Konten überwacht. Seit dem Vorfall damals sitzt mir die Polizei im Nacken.«

Irritiert sah Mel zu ihrem Freund. »Von welchem Vorfall …« Weiter kam sie nicht, denn Jones verpasste ihr eine kräftige Ohrfeige. Mel schrie, ein brennender Schmerz breitete sich auf ihrer Wange aus. »Halts Maul. Ich rede!«

Chris raufte sich die Haare. »Fuck!«

»Genau das habe ich mit ihr vor. Davor werde ich ihr aber noch das gewisse Etwas verpassen. Du hast noch eine Woche Zeit«, drohte Jones.

»Du bist doch krank!« Chris schrie ihn durch das Telefon an.

»Und denk daran: Sollte die Polizei etwas mitbekommen, werdet ihr das alle bereuen!«

»Mel, es tut mir so leid. Ich werde alles dafür tun, dich da rauszuholen.« Tränen liefen über Chris' Wangen.

Das Telefonat verwirrte Mel nur noch mehr. Sie konnte immer noch nicht begreifen, was das alles zu bedeuten hatte. Die Frage, warum Chris mit ihr erpresst wurde, drängte sich in den Vordergrund. Er hatte sie verraten.

›Alex! Wussten die Entführer nichts von ihm? Er hätte das Geld aufbringen können‹, überlegte sie.

»So, jetzt zu dir.« Jones fasste Mel erneut unters Kinn und zwang sie somit, ihm in die Augen zu sehen. »Was hat dein kleiner Freund dir erzählt?«

»Er … Er hat mir gar nichts erzählt.« Sie stotterte und versuchte, ihm ihren Kopf zu entziehen. Aber dadurch bohrten sich Jones' Finger schmerzhaft in die Haut. Ihre Wangen und ihr Kiefer wurden zusammengepresst.

»Du willst mir also ernsthaft erzählen, du bist ganz allein auf die Idee gekommen, die Kameras zu entfernen?«

Fieberhaft überlegte Mel, was sie antworten sollte. Scheinbar hatte Jones nicht alles überwachen können.

»Der Stein in meinem Schlafzimmer hat euch verraten.« Nach kurzem Zögern entschied sie sich, einfach die Wahrheit zu sagen. Zumindest einen Teil davon. Der Druck des Messers an ihrem Hals wurde stärker, der erste Bluttropfen löste sich und hinterließ auf dem Weg in ihr Dekolleté ein kleines Rinnsal.

Scheinbar gab sich Jones mit der Antwort zufrieden. Mit einem Kopfnicken erhob er sich. Kurz darauf wurde auch Mel auf die Füße gezogen. Jones trat einen Schritt auf sie zu und ließ seinen Zeigefinger über die Wunde gleiten, bevor er dem Rinnsal folgte. Er neigte seinen Kopf und flüsterte:

»Nächstes Mal will ich, dass du frisch geduscht hier auftauchst. Ich stehe nicht auf stinkende Schlampen.« Mel zuckte zusammen, hatte jedoch keine Zeit, weiter darüber nachzudenken. Mit einem festen, schmerzhaften Ruck wurden ihr die Arme auf den Rücken gebogen. So wurde sie aus dem Raum und zurück in ihr Verlies geführt. Unterwegs traf sie auf den Mann, der sie zu Jones gebracht hatte. Er warf ihr einen mitleidigen Blick zu. ›Wo ist er gewesen, als ich bei Jones war?‹, fragte sich Mel.

In ihrem Verlies kettete einer von Jones' Handlanger sie wieder an die Wand. Sie konnte nur hoffen, dass Alex sie bald fand. Mel hatte die Angst in Chris' Augen gesehen und konnte sich nur in ihren größten Albträumen ausmalen, was Jones alles mit ihr vorhatte.

ZWANZIG

Ein kräftiger Tritt gegen ihre Beine weckte Mel aus dem Halbschlaf. Sie war zuvor mehrfach wach geworden, dann aber immer wieder eingeschlafen. Das musste noch an dem Mittel liegen, mit dem Jones' Handlanger sie betäubt hatte.

Das Deckenlicht brannte und sie versuchte mühsam, sich daran zu gewöhnen.

»Hier, dein Abendessen.« Ein Mann stellte ihr eine Schüssel mit einer undefinierbaren, stinkenden Masse vor die Nase. Damit sie essen konnte, wurde eine Hand von den Fesseln gelöst. Die andere blieb angekettet.

Mit angewidertem Gesicht tauchte Mel den Löffel in die graue Masse, die wie zäher Schleim wieder von ihm hinunterfloss.

Lieber würde sie verhungern.

»An deiner Stelle würde ich etwas essen, was anderes wirst du nicht bekommen.« Den Typen, der ihr Abendessen überwachte, hatte sie bisher noch nicht gesehen.

Wenn Mel wirklich aus diesem Loch herauskommen wollte, musste sie irgendwie bei Kräften bleiben. Schließlich hatte sie seit einer gefühlten Ewigkeit nichts mehr gegessen und ihr Magen zog sich schmerzhaft zusammen.

Vorsichtig steckte sie den Löffel in den Mund und verzog augenblicklich ihr Gesicht. Die Pampe schmeckte nach nichts, fühlte sich aber im Mund genauso an, wie sie aussah. Zum

Glück reichte ihr der Kerl, der sie immer noch intensiv beobachtete, eine Wasserflasche.

»Danke«, murmelte Mel und trank einen kleinen Schluck, um das Essen hinunterzuspülen. Sie wollte nicht zu viel trinken, damit sie so selten wie möglich auf die widerliche Toilette musste, aber ohne Wasser blieb ihr der Brei im Hals stecken. Mel wollte sich nicht ausmalen, was passieren würde, wenn der böse Cop sie auf einen Eimer setzte und ihr dabei zusah.

Ein letzter Rest bedeckte noch den Boden der Schüssel, als Mel diese von sich schob. Ihr Aufpasser trat auf sie zu, griff schmerzhaft nach ihrer Hand und wollte sie erneut auf ihren Rücken biegen. Mel schrie auf und versuchte, ihren Arm aus seinem Griff zu befreien. Das hatte zur Folge, dass er sie nur noch fester packte.

Deutlich spürte sie den Druck seiner Finger an ihrem Unterarm. Kaltes hartes Metall schloss sich um ihr Handgelenk, bevor der Kerl die Schüssel aufhob, und den Raum – nicht, ohne vorher das Licht auszuschalten - wieder verließ. Gefangen in der drückenden Dunkelheit und ihren Gedanken überlassen, blieb Mel zurück.

Bei dem Gedanken an Jones' Forderung, sie sollte beim nächsten Mal frisch geduscht bei ihm auftauchen, stellten sich ihre Nackenhaare auf.

Bisher wurde Mel, wenn sie nicht an der Wand gefesselt war, immer bewacht. Außerdem hatte sie unter den wenigen Menschen, die ihr begegnet waren, noch keine Frau entdeckt. Sie konnte es sich nicht vorstellen, Jones könnte Rücksicht auf ihre Privatsphäre nehmen. Zudem reichte schon der Gedanke daran, in welchem Zustand die Duschkabine war, aus, dass ihr die eben gegessene Pampe wieder hochkam. Bedeutend sauberer als die Toilette würde sie wohl nicht sein.

»Okay, das reicht jetzt!«, sagte Mel entschlossen zu sich selbst. Sie wollte nicht weiter darüber nachdenken. Alex war ihr mit Sicherheit schon auf der Spur.

Sie sah ihn vor ihrem inneren Auge. Wie er sie in seine starken Arme nahm, ihr seine Wärme schenkte und sie einfach nur festhielt und tröstete. Haltsuchend nahm sie seinen Arm, drückte diesen ganz nah an ihren Oberkörper und fand Schutz in dem Gefühl seiner starken Muskeln, die sie vor allem Bösen beschützen würden.

Von ihren brennenden Handgelenken wurde Mel aus dem Schlaf gerissen. Obwohl es um sie herum immer noch stockdunkel war, brauchte sie nicht lange, um zu wissen, wo sie sich befand. Die Ränder ihrer Fesseln hatten sich tief in ihr Fleisch geschnitten und verursachten die brennenden Schmerzen, die sie geweckt hatten. Mühsam versuchte sie, sich aus ihrer derzeitigen Position aufzurichten, die weder sitzend noch liegend war. Für letzteres war der Spielraum der Fesseln zu kurz. Jeder Knochen und Muskel in Mels Körper schmerzte. Sie musste im Schlaf ein kleines Stück an der Wand heruntergerutscht sein, in der vergeblichen Hoffnung, eine angenehmere Position zu finden.

Angestrengt wollte sie sich wieder aufrichten. Das gelang ihr mehr schlecht als recht, da sie sich nicht mit den Händen abstützen konnte. Also musste Mel sich damit behelfen, ihre Füße in die Matratze zu drücken und ihre Schultern und Ellenbogen abwechselnd gegen die Wand zu drücken, um sich somit nach oben zu robben.

Schnaufend erreichte sie ihr Ziel, gerade als die Tür geöffnet wurde. Wer den Raum betrat, konnte sie erst erkennen, als das Licht anging und ihre Augen sich daran gewöhnt hatten.

»Hier!« Randy, der freundliche Aufpasser, der sie gestern zu Jones bringen musste, reichte ihr ein Stück Brot und eine weitere Wasserflasche. Dieses Mal hatte er sogar ein Stück

Käse dabei. Mit einer geschmeidigen Bewegung setzte er sich gegenüber von Mel auf die Matratze, wirkte so deplatziert in diesem Kellerloch. »Verrate mich nicht«, fügte er mit einem Lächeln hinzu, als er ihr den Käse hinhielt. Im Gegensatz zu den anderen warf der Kerl ihr das Essen nicht wie bei einem Raubtier vor die Füße, sondern gab es ihr direkt in die Hand.

Schweigend sah er Mel zu, wie sie das Essen gierig vertilgte und mit einem kleinen Schluck Wasser nachspülte. Es war nicht viel, aber es war allemal besser als das, was sie bisher bekommen hatte.

Sie fragte sich, warum er ihr Gesellschaft leistete, wo sie doch weiterhin mit beiden Händen gefesselt war. Als Randy mit dem Sprechen begann, war Mel aber klar, weshalb er bei ihr geblieben war.

»Ich soll dafür sorgen, dass du frisch geduscht zu Jones kommst.«

»Okay«, flüsterte sie. Jetzt war es also so weit. Wenigstens war es Randy, der sie unter die Dusche stellen würde. Sie hatte bei ihm zumindest das Gefühl, dass er die Situation nicht ausnutzen und sie unnötig anfassen würde.

Erneut wurden die Fesseln gelöst. Mel nutzte die Gelegenheit, um sich über die wunden Stellen zu reiben, bevor sie die Hände wieder auf den Rücken nehmen musste, damit er sie zur Dusche führen konnte. Zunächst hielt der Mann jedoch vor der Toilette an, um ihr die Chance zu geben, sich zu erleichtern. Die höhnischen Worte des Ekels hallten durch Mels Kopf wie ein Echo. Schnell ging sie auf die Toilette, bevor sie sich nachher doch auf einen Eimer setzen müsste.

Im angrenzenden Raum befanden sich die Duschen, in die Randy sie hineinschob. Mel stemmte sich mit aller Kraft gegen ihn, als sie mit Entsetzen feststellen musste, dass es keine abgegrenzten Duschkabinen gab. Ihr blieb vor Schock der Mund offen, sie versuchte, sich aus Randys Griff zu winden. Mel wollte weg, so weit, wie es nur möglich war. Ihr Aufpasser hielt sie jedoch eisern fest. Die wie in einem Schwimmbad an der Wand montierten Duscharmaturen stachen ihr ins Auge.

Auf keinen Fall würde sie hier duschen. Aber ihr blieb nichts anderes übrig. Das zeigte ihr der Druck in ihrem Rücken, mit dem Randy sie weiter in den Raum schob, um ihn hinter ihr zu betreten.

Mel begann zu zittern. Er wollte doch nicht etwa …? Sie schlang ihre Arme um den Oberkörper, versuchte, sich zu bedecken, obwohl sie noch gekleidet war. Nur der Gedanke daran, wie sehr sie ihm gerade ausgeliefert war, beschleunigte ihre Atmung. Sie überlegte, wie sie es anstellen sollte, der Situation zu entkommen, sah sich hektisch nach allen Seiten um, suchte einen Fluchtweg. Und fand keinen. Mel wurde schwindelig. Sie wollte sich vom festen Griff an ihrem Oberarm befreien, aber Randy griff nur noch fester zu.

»Warte«, flüsterte er ihr zu. »Ich werde mich umdrehen, damit du in Ruhe duschen kannst. Du kannst von Glück reden, dass ich es bin, der dich zu Jones bringen soll. Die anderen Männer hätten die Situation schamlos ausgenutzt.«

Mel wusste, er log sie, was die anderen betraf, nicht an. Ihr war keiner der lüsternen Blicke entgangen, die ihr zugeworfen wurden.

»Hier, das sollst du nach dem Duschen anziehen.« In Randys Hand lag ein kleines rotes Stoffbündel. Als er es auseinanderfaltete und ihr reichte, erkannte Mel, dass es ein Kleid darstellen sollte. »Allerdings ohne Unterwäsche.«

Entsetzt riss sie die Augen auf. Das konnte sie unmöglich anziehen. Der Fummel würde kaum etwas von ihr bedecken und wenn sie nur ansatzweise in der Position von letztem Mal vor Jones kniete, könnte sie dort direkt nackt erscheinen.

»Na, los! Wenn wir zu lange herumtrödeln, wird Jones jemanden schicken, der nachsieht, wo wir bleiben. Und einen ungeduldigen Jones möchtest du nicht erleben.« Damit drehte

Randy sich mit dem Gesicht zur Tür, um Mel ein wenig Privatsphäre zu geben.

Sie fühlte sich schon erniedrigt genug. Wie ein Tier auf dem Weg zum Schlachter. Aber war sie das nicht in gewisser Weise auch?

Seufzend wandte sie sich der Dusche in der hintersten Ecke zu. Auch wenn sie sich halbwegs sicher war, dass Randy sein Wort hielt, wollte sie so viel Abstand wie möglich. Sie drehte sich mit dem Gesicht zur Wand. So bekam Mel wenigstens nicht mit, wenn er sie doch beobachtete und er bekäme nicht viel mehr zu sehen als ihren Hintern. Den würde er sowieso bald sehen, sollte sie in dem Kleid vor Jones auf dem Boden liegen.

Mel entwich ein spitzer Schrei, als das eiskalte Wasser aus der Dusche auf ihre Haut traf. Ihre Muskeln erstarrten. Am ganzen Körper zitternd, sah sie zu ihrem Aufpasser, der sich davon nicht irritieren ließ und weiter auf die Tür starrte. Vergeblich versuchte Mel, heißes Wasser anzustellen. Sie beeilte sich aus Angst vor den Konsequenzen, die ihr womöglich drohten, wenn sie zu lange für die Dusche brauchte. Ihre Muskeln verkrampften sich und ihr blieb vor Kälte die Luft weg. Als Mel sich an das kalte Wasser gewöhnt hatte, wusch sie sich und ihre Haare mit dem Shampoo, das an der Wand hing. Ein Rosenduft breitete sich in der Dusche aus. Sie fragte sich, ob es extra für sie besorgt wurde, konnte es sich aber kaum vorstellen.

»Wir müssen die Operation jetzt beenden.« Mel hörte Randy, als sie das Wasser ausstellte. Scheinbar hatte er nicht mitbekommen, dass sie fertig war. Sie nahm sich ein Handtuch und schlang es um ihren Körper, während sie dem Telefonat weiter lauschte. »Wir haben genug Informationen, um den gesamten Klan hochgehen zu lassen. Bei der neuen Geisel handelt es sich um eine Zivilistin. Sie wird uns keine neuen Infos geben können. Es ist eine Sache zuzusehen, wie andere

Kriminelle gefoltert werden, aber bei ihr …« Abrupt hörte er auf zu sprechen und drehte seinen Kopf in Mels Richtung. Randy sah sie mit aufgerissenen Augen an, als hätte er sie erst in diesem Moment bemerkt.

»Ich muss aufhören.« Damit beendete er das Gespräch und steckte sein Handy weg.

»Wer bist du und was soll das alles?«, fragte sie, während sie sich mit einem weiteren Handtuch die Haare trocken rubbelte.

»Das kann ich dir nicht sagen. Ich musste das Gespräch hier führen, damit niemand etwas mitbekommt. Du musst schnell vergessen, was du gehört hast«, sagte Randy mit einer Eindringlichkeit, die Mel augenblicklich nicken ließ.

Als ob sie das Gehörte einfach so vergessen könnte. Folter? Kriminelle? Klan? Sie schnappte entsetzt nach Luft, fragte sich, ob sie bei der verfluchten Mafia gelandet war, was die Frage aufwarf, was David mit ihnen zu tun hatte. Sofort schnürte sich ihr Hals zu. Mels Umgebung verschwamm vor ihren Augen und ihre Atmung beschleunigte sich. Sie wurde von der Panikattacke überrascht, konnte keine Gegenmaßnahmen ergreifen. Scheinbar war ihre bevorstehende Attacke so offensichtlich, dass Randy dicht hinter sie trat und sie an den Schultern fasste. Inzwischen war sich Mel fast sicher, dass er tatsächlich so etwas wie ein Cop war. Das Gespräch ließ nicht viele andere Schlüsse zu.

»Hör mir zu«, forderte er sie eindringlich auf. Sie blickte hoch und sah in zwei eisblaue Augen, die sie intensiv musterten.

»Du darfst dir nichts anmerken lassen. Das ist ganz wichtig! Alex ist unterwegs. Er wird dich hier rausholen. Wenn du uns verrätst, war alles umsonst. Dann sind wir schneller tot, als wir bis drei zählen können. Hast du mich verstanden?«

Mit seinen Worten, vor allem mit der Erwähnung von Alex, hatte Randy es geschafft, zu Mel durchzudringen. Er kannte ihn also.

»Was hat Alex denn mit dem Ganzen zu tun?«

»Das muss bis später warten. Zieh dich an, wir haben nicht mehr viel Zeit.« Er fuchtelte hektisch mit seiner Hand. »Aber ich verspreche dir, wir werden dir alles erklären. Jetzt müssen wir erst mal dafür sorgen, dass Jones nicht sauer wird und die Kontrolle über sich selbst verliert.« Er legte eine kurze Pause ein, lauschte, ob der Flur leer war. »Solange solltest du eigentlich sicher sein. Jones braucht dich als Druckmittel für Chris und wenn er dich jetzt schon bricht, hat er nichts mehr, womit er ihn erpressen kann.« Randy hatte sich zu Mel heruntergebeugt und sprach schnell und leise auf sie ein.

Mel beruhigten seine Worte allerdings nicht.

Als er seinen Blick wieder Richtung Tür gewandt hatte, löste Mel ihr Handtuch, um das Stück Stoff anzuziehen.

Das gestaltete sich schwerer als gedacht und sie brauchte eine gefühlte Ewigkeit, bis die Stofffetzen an den richtigen Stellen saßen. Es kostete sie viel Mühe, die Schnüre, die den Rest des Kleides bildeten, so zu binden, dass sie weder einschnürten noch verrutschten. Viel Halt gaben sie jedenfalls nicht. Und wie Mel bereits geahnt hatte, offenbarte das Kleid mehr, als es verbarg.

Das trägerlose Kleid saß wie eine zweite Haut auf ihrem Körper, ein kurzer Rock, an ihrer Hüfte beginnend, endete knapp unter dem Hintern. Der obere Teil verlief in einzelnen Schnüren über ihren Bauch und Rücken, bedeckte nur das Nötigste. Mels Brust wurde von kleinen dünnen Dreiecken bedeckt, die kaum groß genug waren, ihre Oberweite zu verhüllen. Es glich einem Wunder, dass der Stoff überhaupt an ihrem Körper hielt. Mel fühlte sich wie eine Prostituierte auf dem Weg zu ihrem Freier.

Nachdem sie mit dem Anziehen fertig war, wurde Mel von ihrem Bewacher zu Jones geführt. Hoffentlich behielt dieser mysteriöse Kerl recht und Jones würde sie noch nicht brechen. Sie redete sich selbst Mut zu: »Alex wird es vorher hierherschaffen und mich befreien.«

EINUNDZWANZIG

Mels Herz sank förmlich zwei Etagen tiefer, als sie dieselbe Tür erreichten, hinter der Jones sie beim letzten Mal erwartet hatte. Sie fand keine Erklärung dafür, warum sie in diesem gruseligen Keller gelandet war. Immer wenn sie meinte, dass sie dem Ganzen ein bisschen nähergekommen war, passierte irgendetwas, was ihre bisherigen Erkenntnisse über Bord warf. Stattdessen traten gefühlt Tausend neue Fragen in ihrem Kopf auf.

Sanfter als beim letzten Mal wurde sie in den Raum geschoben. Heute landete Mel nicht vor Jones' Füßen auf dem Boden. Sie blieb aufrecht vor ihm stehen. Dankbar drehte sie sich zu Randy um. Allerdings hatte er den Raum nicht betreten, sondern hinter ihr die Tür wieder verschlossen. Eingeschüchtert sah sie sich mit vor dem Körper verschränkten Armen um. Dieses Mal konnte Mel lediglich Jones ausmachen, der von ihr abgewandt mit dem Gesicht zum Fenster stand. Seine Hände hatte er auf dem Rücken verschränkt.

Mel konnte nicht einschätzen, was diese Haltung zu bedeuten hatte, als Jones begann zu reden. Dabei blickte er weiterhin aus dem Fenster. Eine riesige schwarze Sofalandschaft nahm einen Großteil des hellen Raumes ein. Ein mahagonifarbener Tisch stand davor und war bis auf einen überquellenden Aschenbecher und eine halbvolle Flasche Whisky leer. Abgesehen von einer kleinen Bar schräg hinter dem Wohnzimmer - direkt neben dem Platz, an dem Jones stand - war der Raum leer, wirkte kalt und steril. Es gab weder Bilder noch Deko oder Vorhänge, die für ein wenig Gemütlichkeit sorgen konnten.

»Ich möchte mein Geld wiederhaben. Da Chris mir erzählt hat, dass du so viel nicht besitzt, muss er mir das eben verschaffen.« Jones legte eine kurze, erdrückende Pause ein, die seine nächsten Worte nur bedrohlicher klingen ließen. »Schafft er es nicht innerhalb einer Woche, wirst du das Geld abarbeiten müssen. Das Kleid soll dir schon mal einen Vorgeschmack geben. Ich habe noch eine große Auswahl, die dir exzellent stehen wird.«

Mel war geschockt von seinen Worten. Sie bemerkte dadurch nicht, wie Jones beim Sprechen näher an sie herangetreten war.

Leise flüsterte er ihr ins Ohr: »Aber nicht, bevor ich dich nicht getestet und ausgebildet habe.«

Dabei fuhr er mit seinen Fingern die Ränder des Stofffetzens nach. Mel wich angewidert einen Schritt zurück.

»Nimm deine ekelhaften Wurstfinger von mir!« Sie spuckte ihm die Worte förmlich entgegen.

Jones verpasste ihr eine schallende Ohrfeige. Mel zuckte zusammen und legte ihre Hand auf die brennende Stelle. In ihrem Mund breitete sich der metallische Geschmack von Blut aus. Sie musste sich durch die Wucht des Schlages auf die Zunge gebissen haben. Mit zusammengekniffenen Augen sah sie auf, traf auf Jones' wütenden Blick.

»Wag es nicht noch einmal, vor mir zurückzuweichen. Ich nehme mir, was ich möchte, so oder so. Weichst du zurück, oder wehrst du dich, werde ich mich nicht mehr zurückhalten.«

Mel brachte nur ein knappes, kaum erkennbares Nicken zustande. Normalerweise war sie nicht auf den Mund gefallen, doch Jones erschien ihr unberechenbar und sie hielt es doch für klüger, in seiner Gegenwart ruhig zu bleiben.

»So, ich glaube, es wird Zeit, deinen kleinen Freund noch mal anzurufen.« Jones wählte die Nummer von Chris und die ersten Freizeichentöne des Videoanrufs ertönten. Er hatte sich dicht neben Mel gestellt. Sein Atem stank nach Zigarre und Whisky. Den Geruch fand sie fast noch schlimmer als den von seinem schmierigen Handlanger.

Bevor sie weiter über Jones' Vorliebe für Whisky und Zigarren nachdenken konnte, erblickte Mel Chris' Gesicht auf dem Bildschirm. Seine Stimme hallte durch den großen Raum.

»Mel! Geht ... Geht es dir gut?« So niedergeschmettert kannte sie ihren Freund nicht. Er schien sich ernsthafte Sorgen um sie zu machen. Aber vielleicht hätte er sich das vorher überlegen sollen. Schließlich wusste er, dass Jones sie bedrohte.

»Chris. Bitte!« Eine Träne entwich aus Mels Augenwinkel. Sie hatte die Hoffnung noch nicht verloren. Chris musste nun einfach das Richtige tun, um sie schnellstmöglich hier rauszuholen.

»So, das reicht jetzt mit der Plauderei.« Jones schob sich noch näher an seine Entführung heran. »Sieht unsere Prinzessin heute nicht besonders hübsch aus?« Bei seiner Frage schwenkte er die Kamera an Mels Körper auf und ab.

»Du Schwein! Was hast du mit ihr vor?«

Jones begann, laut zu lachen.

»Besorg mir das Geld. Sonst wird sie nicht nur meine persönliche Nutte!« Donnernd erfüllten Jones' Worte den Raum, hinterließen eine unheimliche Stille. Eine Gänsehaut überzog Mels Rücken.

Ihr gefror das Blut zu Eis.

»Hat ... Hat er dich angefasst?« Doch bevor sie sich fangen und Chris antworten konnte, hatte Jones bereits aufgelegt.

»So, und jetzt zu dir«, hauchte er in Mels Ohr. Ein eiskalter Schauer lief über ihren Rücken, sie erstarrte. Ihr Magen rebellierte, drehte sich um. Doch bevor sie gegen die Übelkeit ankämpfen konnte, spürte Mel, wie Jones sich dicht hinter sie presste und seine Hand auf ihren Bauch drückte. Die Galle brannte in ihrer Speiseröhr. Sie versuchte zu schlucken, die Säure zu bekämpfen. Tränen stiegen ihr in die Augen. Jones presste seine Erektion an ihren Po und begann, sich an ihr zu reiben, seine Hand wanderte hoch zu ihrem Busen.

Mels Puls beschleunigte sich, krampfhaft erinnerte sie sich an ihr Training. Alles in ihr schrie danach, sich zu wehren. Sie wollte Jones schlagen, aber er hielt sie fest. Alles, was Alex ihr beigebracht hatte, war vergessen. Dabei hatte sie so intensiv trainiert. Mel kämpfte damit, ein Schluchzen zu unterdrücken, Tränen rannen inzwischen unaufhörlich über ihre Wangen.

Ein lauter Knall, gefolgt von einem Tumult auf dem Flur ließ sie zusammenzucken.

»Verdammt! Was ist denn da draußen für ein Lärm?!« Jones verstärkte seinen Griff. Er drehte sich mit Mel zur Tür um und hielt sie als Schutzschild vor sich. Schreie und Kommandos hallten über den Flur. Mel zitterte, die Tränen versiegten vor Schock. Vereinzelt drangen Schüsse zu ihnen durch.

»Was soll das denn jetzt?« Plötzlich drückte Jones ihr den harten kalten Lauf einer Waffe an den Kopf. Mel fing an zu zittern, ihr Herz hämmerte in ihrer Brust. Sie konnte keinen klaren Gedanken mehr fassen. Würde Jones sie nicht in diesem eisernen Griff festhalten, könnte sie sich mit Sicherheit nicht mehr auf ihren eigenen Beinen halten.

Langsam führte er sie rückwärts weiter von der Tür weg. Vom Flur drangen mehr Schüsse zu ihnen. Auch die Rufe wurden lauter. Mel konnte aber immer noch nicht verstehen, was gerufen wurde.

Sie versuchte, sich aus Jones' festem Griff zu befreien, was zur Folge hatte, dass er den Pistolenlauf stärker gegen ihre Schläfe drückte.

Er fummelte neben der Sofalandschaft herum und öffnete eine Luke, die farblich mit der Wand im Einklang war.

Mit einem festen Tritt in die Kniekehle zwang Jones seine Gefangene in die Knie, damit sie durch die Öffnung passte. Mit einem Ruck drehte er sie um und stieß Mel von sich. Sie landete unsanft in einem dunklen Raum, Jones kroch hinterher.

Gerade als er die Klappe schließen wollte, wurde die Tür aufgestoßen. Schnell drehte Jones sich zur Luke um, ließ sie mit Wucht zufallen und schob eine dicke Eisenstange davor. Die Geräusche der Schüsse kamen näher. Drangen nun unaufhörlich aus dem Raum, aus dem sie gerade kamen, bis zu ihnen durch. Sie spürten die Vibrationen, wenn eine Kugel in die Wand hinter ihnen einschlug. Sie musste kugelsicher sein, anders konnte sich Mel nicht erklären, warum sie noch nicht wie ein Schweizer Käse durchlöchert war.

Jones griff erneut nach Mel, in der Enge des Raumes hatte er keinerlei Schwierigkeiten, sie auszumachen und richtete sich mit ihr auf. Sie sah kaum ihre eigene Hand vor den Augen.

Jones schien sich im Raum bestens auszukennen. Er schob seine Gefangene immer weiter vor sich her. Plötzlich gingen auf dem Fußboden kleine LED-Lampen an, die ihnen die Richtung zeigten.

Ein endloser Gang führte die beiden eine Ewigkeit zu einer weiteren Tür, während Mel hinter sich die Schritte der ersten Verfolger vernahm.

Jones schloss die Tür auf und öffnete sie einen Spalt. Als von draußen keine Geräusche zu ihnen drangen, stieß er sie vollständig auf und schob Mel in einen weiteren Gang. Die Waffe hatte er dabei weiterhin an ihre Schläfe gedrückt. Doch bevor er ihr folgen konnte, wurde Mel aus seinem Griff gerissen und prallte mit voller Wucht gegen einen harten Oberkörper, der sie fest umarmte. Sie schrie auf, versteifte sich. Die Person schob sie hinter sich und rammte Jones die Tür gegen den Kopf. Er taumelte zurück in den Gang. Mel betrachtete den Rücken und die kurzen braunen Haare. Sie war sich sicher, dass sie diese Person noch nie gesehen hatte. Vielleicht könnte dieser Mann ihre Rettung sein.

Mel versuchte, den Funken Hoffnung, der in ihr keimte, nicht allzu groß werden zu lassen. Schließlich konnte auch das hier eine Falle sein. Bevor sie weiter darüber nachdenken konnte, trat ein benommener Jones taumelnd und vor sich hin nuschelnd einen Schritt weiter aus der Tür.

Seine Waffe hatte er schussbereit vor sich gerichtet. Aus dem Tunnel drangen die Geräusche von näherkommenden Schritten. Jones blieb nichts anderes übrig, als einen weiteren vorsichtigen Schritt aus der Tür zu machen. Mel hielt den Atem an, während sie sich hinter ihrem Retter versteckte, der seine Pistole auf Jones gerichtet hatte. Wie in Zeitlupe spielte sich die Szene vor Mel ab, die immer noch nicht ganz begriff, was vor sich ging. »Das Spiel ist aus, Jones!« Die Stimme des Mannes klang tief und dominant.

»Noch nicht. Dafür müsst ihr mir irgendwas nachweisen.«

»Die Beweise gegen dich haben wir längst zusammen. Betrug, Erpressung, Prostitution, Geldwäsche, Drogenhandel, Mord …« Jetzt vernahm sie Randys Stimme aus dem Tunnel.

»Randy? Was soll denn das?« Jones starrte ihn mit offenem Mund an, seine Augen zog er verdächtig zusammen. Er hatte wohl nicht damit gerechnet, dass sich ein Schnüffler unter seinen Männern befand.

»Du solltest die Leute, die du einstellst, wohl ein bisschen besser überprüfen.« Randy machte eine kurze Pause, gab Jones die Zeit, seine Worte sacken zu lassen, bevor er weitersprach. »Darf ich mich vorstellen? Matthew Cole. FBI!« Damit trat auch er einen Schritt aus dem versteckten Gang heraus. Hinter ihm folgten weitere Männer, die allesamt bewaffnet waren. Sie führten einige von Jones' Leuten ab. Darunter auch den Ekel, der stark humpelte. Die Kleidung war übersät mit Blutspritzern und sein Gesicht wies einige Hämatome und eine blutende Nase auf.

Mel keuchte entsetzt, als sie am Ende der Reihe Alex entdeckte. Er hielt sich den linken Arm. Unter seiner Hand sickerte Blut hervor.

»Alex!« Sie schlug die Hand vor den Mund. Mel konnte immer noch nicht begreifen, was soeben passiert war. Es ging alles so schnell. Gerade stand sie mit Jones in einem Raum und hatte krampfhaft versucht, einen Ausweg aus ihrer Situation zu finden. Jetzt wurden dem mittlerweile entwaffneten Boss und seinen Männern Handschellen angelegt. Dann noch Alex, der ihr verletzt gegenüberstand.

»Ich glaube, ihr habt da was zu bereden.« Matthew nickte.

»Freut mich, dich endlich richtig kennenzulernen, Mel.« Er reichte ihr die Hand.

»Hier ist sicherlich nicht der richtige Ort, um zu reden.« Alex hielt sich immer noch mit schmerzverzerrtem Gesicht den Arm.

»Wohl war. Mel sollte sich was anderes anziehen.« Matthew deutete auf das knappe rote Kleid, das Mel noch immer trug und dessen Schnüre inzwischen leicht verrutscht waren.

»Du hast recht. Lasst uns gehen.« Damit nahm Alex Mels Hand und zog sie hinter sich durch den Flur nach draußen. Gierig sog sie die frische Luft ein. Etwas, von dem sie dachte, dass sie es niemals wieder erleben würde.

Am ganzen Körper zitternd, unterdrückte Mel ihre Tränen, konnte es immer noch nicht glauben. Sollte sie nun frei und der ganze Spuk vorbei sein? Sie rieb sich gedankenverloren über die Wunden, die die Handschellen hinterlassen hatten. Immer noch fassungslos blieb Mel stehen, konnte nicht verarbeiten, was in den letzten Minuten geschehen war. Alles ging schnell, die Ereignisse schienen sie überrollt zu haben.

»Ja, es ist vorbei.« Mel schaute Alex verwirrt an. »Du hast laut geredet.«

»Oh«, entfuhr es Mel und ein zaghaftes Lächeln schob sich auf ihre Lippen.

Inzwischen hatten sie eine Gruppe SUVs erreicht, an denen mehrere Männer standen und Jones' Leute in diese hineinschoben.

Alex ging zur Beifahrertür des SUVs, der ihnen am nächsten stand, und holte ein Shirt und eine Jogginghose heraus.

»Ich habe mir erlaubt, aus deiner Tasche, die ja noch bei mir zu Hause steht, Kleidung für dich mitzunehmen.«

»Danke«, murmelte Mel, während sie die ihr gereichte Kleidung einfach über das Kleid zog. Sie war froh, endlich wieder bedeckt zu sein. »Du bist verletzt! Du musst erst zu einem Arzt!« Besorgt musterte Mel Alex und deutete auf seine Schulter.

»Das ist nur ein Streifschuss, ich habe schon Schlimmeres erlebt.« Alex legte seine Hand vorsichtig auf seinen Arm und versuchte so, die Wunde zu verstecken. Mel sah ihm aber anhand seiner zusammengekniffenen Lippen an, dass er starke Schmerzen hatte.

»Alex, du solltest wirklich auf deine kleine Freundin hier hören und mit den Sanis ins Krankenhaus fahren.« Mit einer hochgezogenen Augenbraue sah Matthew Alex ermahnend an, bevor er sich Mel zuwandte.

»Du, meine Liebe, solltest dich auch durchchecken lassen.« Er führte die beiden zum Krankenwagen, in dem Mel von einem Notarzt untersucht wurde. Ihre Handgelenke wurden gesäubert und verbunden.

»Du kannst fürs Erste gehen. Für die Beweisaufnahme schicken wir dich später noch zu einem Spezialisten. Bitte in den nächsten Stunden viel trinken, um deinen Flüssigkeitshaushalt aufzufüllen«, sagte ein Sanitäter zu Mel.

Alex hatte sie trotz ihrer Proteste nicht einen Moment aus den Augen gelassen. Er sah Matthew eindringlich an. »Pass ja auf mein Mädchen auf.«

»Ich werde auf Mel aufpassen und dafür sorgen, dass sie nicht vernommen wird, bis du wieder da bist. Wir werden im Büro auf dich warten.« Matthew nickte zwei Sanitätern zu, die Alex auf die Krankenwagenliege schnallten.

»Büro?«, fragte Mel.

»Ja. Wir brauchen eine offizielle Aussage, bevor ich dir genau erklären kann, was hier los ist«, erklärte Matthew.

Mel sah Alex hinterher. Also war er nicht auf dem Weg, sich eine MMA-Karriere aufzubauen. Er war ein FBI-Agent. Mittlerweile hatte sie das Gefühl, ihr Kopf war kurz davor zu platzen. Sie hatte unfassbar viele Fragen, sodass sie keinen klaren Gedanken mehr fassen konnte.

Besonders die Frage, ob das Ganze mit Alex überhaupt echt war, ließ Mel nicht los. Was war in ihrem Leben überhaupt noch Wirklichkeit? Sie fühlte sich, als wäre sie die Hauptdarstellerin in einem schlechten Hollywoodstreifen.

Matthew schob Mel sanft zur Beifahrertür, hinter der Alex ihre Kleidung hervorgeholt hatte. »Komm, steig ein. Jetzt wird sich alles aufklären.«

Schweigend fuhren sie zu einem riesigen Bürokomplex, das sie ebenso schweigend betraten. Ein reges Treiben fand auf den Gängen statt, immer wieder kamen ihr Menschen - vermutlich Agenten und Agentinnen - entgegen, die Matthew freundlich zunickten.

Als sie um eine weitere Ecke bogen, lief Mel fast in Chris hinein. Als sie den Mann hinter ihm erkannte, riss sie überrascht die Augen auf. Liam, der Polizist, der sie nach dem Drohbrief besucht hatte, führte Chris in Handschellen den Gang entlang. Angespannt nickte er ihr zu.

»Mel!«, rief Chris und klang dabei erleichtert. »Es tut mir unendlich leid.«

»Was?« Sie drehte sich um und blickte ihm hinterher. Er wurde in die Richtung geführt, aus der sie gerade gekommen waren.

Fragend schaute sie Matthew an.

»Was hat Chris nun mit der Sache zu tun und war David auch involviert?«

»Später.« Das war die einzige Antwort, die Mel von ihm erhielt.

»Da wären wir.« Matthew öffnete eine Tür, die in ein sonnendurchflutetes Büro führte. Zwei Schreibtische, die gegensätzlicher nicht sein konnten, standen sich in der Raummitte gegenüber. Während der eine von einem heillosen Chaos beherrscht wurde, war der andere penibel aufgeräumt. Nur wenige Arbeitsmittel lagen neben einem Laptop auf der grauen Tischplatte. An den Kopfseiten der zusammengeschobenen Tische befanden sich insgesamt vier weitere Stühle.

»Mach es dir gemütlich«, sagte Matthew und deutete auf einen freien Stuhl. »Möchtest du was essen oder trinken?«

Mel konnte nicht mehr sagen, wann sie das letzte Mal etwas Vernünftiges zu sich genommen hatte. Dankbar nickte sie Matthew zu. »Gerne.«

»Sind ein Kaffee und ein Sandwich in Ordnung? Sonst kann ich auch gerne jemanden losschicken.« Er inspizierte während seiner Frage einen kleinen Kühlschrank im hinteren Teil des Büros.

»Das klingt fantastisch. Besser als die Pampe bei Jones wird es allemal sein«, sagte Mel mit einem zaghaften Lächeln. Ihr fiel ein Stein vom Herzen. Sie realisierte, dass sie seinen Fängen wirklich entkommen war. Die Tränen, die sie die ganze Zeit mühsam zurückgedrängt hatte, drängten sich an die Oberfläche und lösten sich aus ihren Augenwinkeln. Still flossen sie Mels Wangen hinab, hinterließen feuchte Spuren auf ihrer Haut.

Matthew reichte ihr ein Sandwich, das neben Thunfisch reichlich frischen Salat enthielt. Mel lief bei dem Anblick das Wasser im Mund zusammen.

»Hier. Guten Hunger.« Matthew setzte sich an den chaotischen Schreibtisch.

Demnach war der andere Alex' Tisch.

Gierig biss Mel in das Sandwich, das den faden Geschmack in ihrem Mund durch einen bedeutend angenehmeren - Thunfisch und Remoulade - ersetzte.

»Lecker«, sagte sie und seufzte genüsslich. Matthew reagierte mit einem herzhaften Lachen.

»FBI also? Jones war wirklich ein Mafiaboss? Ich kann immer noch nicht fassen, wo ich reingeraten bin. Aber genaugenommen weiß ich es ja immer noch nicht. Es fühlt sich an, als hätte ich in einem Film mitgespielt. Alex wirkte immer so normal und glaubhaft.«

»Sind FBI-Agenten denn nicht normal?«, hakte Matthew mit hochgezogener Augenbraue nach. »Alex war, bis auf seinen Beruf, die ganze Zeit aufrichtig zu dir. Sonst hätte er dich niemals zu seinen Eltern gebracht. Das hat er im Übrigen noch nie gemacht.«

»Das waren wirklich seine Eltern?« Mel bemerkte selbst, wie ungläubig ihre Frage klang. Nachdem sie erfahren hatte, dass Alex ein FBI-Agent war, glaubte sie nicht daran, seinen richtigen Eltern gegenübergestanden zu haben.

»Adoptiveltern, ja.«

»Also hat er mir die Wahrheit erzählt?« Ihre Stimme zitterte. Ein Gefühl der Hoffnung machte sich in ihr breit und vertrieb die Befürchtung, für Alex nur ein Mittel zum Zweck gewesen zu sein.

»Das hat er. Du warst schließlich keine Verdächtige, sondern standest unter unserem Schutz.«

Alex unterbrach ihr Gespräch, als er mit dunklen Ringen unter den Augen das Büro betrat. Es waren nur wenige Stunden vergangen, seit er von den Sanitätern ins Krankenhaus gebracht wurde, dennoch sah er unheimlich erschöpft aus.

»Mann, siehst du scheiße aus«, sagte Matthew, als sein Kollege sich müde in den Bürostuhl fallen ließ. Zusammengesunken schloss er für wenige Sekunden die Augen. Seine Wangen zierten einen Dreitagebart, als habe er die letzten Tage weder geschlafen noch Zeit mit Rasieren verschwendet. »Lasst uns das hier schnell über die Bühne bringen und dann möchte ich nach Hause«, erwiderte Alex, ohne auf Matthews Kommentar einzugehen.

»Also, Mel. Wir müssen dich jetzt offiziell zu allem, was vorgefallen ist, befragen. Auch wenn ich das meiste davon schon weiß. Ich muss dazu die Kamera einschalten, damit wir bei Unstimmigkeiten oder Fragen noch mal drauf zurückgreifen können«, erklärte Alex. »Da ich inzwischen als befangen gelte, was dich betrifft, wird Matthew die Fragen stellen.«

ZWEIUNDZWANZIG

»Ich nehme an, du möchtest nicht bis morgen warten, bis ich dir das Ganze erkläre?«, fragte Alex und konnte sich ein Gähnen nicht verkneifen. Er schloss hinter Mel seine Haustür und schaltete die Alarmanlage ein.

»Um ehrlich zu sein, werde ich die Nacht kaum schlafen können. Mir wäre es schon lieber, wenn wir jetzt reden könnten.« Sie hatte ein schlechtes Gewissen, da Alex sichtbar erschöpft war und mit Sicherheit Schmerzen hatte. Allerdings befand Mel sich lange genug im Ungewissen. Ihr brannten zu viele Fragen auf der Zunge. Sie wollte wissen, in was sie hineingeraten war. Außerdem brauchte sie darüber Gewissheit, was das zwischen Alex und ihr war.

»Okay. Lass mich nur eben Kaffee machen.« Er kochte sich zunächst einen doppelten Espresso, den er in einem Zug austrank, bevor er Mel und sich einen weiteren Kaffee zubereitete.

»Also. Zunächst einmal zu mir: Dass ich ein FBI-Agent bin, weißt du jetzt, von daher darf ich mit dir darüber reden. Du darfst mit niemandem sonst darüber sprechen.« Alex sah Mel mit hochgezogener Augenbraue an, wartete auf ihr bestätigendes Nicken, das zögerlich folgte.

»Die Kampfsportschule von mir existiert wirklich. Allerdings läuft sie auf meinen Adoptivvater und ich gebe nur ab und an Stunden. Unser Fokus liegt darauf, Kindern und Ju-

256

gendlichen ein Ventil für ihre Wut zu geben, ähnlich wie es damals bei mir der Fall war.« Alex trank einen Schluck seines Kaffees.

»Und deine Wettkämpfe? Du sahst bei unserer ersten Begegnung echt furchteinflößend aus.« Mel sah ihn mit geneigtem Kopf an, erinnerte sich gedanklich an die Zeit zurück, als sie Alex kennenlernte. Er schmunzelte.

»Ich bestreite MMA-Wettkämpfe. Das war nicht gelogen. Aber ich strebe keinen Weltmeistertitel an. Dafür kann ich nur zu unregelmäßig trainieren und kämpfen. Aber mein Aussehen damals stammte tatsächlich von einem solchen Fight.« Er nickte und mit Mel ins Wohnzimmer, wo sie sich auf die Couch setzten.

»Chris war tatsächlich ein Freund von mir, der nicht ahnte, was ich beruflich wirklich machte. Auf der anderen Seite wusste ich zunächst nicht, dass er in die ganze Sache involviert war.« Alex senkte die Lider, sein Blick blieb an seiner Kaffeetasse hängen.

»Erst als die Drohungen gegen dich anfingen und er merkwürdig reagiert hatte, war er auf unserem Radar gelandet. Er war wirklich gut in dem, was er gemacht hatte. Aber dazu kommen wir später noch.«

»Ich verstehe nicht ganz, warum er dich mir überhaupt vorgestellt hatte. Meinte er seine Hilfe wirklich ernst?« Mel nestelte am Henkel ihres Kaffeebechers.

»Ich denke schon. Schließlich hatte er mir von deinem Problem berichtet. Ich hatte versucht, ihn dazu zu bekommen, dass ich dich unterrichten durfte. Allerdings warst du erst nach dem Ultimatum von deinem Chef so weit, den Vorschlag anzunehmen.« Bei der Erinnerung an Mark zuckte Mel zusammen. »Ist Mark ebenfalls in die ganze Sache involviert? Ist er überhaupt noch mein Chef?«

»Dein Chef hat mit der ganzen Sache überhaupt nichts zu tun. Auch wenn Jones dich dort entführt hat. Er hatte sich als

Kunde eingeschleust, um an dich heranzukommen. Aber auch dazu später mehr.«

Mel atmete erleichtert auf.

»Meine Adoptiveltern hast du letzte Woche kennengelernt. Weitere Familie gibt es nicht. Da ich nicht groß über meinen Job sprechen darf und häufig für eine lange und ungewisse Zeit weg bin, ist mein Beruf schwer mit einer Freundin, beziehungsweise einer Familie, vereinbar.« Mit weit geöffneten Augen sah Alex sie an, wollte keine Regung verpassen. Mel sank bei seinem letzten Satz in sich zusammen, fragte sich, ob das bedeutete, dass das zwischen ihnen auch keine Aussichten hatte oder er sie womöglich gar nicht als richtige Freundin sah.

»Das, was zwischen uns passiert ist, war und ist von meiner Seite her immer noch echt und ich glaube, von deiner auch.«

»Kannst du Gedanken lesen? Ständig beantwortest du meine Fragen, bevor ich sie überhaupt ausgesprochen habe.« Ohne eine Antwort abzuwarten, fragte Mel weiter: »Also gibt es noch ein *Uns*?« Ihre Stimme zitterte, sie wurde immer leiser.

»Wenn du das auch möchtest.« Alex sah sie lächelnd an. In seinem liebevollen Blick erkannte Mel die Zuneigung, die er für sie empfand. Zärtlich nahm er ihre Hand in seine und hauchte einen Kuss auf ihren Handrücken.

»Jetzt zu Jones: Er gehört tatsächlich der Mafia an und regelt die Geschäfte in den USA. Wir wurden aufgrund vermehrter Hackerangriffe auf die Börse eingeschaltet.« Mel stellten sich beim Gedanken an Jones sämtliche Nackenhaare auf. Sie umschlang ihren Oberkörper, machte sich klein, als könnte er jeden Moment hinter Alex auftauchen und mit seinem perfiden Spiel weitermachen.

»Dass an der Börse häufig illegale Geschäfte abgewickelt werden, ist leider ganz normal. David war keine Ausnahme. Er hat regelmäßig Informationen von Geschäftsführern und Entscheidern erhalten, die er gar nicht hätte wissen dürfen. Uns fehlten dafür bisher die Beweise.« Alex trank erneut einen Schluck Kaffee, während Mel begann, unruhig auf dem Sofa hin und her zu rutschen.

»Die Mappe, die wir in Davids Sachen gefunden hatten, bestätigte unsere Vermutung. Die Infos waren mir also nicht neu. Was uns aber noch fehlte, war, wer Jones mit dem Hackerangriff geholfen und ihn zu David geführt hatte.« Mel entzog Alex ihre Hand und verschränkte die Arme vor der Brust. Ihr war es unangenehm, seine Hand zu halten, während sie über ihren toten Verlobten sprachen.

»Eigentlich hatte David nichts mit der Mafia zu tun. Chris hingegen schon. Er hat heute ein umfassendes Geständnis abgelegt.« Mel zuckte zusammen, ihr Atem entwich ihr stockend.

»Chris hat David an Jones ausgeliefert?« Ihre Stimme brach. Sie hatte ihn immer für ihren besten Freund und nach Davids Tod für ihren Beschützer gehalten. Dabei war er es, der alles zu verantworten hatte. Ein Schluchzen entfuhr ihr. Alex streichelte beruhigend über ihren Unterarm.

»Durch den Durchbruch seiner Firma in der Softwaresicherheit wurde Jones auf ihn aufmerksam. Wer in dieser Branche so erfolgreich sein wollte, wie er es war, musste sich mit dem Hacken auskennen.« Alex trank den letzten Schluck aus seiner Kaffeetasse, bevor er sie auf dem Tisch abstellte und sich Mel erneut zuwandte.

»Jones hat ihn mit unterschiedlichen Dingen bedroht. Chris hatte seinerzeit kleinere Hackerangriffe durchgeführt. Jones wusste darüber Bescheid und hat Chris erpresst. Wären seine Delikte an die Öffentlichkeit geraten, wäre sein Ruf in der Branche ruiniert gewesen.« Seine Augen ruhten auf Mel.

Er konnte sich nur zum Teil vorstellen, was in ihr vorging, schließlich erfuhr sie gerade, dass sie jahrelang belogen wurde.

»Nach Davids Tod wurde er weiter von Jones erpresst. Er hatte mitbekommen, dass Chris Gefühle für dich hatte. Somit warst du das optimale Druckmittel.« Mel nickte, zumindest der Punkt mit den Gefühlen war ihr selbst bereits aufgefallen.

»Chris selbst hat sich enorme Vorwürfe deswegen und wegen seiner Beteiligung an Davids Tod gemacht. Außerdem musste Jones dich im Auge behalten, falls du auf Hinweise stößt, die ihn mit Davids Tod in Verbindung bringen könnten.« Alex kniff die Augen zusammen. Chris war für Mel Fluch und Segen zugleich gewesen. Auf der einen Seite brachte er sie in Gefahr, auf der anderen Seite hätte sie die Zeit nach Davids Tod wahrscheinlich nicht ohne seine Hilfe durchgestanden.

»Jones wollte sich mittels Aktien noch weiter bereichern. Deswegen hat Chris den Kontakt zwischen David und ihm hergestellt. Was letztendlich bei dem Deal der Aktien wirklich schiefgelaufen ist und weshalb sich Davids Kontakt nicht an seine Absprache gehalten hatte, wissen wir nicht.« Alex zuckte mit den Schultern.

»Jedenfalls wollte David mit der ganzen Sache nichts mehr zu tun haben. So wurde Jones dann auf dich aufmerksam und wollte dich unbedingt haben. Selbst wenn David doch noch eingelenkt hätte und auf die Forderungen eingegangen wäre, hätte Jones dich wahrscheinlich irgendwann entführt.« Mel konnte kaum etwas von dem verstehen, was Alex ihr erzählte. Kaum ein Ton drang über ihre Lippen. Sie versuchte, sich zusammenzureißen und würde sich am liebsten in eine dunkle Ecke verziehen und ihren Tränen freien Lauf lassen. Zu erfahren, dass ihr die letzten Jahre so viel entgangen war, dass sie sowohl von Chris als auch David so belogen wurde, lastete schwer auf ihren schon lange zusammengesackten Schultern.

Auch nachdem Alex aufhörte zu reden, fand Mel keine Worte und saß weiterhin schweigend vor ihm. David war in den Wochen vor dem Überfall merkwürdig und geheimnisvoll gewesen. Sie hatte es jedoch auf die bevorstehende Hochzeit geschoben. Sie hatte gedacht, er würde eine Überraschung für sie planen. Nie im Leben hätte sie vermutet, dass er Geschäfte mit der Mafia einging.

»Das …« Mel brach ab. Es lag nach den Ereignissen der letzten Wochen auf der Hand: Was Alex ihr erzählte, musste stimmen. Schließlich hatte sie einen der Täter von damals bei Jones wiedererkannt. Allerdings wollte sie das immer noch nicht glauben.

»Du musst das Ganze erst mal verdauen. Wir sollten uns ein bisschen hinlegen. Auch wenn ich nicht glaube, dass du jetzt schlafen kannst, solltest du dich zumindest etwas ausruhen. Ich werde deinen Chef später anrufen und ihm erklären, dass du befreit wurdest. Du solltest dir eine Auszeit nehmen und Hilfe holen, das Erlebte aufzuarbeiten. Ich könnte dir jemanden vermitteln. Beim FBI haben wir zahlreiche Kontakte, die sich mit solchen Erfahrungen auskennen.«

»Später?« Das war alles, was Mel herausbrachte. Mit einem Blick aus dem Wohnzimmerfenster konnte sie nachvollziehen, was Alex meinte. Es dämmerte bereits. Sie mussten seit Stunden auf der Couch sitzen. Da Mel sowieso keinen klaren Gedanken mehr zustande brachte, stimmte sie Alex' Vorschlag zu.

EPILOG

1 Jahr später

Die Sonne kitzelte Mel an der Nase, als sie aus ihrem Traum erwachte. Alex, der seinen Arm fest um sie geschlungen hatte, schlief noch tief und fest. Genüsslich kuschelte sie sich enger an ihn. Seine morgendliche Erektion drückte gegen ihren Po, weckte ihr Verlangen. Sie drehte sich in seinen Armen um, umfasste mit ihrer rechten Hand seine Härte.

Während ihr Blick auf Alex' Gesicht gerichtet war, um ja keine Regung zu verpassen, rieb sie immer wieder an seinem Schwanz auf und ab. Alex öffnete die Augen. Ein Lächeln breitete sich auf seinen Lippen aus.

»Guten Morgen, meine Hübsche«, murmelte er verschlafen. Normalerweise war Mel diejenige, die von ihm geweckt wurde. Von daher genoss sie es, dass es heute andersherum war. Sie hatte ihn in die letzten Wochen vermisst.

»Endlich bist du wieder bei mir und wir können unseren Urlaub genießen.« Mel lächelte ihren Freund an, ihre Hand immer noch in seinem Schritt.

»Du warst viel zu lange weg und den fehlenden Kontakt habe ich echt vermisst.« Sie verzog die Lippen zu einem Schmollmund. Für zwei Monate war Alex in einer verdeckten Ermittlung gewesen. Meistens wurde Mel nur von Matthew über sein Wohlbefinden informiert.

»Ich bin doch seit zwei Tagen wieder da.« Alex' kehliges Lachen erfüllte den Raum.

»Ich konnte meinen Augen kaum trauen, als du plötzlich vor unserer Haustür standest.« Mel gab ihm einen Kuss auf den Mund. Sie war vor einem halben Jahr zu Alex gezogen und hatte ihr eigenes Haus verkauft. Sie hatte sich dort nach den Vorfällen zunehmend unwohl gefühlt und sowieso die meiste Zeit bei ihrem Freund verbracht.

»Der Urlaub war wirklich eine gute Idee.« Sie lächelte Alex an, blickte in seine grauen Augen und verlor sich in ihnen, während sie weiterhin seinen Schwanz massierte.

Alex' Blick wurde hungrig. Er beugte sich zu ihr und drückte seine Lippen auf ihre.

»Guten Morgen«, sagte er erneut zwischen mehreren zärtlichen Küssen.

Mel grinste. »Das sagtest du bereits.« Sie flüsterte die Worte in seine Lippen, unwillig, den Kuss erneut zu beenden.

»Mhm.« Alex ging mit seiner Hand auf Wanderschaft, um sie zu verwöhnen. Doch Mel, die mehr als bereit für ihn war, stoppte seine Hand, bevor er ihre Mitte erreichen konnte. Alex warf ihr einen irritierten Blick zu.

»Ich dachte, du …« Weiter kam er nicht, da Mel seinen Mund mit einem gierigen Kuss verschloss. Sie richtete sich auf, nur um sich wenige Sekunden später über ihn zu knien.

»Heute habe ich das Sagen.« Langsam ließ sie sich auf seine Erektion sinken. Alex konnte sich ein Grinsen nicht verkneifen.

Mel stützte sich auf seiner Brust ab und ließ langsam ihre Hüften kreisen. Alex' graue Augen wurden immer dunkler vor Lust. Ein ungeduldiges Knurren kam ihm über die Lippen.

»Du kleines Biest!« Er packte ihre Hüften und dirigierte sie in einem schnellen Tempo auf und ab.

»So nicht mein Freund!« Mel protestierte angesichts dieser Planänderung. Schließlich wollte sie heute den Ton angeben und Alex ein bisschen quälen. Spielerisch versuchte sie, sich aus seinem Griff zu befreien, gab sich dabei jedoch wenig Mühe. Insgeheim gefiel ihr, was er mit ihr machte. Unaufhaltsam und von ihren Worten vollkommen unbeeindruckt, stieß Alex immer wieder von unten hart in sie.

»Argh!«, rief Mel, ließ ihren Kopf in den Nacken fallen und präsentierte ihm ihre prallen Brüste.

Während er weiter hart in sie stieß, nahm Alex eine Hand von ihrer Hüfte, um ihre rosige Knospe zwischen Daumen und Zeigefinger zu reiben. Eine riesige Welle baute sich in Mels Inneren auf, machte sich bereit und überrollte sie. Kraftlos - Mel konnte sich nicht mehr aufrecht halten - ließ sie sich in Alex' Arme sinken. Nach wenigen weiteren Stößen ergoss er sich mit einem tiefen Knurren in ihr.

Es dauerte einige Minuten, bis sich Mels Atmung wieder normalisierte. Alex hatte sie mit seinen Armen fest umschlungen. Zärtlich platzierte er einen Kuss auf ihrem Scheitel.

»So kannst du mich in Zukunft immer wecken.« Sanft streichelte er Mel über den Rücken.

»Ist klar. Kaum ist der Orgasmus vorbei, denkst du schon an den nächsten.« Mel lachte kopfschüttelnd.

»Wie, muss ich etwa bis morgen früh warten?« Alex kniff die Augen zusammen und warf ihr einen entsetzten Blick zu.

»Wer hat denn davon gesprochen, dass ich dich morgen schon wieder auf die gleiche Weise wecken werde?« Augenzwinkernd erhob Mel sich aus seinen Armen. Sie liebte es, ihn zu necken.

»Nicht? Schade.« Alex schien ernsthaft enttäuscht zu sein, zeigte einen Schmollmund.

»Du bist ganz schön gierig.« Sie gab ihm immer noch lachend einen leichten Klaps auf die nackte muskulöse Brust.

»Na ja, ich musste auch lange genug auf das hier …« Er machte eine kurze Pause, in der er über ihren Körper streichelte, sein Blick war immer noch Lustverhangen, »… verzichten.«

Mel seufzte wohlig auf, als Alex seitlich an ihren Brüsten entlangfuhr.

»Die nächste Runde muss trotzdem warten. Ich habe Hunger und möchte endlich was von Florida sehen.« Damit löste sie sich aus der Umarmung und sprang auf.

»Noch nicht mal eine gemeinsame Dusche?« Alex setzte einen Dackelblick auf und sah sie flehend an. Lachend reichte Mel ihm ihre Hand.

»Wenn du mir so einen Hundeblick zuwirfst, kann ich nicht Nein sagen.«

»Ich gebe dir gleich einen Hundeblick.« Alex sprang auch aus dem Bett und hob Mel über seine Schulter, ließ sie mit dem Kopf nach unten hängen. Überrascht schrie sie auf, bevor sie seinen Hintern als Trommel benutzte. »Na, warte!«, sagte Alex, während er die Dusche anstellte.

Er platzierte sie unter dem kalten Strahl, bevor er ihn warm stellte. Mel schnappte nach Luft.

»Du Mistkerl!«, scherzte sie und zog Alex unter die Dusche.

Nach der gemeinsamen Dusche frühstückten sie ausgiebig, bevor sie zu einer entlegenen Bucht aufbrachen.

Die Bucht war von ihrem Ferienhaus fußläufig zu erreichen. Mel sog den salzigen Geruch nach Meer immer wieder tief in ihre Nase ein.

»Ich liebe das Wasser. Mit dem Rauschen der Wellen im Ohr bin ich immer besonders entspannt.« Verträumt sah sie auf das Meer.

Mels Gedanken drifteten zu der Zeit, in der sie nur in ihrem Haus oder zwischen ihren geliebten Rosen gewesen ist.

»Manchmal frage ich mich, wie ich es damals so lange in dem Haus, ganz ohne Urlaub und einem Meer in der Nähe, ausgehalten habe.« Sie sah Alex mit geweiteten Augen an und hatte das Gefühl, genau an diesem Ort und in seinen Armen das erste Mal seit der Geschichte mit David wieder aufzublühen. Sie fühlte sich wie eine ihrer pinken Rosen. Ja, auch ihr Rosenpavillon ist in Alex' Garten eingezogen. Mit viel Dünger, Wasser und Sonne konnten sie dort ihre Knospen öffnen.

Mel, die erneut in Gedanken versunken war, bemerkte erst, dass sie ihr Ziel erreicht hatten, als Alex neben ihr stehen blieb und sie einen Ruck an ihrem Arm spürte.

Verwundert sah sie sich um. Mitten in dieser einsamen Bucht lag eine Picknickdecke in einem Bett aus Rosenblüten. Darauf stand ein Tablett mit einem Sektkühler, in dem sich eine edle, mit einer goldenen Banderole verzierte Flasche befand. Daneben standen zwei Sektgläser und eine Schale mit Erdbeeren.

Alex führte Mel auf die Picknickdecke, bevor er sich vor ihr auf die Knie sinken ließ.

Mel schlug sich die Hände vor den offenen Mund, während ihr die erste Träne aus dem Augenwinkel lief, noch bevor Alex angefangen hatte zu sprechen. Er nahm ihre linke Hand in seine und sah ihr in die Augen.

»Mel. Die Umstände, unter denen wir uns kennengelernt haben, waren absolut nicht schön.« Alex sah sie voller Liebe an.

»Trotzdem bin ich unheimlich glücklich, dass sich unsere Wege gekreuzt haben und du uns eine Chance gegeben hast.« Mit der freien Hand holte er eine kleine Schachtel aus seiner Hosentasche.

»David wird immer ein Teil von deinem Leben bleiben. Ich bin glücklich darüber, dass du wieder regelmäßigen Kontakt zu seinen Eltern hast. Doch ich hoffe, ich habe auch einen Platz in deinem Herzen.« Eine einzelne Träne rann über seine Wange. Mel fing sie mit ihrem Daumen ein.

»Inzwischen strahlst du wieder, genau wie deine Rosen, wenn sie in voller Blüte stehen. Deswegen halte ich es für den richtigen Zeitpunkt, dich zu fragen, ob du meine Frau werden möchtest.« Während er ihre Reaktion abwartete, beobachtete Alex jede von Mels Regungen.

»Ja! Ich will deine Frau werden.« Mel zitterte, Freudentränen liefen über ihre Wangen. Sie war sich sicher, Alex war der Mann, mit dem sie alt werden wollte. David würde immer ein Teil von ihrem Herzen bleiben, aber inzwischen wusste sie, dass es in Ordnung war, sich nach einem Schicksalsschlag neu zu verlieben. Mel hatte ein Recht auf ein Leben. Sie hatte lange gebraucht, um es vollständig zu begreifen und erst ein klärendes Gespräch mit Davids Eltern hatte sie letzten Endes an den Punkt gebracht, an dem sie jetzt stand.

»Oh, Alex. Du hättest keine schöneren Worte und keinen schöneren Ort wählen können.« Sie umfasste sein Gesicht, zog ihn zu sich hoch, bevor sie sich an ihn drückte.

»Nicht zu kitschig?« An den Schultern schob er seine Verlobte ein Stück von sich, um ihr ins Gesicht zu sehen.

»Doch, aber bei so was kann man doch nicht kitschig genug sein, oder?« Mel zwinkerte ihm zu.

Lachend nahm Alex sie wieder in den Arm und küsste sie.

Ende

Danksagung:

Ich möchte an aller erster Stelle euch Lesern danken, dass ihr dieses Buch gekauft und mir als Autorin damit eine Chance gegeben habt.

Ein großes Dankeschön geht an meine Familie und Freunde, die an mich geglaubt und mich unterstützt haben. Ich weiß, dass ihr sehr neugierig auf die Geschichte wart. Ich hoffe, das Warten hat sich gelohnt.

Danke an Lenia von der Weide, ohne die ich den Schritt zur Veröffentlichung wahrscheinlich nicht gemacht hätte. Und an Katharina Herzog, die mir in ihrem Schreibkurs zahlreiche Tipps gegeben und mich darüber hinaus immer wieder ermuntert hat.

Danke an Kim vom Lektorat Federliebe, die meinem Manuskript mit unheimlich viel Mühe und Geduld den letzten Schliff verpasst hat.

Danke an Katie Weber von Kreationswunder, für das wunderschöne Cover, in das mich gleich auf den ersten Blick verliebt habe.

Triggerwarnung: (Spoiler)

Die Geschichte enthält Inhalte, die möglicherweise bei folgenden Themen triggern könnten:

Depressionen
Tod nahestehender Personen
Entführung
Sexuelle Übergriffe
Stalking
Machtmissbrauch
Gewalt
Waffengewalt

Über die Autorin:

Ela Becker ist das Pseudonym einer jungen Autorin aus NRW. Dort lebt sie zusammen mit ihrer kleinen Familie. Schon zu Schulzeiten verbrachte sie viel Zeit damit, ihre eigenen Geschichten zu schreiben oder in der Welt verschiedener Bücher zu versinken. Nun kann sie ihren Traum wahr werden lassen und mit Mine till the day you die ihr erstes Buch veröffentlichen.